서울대 한국어

Student's Book 3B

서울대학교 언어교육원

TWO PONDS

國家圖書館出版品預行編目 (CIP) 資料

首爾大學韓國語 . 3B / 首爾大學語言教育院作；
鄭乃瑋譯 .-- 初版 . -- 臺北市 : 日月文化 , 2016.05
280 面 ; 19 × 26 公分 . -- (EZ Korea 教材 ; 9)
譯自：서울대 한국어 3B(Student's Book)
ISBN 978-986-248-550-7 (平裝附光碟片)

1. 韓語 2. 讀本

803.28 105003857

EZ Korea 教材 09

首爾大學韓國語 3B

서울대 한국어 3B(Student's Book)

作　　者：首爾大學語言教育院
譯　　者：鄭乃瑋
責任編輯：蕭瑋婷
校　　對：蕭瑋婷、曾晏詩
封面設計：曾晏詩
內頁排版：健呈電腦排版股份有限公司
錄音後製：純粹錄音後製有限公司

發 行 人：洪祺祥
副總經理：洪偉傑
副總編輯：曹仲堯
法律顧問：建大法律事務所
財務顧問：高威會計師事務所
出　　版：日月文化出版股份有限公司
製　　作：EZ 叢書館

地　　址：臺北市信義路三段 151 號 8 樓
電　　話：(02)2708-5509
傳　　真：(02)2708-6157
客服信箱：service@heliopolis.com.tw
網　　址：www.heliopolis.com.tw
郵撥帳號：19716071 日月文化出版股份有限公司

總 經 銷：聯合發行股份有限公司
電　　話：(02)2917-8022
傳　　真：(02)2915-7212
印　　刷：禹利電子分色有限公司
初　　版：2016 年 05 月
初版八刷：2023 年 11 月
定　　價：550 元
I S B N：978-986-248-550-7

머리말 Preface

<서울대 한국어 3B Student's Book>은 한국어 성인 학습자를 위한 정규 과정용(약 200 시간) 한국어 교재 시리즈 중 세 번째 책이다. 이 책은 400 시간의 한국어 교육을 받았거나 그에 준하는 한국어 능력을 가진 성인 학습자들이 친숙한 사회적 주제와 기능에 대한 언어 구성 능력과 사용 능력을 익혀서, 기본적인 사회 생활이 가능한 한국어 의사소통 능력을 기르도록 하는 데 목적이 있다. 본 책은 다음과 같은 특징을 가지고 있다.

첫째, 말하기 의사소통 능력 신장에 중점을 두되 구어 학습과 문어 학습이 긴밀하게 연계되도록 구성하였다. 이를 위해 어휘와 문법의 연습, 대화문 연습, 담화 구성 연습으로 이어지는 단계적 말하기 학습을 도입하여 언어 지식의 학습이 언어 사용 능력 습득으로 자연스럽게 전이되도록 하였다. 또한 듣고 말하기, 읽고 쓰기 연습을 통해 구어와 문어의 통합적 학습이 이루어지게 하였다.

둘째, 실제적인 과제를 수행하는 과정에서 학습한 언어 지식을 충분히 활용하고 학습자 간 유의미한 상호작용이 활발하게 이루어지도록 구성하였다. 다양한 유형의 과제를 제시하고 필요한 경우 활동지를 별도로 제공하였다.

셋째, 어휘 및 문법, 발음 학습이 체계적으로 이루어지도록 구성하였다. 어휘는 각 과의 주제와 연계하여 의미장을 중심으로 제시함으로써 효율적인 어휘 학습이 가능하게 하였다. 또한 문법 항목의 의미와 용법에 대한 핵심적인 기술을 예문과 함께 제시함으로써 종래 한국어 교재에 부족했던 문법 기술 부분을 보강하고자 하였다. 이를 위해 문법 해설을 부록에 별도로 제공하여 목표 문법에 대한 학습자의 이해를 도울 수 있게 하였다. 발음은 해당 과와 관련된 음운 규칙, 억양 등을 연습하여 발음의 정확성 및 유창성을 익히도록 하였다.

넷째, 문화 영역 학습이 수업에서 원활하게 이루어질 수 있도록 구성하였다. 이를 위해 그림, 사진 등의 시각 자료를 활용하거나 학습자의 숙달도가 고려된 간략한 설명으로 한국 문화 정보를 제시하였다. 또한 문화 상호주의적 관점에서 학습자 간 문화에 대해서 공유하는 기회를 가지도록 하였으며, 한국 문화에 대한 심화된 이해를 돕기 위해 부록에 문화 해설을 별도로 제시하였다.

다섯째, 말하기 대화문, 듣기, 발음 등의 오디오 파일이 담긴 MP3 CD를 함께 제공하여 수업용으로뿐만 아니라 자율 학습용으로도 사용하도록 하였다.

여섯째, 영어 번역을 병기하여 영어권 학습자의 빠른 의미 이해가 가능하도록 하였다. 말하기 1·2 대화문, 문법 해설, 문화 해설 등에 번역문을 함께 제공하였으며 주제 어휘 및 새 단어 등에도 번역을 병기하였다.

일곱째, 사진, 삽화 등의 시각 자료를 풍부하게 제공하여 실제적이고 흥미 있는 학습이 가능하도록 하였다. 내용을 이해하는 데 도움이 되는 시각 자료를 통해 의미와 상황을 정확하게 전달하고 학습자의 흥미를 유발함으로써 학습 효과를 높이고자 하였다.

이 책이 완성되기까지 많은 분들의 노력과 수고가 있었다. 무엇보다도 오랜 기간에 걸쳐 집필 및 출판 과정에 참여한 교재개발위원회 선생님들의 헌신으로 책이 만들어질 수 있었다. 또한 직접 수업에서 사용하면서 꼼꼼하게 수정해 주신 서울대학교 한국어교육센터의 여러 선생님들과 정확한 발음으로 녹음을 해 주신 성우 임채헌, 윤미나 선생님의 노고에 감사를 드린다. 아울러 책이 출판되기까지 오랜 기간 동안 작업을 도와주신 투판즈의 사장님과 도현정 부장님, 박형만 편집팀장님, 송솔내 대리님을 비롯한 편집진 여러분께도 고마운 마음을 전한다.

2015. 12.

서울대학교 언어교육원

원장 전영철

院長的話

《首爾大學韓國語3B Student's Book》是專為成人韓語學習者所制定的韓語正規課程系列教材中的第3冊。我們希望透過本書讓已修習400小時韓語課程，或具有與該課程時數相當之韓語能力的學習者，得以活用語言組織與使用能力，將其運用於平常所熟知的社會議題，並培養得以運用於基本社會生活的韓語溝通能力。本書具有下列特點。

第一，本書將重點擺在會話溝通能力，並將口語及書面語的學習做緊密的結合。為此，本書導入單字與文法練習、對話練習、談話架構練習等階段性的口說訓練，協助讀者自然地運用學到的語言知識。此外，透過聽力與會話、閱讀與寫作，讓口語和書面語得以全面學習。

第二，在實際的教學現場使用本書，可讓學習者充分活用學到的語言知識，促進學習者之間的互動。書中收錄多種課堂活動，在必要的情況下，亦額外提供活動學習單。

第三，本書亦針對單字、文法與發音學習進行系統化的編排。單字和每課的主題有關，提升讀者的學習效果。再精準說明文法意義及用法，搭配例句演練，彌補其他教材在這方面的不足。為此，本書附錄亦提供文法解說，幫助讀者理解重點文法。發音則讓讀者練習與該課相關的單音、音韻規則、語調等，使讀者學會如何正確且流暢地發音。

第四，方便教師於課堂上進行文化教學，本書採用圖片、照片等視覺資料，或提供符合學習者熟練度的簡單說明，介紹韓國文化資訊。此外，從文化交流觀點出發，也提供學習者分享文化體驗的機會；同時為加深學習者對韓國文化的了解，在本書最後的附錄亦有文化解說。

第五，提供收錄會話對話文句、聽力、發音等音檔的MP3 CD，不僅限於課堂上，就連自我學習時也可以使用。

第六，本書採韓英對照，讓英語圈讀者可快速理解吸收。書中會話1・2、文法解說、文化解說等單元亦有提供翻譯，各大標題、新單字等皆以韓英對照方式呈現。

（中文版為單字、會話1・2、文法說明例句為中、韓對照，課文指示及標題替換為中文。）

第七，提供照片、插畫等豐富的視覺資料，增添學習樂趣。視覺資料可幫助讀者理解內容，傳達正確的意義和情境，並刺激讀者的學習興趣，提升學習效果。

本書的出版，有賴許多人的努力與付出。其中，多虧教材開發委員會的老師們投入編撰及出版的漫長過程，才得以完成此書。另外還要感謝於課程講授過程中，親自使用本系列教材，並細心給予修正意見的首爾大學韓國語教育中心老師們，還有為本書錄製準確發音的林采憲、尹美娜配音老師的辛勞。同時也要感謝TWO PONDS出版公司的老闆與陶賢貞部長，以及包含朴炯萬編輯組長與宋率奈代理在內的編輯團隊，在本書出版之前，長期所給予的協助。

2015.12.

首爾大學語言教育院

院長 全永鐵

일러두기 本書使用方法

《首爾大學韓國語3B Student's Book》共有10～18課，每課皆由「字彙練習」、「文法與表現1・2」、「會話1・2」、「聽力與會話」、「閱讀與寫作」、「課堂活動」、「文化漫步」、「發音」、「自我評量」等單元構成，每課均有8小時的授課分量，詳細內容請看下方說明。

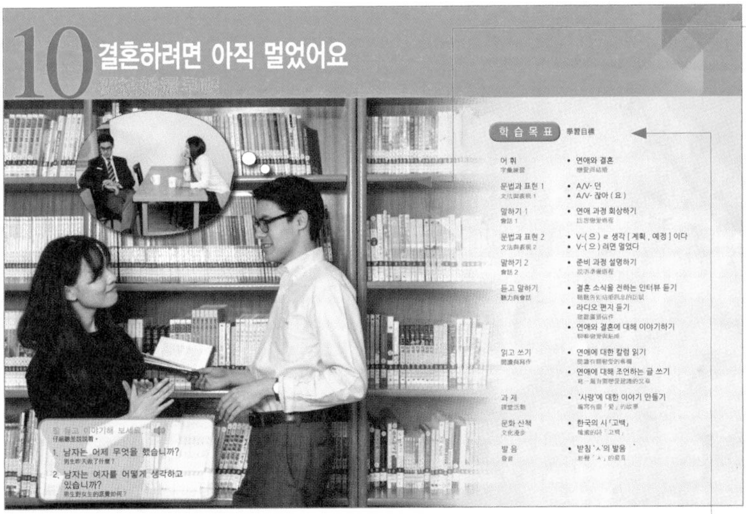

透過圖片描述課程主題與相關狀況，讓學習者得以準備即將學習的內容。

● 학습 목표 學習目標

提供各領域的學習目標和內容。

일러두기 本書使用方法

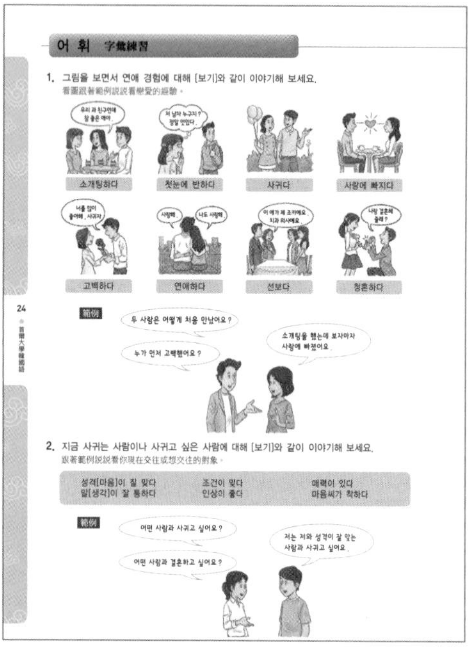

어 휘 字彙練習

1. 그림을 보면서 연애 경험에 대해 [보기]와 같이 이야기해 보세요.
看圖跟著範例說說看戀愛的經驗。

소개팅하다
첫눈에 반하다
사귀다
사랑에 빠지다
고백하다
연애하다
선보다
청혼하다

24 首爾大學韓國語

範例

두 사람은 어떻게 처음 만났어요?
누가 먼저 고백했어요?
소개팅을 했는데 보자마자 사랑에 빠졌어요.

2. 지금 사귀는 사람이나 사귀고 싶은 사람에 대해 [보기]와 같이 이야기해 보세요.
跟著範例說說看你現在交往或想交往的對象。

성격[마음]이 잘 맞다 / 말[생각]이 잘 통하다 / 조건이 맞다 / 인상이 좋다 / 매력이 있다 / 마음씨가 착하다

範例

어떤 사람과 사귀고 싶어요?
어떤 사람과 결혼하고 싶어요?
저는 저와 성격이 잘 맞는 사람과 사귀고 싶어요.

● 어휘 字彙練習

以重點單字先進行「字彙練習」，豐富的圖片可供學生推測單字的意思，進而達到圖像記憶的效果。

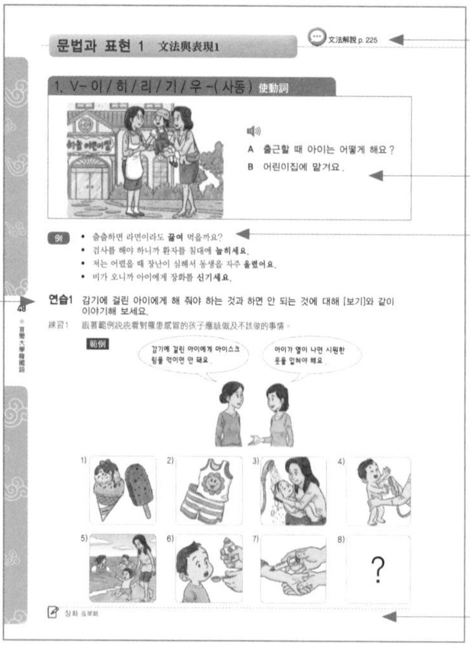

문법과 표현 1 文法與表現1

文法解說 p. 225

1. V-이/히/리/기/우-(사동) 使動詞

A 출근할 때 아이는 어떻게 해요?
B 어린이집에 맡겨요.

例
- 출출하면 라면이라도 **끓여** 먹을까요?
- 검사를 해야 하니까 환자를 침대에 **눕히세요.**
- 저는 어렸을 때 장난이 심해서 동생을 자주 **울렸어요.**
- 비가 오니까 아이에게 장화를 **신기세요.**

연습1 감기에 걸린 아이에게 해 줘야 하는 것과 하면 안 되는 것에 대해 [보기]와 같이 이야기해 보세요.
練習1 跟著範例說說看對罹患感冒的孩子應該做及不該做的事情。

48 首爾大學韓國語

範例

감기에 걸린 아이에게 아이스크림을 먹이면 안 돼요.
아이가 열이 나면 시원한 옷을 입혀야 해요.

1) 2) 3) 4) 5) 6) 7) 8) ?

장화

● 문법과 표현 文法與表現

分成「對話範例」、「例句」與「相關練習」三部分。

・若看到 💬 文法解說標誌，可翻至附錄【文法解說】查閱詳細說明。

對話範例

重點文法搭配情境圖的典型對話實例。

例句

提供例句，讓學習者能夠理解文法含意與各類型態變化。

單字補充

若出現本課範圍外的單字，於該頁的最下方皆有單字提示，千萬不要忘了一起背起來唷！

練習

透過實際的練習，使學習者更加熟悉文法的使用。

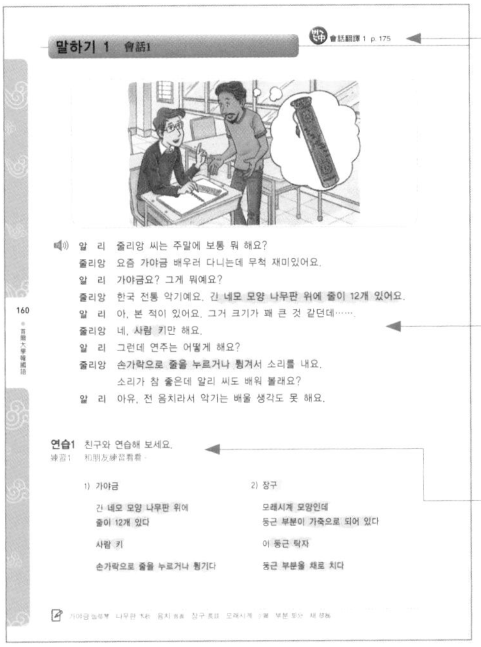

말하기 1 會話1

會話翻譯 1 p. 175

알 리 줄리앙 씨는 주말에 보통 뭐 해요?
줄리앙 요즘 가야금 배우러 다니는데 무척 재미있어요.
알 리 가야금요? 그게 뭐예요?
줄리앙 한국 전통 악기예요. 긴 네모 모양 나무판 위에 줄이 12개 있어요.
알 리 아, 본 적이 있어요. 그거 크기가 꽤 큰 것 같던데……
줄리앙 네, 사람 키만 해요.
알 리 그런데 연주는 어떻게 해요?
줄리앙 손가락으로 줄을 누르거나 튕겨서 소리를 내요.
소리가 참 좋은데 알리 씨도 배워 볼래요?
알 리 아유, 전 음치라서 악기는 배울 생각도 못 해요.

연습1 친구와 연습해 보세요.
練習1 和朋友練習看看。

1) 가야금
긴 네모 모양 나무판 위에
줄이 12개 있다
사람 키
손가락으로 줄을 누르거나 튕기다

2) 장구
모래시계 모양인데
둥근 부분이 가죽으로 되어 있다
이 둥근 탁자
둥근 부분을 채로 치다

160

●말하기 會話

分成「對話」、「交替練習」與「會話練習」三部分。

・若看到 會話翻譯標誌，可翻至該課【課程資料夾】查閱會話的中文翻譯。

對話

包含重點單字和重點文法的對話，使學習者能夠練習與日常生活情境相關的溝通技巧。

練習1

透過套用色塊裡的單字，來熟悉每課的會話技巧。

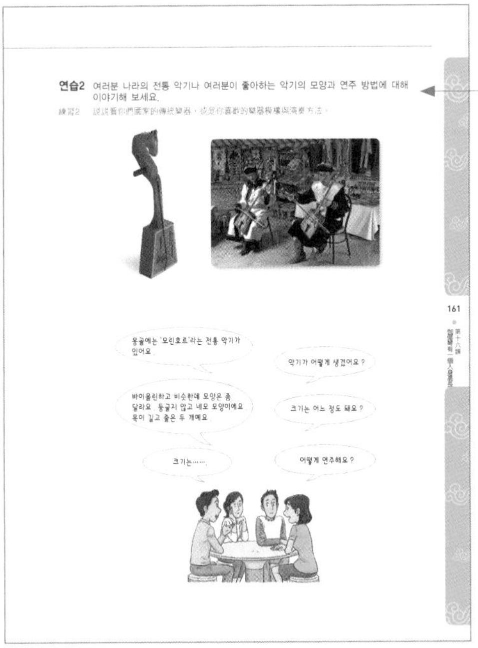

연습2 여러분 나라의 전통 악기나 여러분이 좋아하는 악기의 모양과 연주 방법에 대해 이야기해 보세요.

몽골에는 '모린호르'라는 전통 악기가 있어요.
악기가 어떻게 생겼어요?
바이올린하고 비슷한데 모양은 좀 달라요. 둥글지 않고 네모 모양이에요. 목이 길고 줄은 두 개예요.
크기는 어느 정도 돼요?
크기는……
어떻게 연주해요?
161

練習2

以原有對話為基礎，進行口語會話練習。

일러두기 本書使用方法

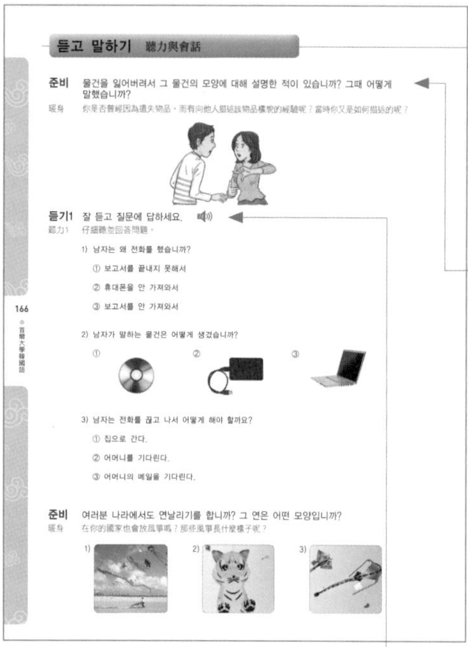
듣고 말하기 聽力與會話

준비 물건을 잃어버려서 그 물건의 모양에 대해 설명한 적이 있습니까? 그때 어떻게 말했습니까?
暖身 你是否曾經因為遺失物品，而有向他人描述該物品樣貌的經驗呢？當時你又是如何描述的呢？

듣기1 잘 듣고 질문에 답하세요.
聽力1 仔細聽並回答問題。

1) 남자는 왜 전화를 했습니까?
① 보고서를 끝내지 못해서
② 휴대폰을 안 가져와서
③ 보고서를 안 가져와서

2) 남자가 말하는 물건은 어떻게 생겼습니까?
① ② ③

3) 남자는 전화를 끊고 나서 어떻게 해야 할까요?
① 집으로 간다.
② 어머니를 기다린다.
③ 어머니의 메일을 기다린다.

준비 여러분 나라에서도 연날리기를 합니까? 그 연은 어떤 모양입니까?
暖身 在你的國家也會放風箏嗎？那些風箏長什麼樣子呢？

1) 2) 3)

166 首爾大學韓國語

● 듣고 말하기 聽力與會話

分成「暖身」、「聽力1・2」與「會話」三部分。

暖身

在進入聽力練習前，提供學習者可以預測聽力內容的題目，及足以推測單字或表現等的圖片。

聽力

提供有關聽力內容的習題。

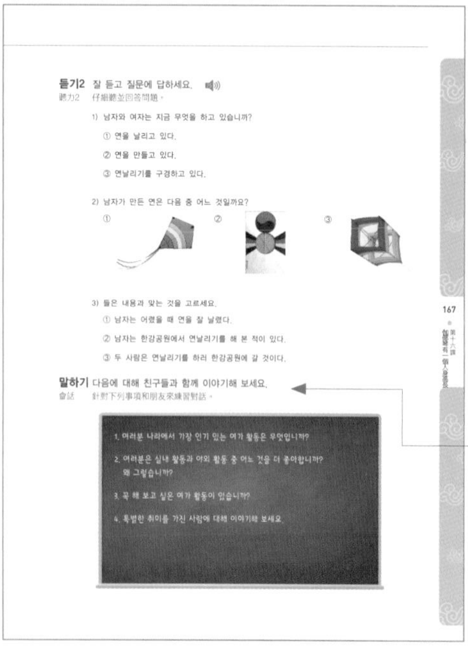
듣기2 잘 듣고 질문에 답하세요.
聽力2 仔細聽並回答問題。

1) 남자와 여자는 지금 무엇을 하고 있습니까?
① 연을 날리고 있다.
② 연을 만들고 있다.
③ 연날리기를 구경하고 있다.

2) 남자가 만든 연은 다음 중 어느 것일까요?
① ② ③

3) 들은 내용과 맞는 것을 고르세요.
① 남자는 어렸을 때 연을 잘 날렸다.
② 남자는 한강공원에서 연날리기를 해 본 적이 있다.
③ 두 사람은 연날리기를 하러 한강공원에 갈 것이다.

말하기 다음에 대해 친구들과 함께 이야기해 보세요.
會話 針對下列事項和朋友來練習對話。

1. 여러분 나라에서 가장 인기 있는 여가 활동은 무엇입니까?
2. 여러분은 실내 활동과 야외 활동 중 어느 것을 더 좋아합니까? 왜 그렇습니까?
3. 꼭 해 보고 싶은 여가 활동이 있습니까?
4. 특별한 취미를 가진 사람에 대해 이야기해 보세요.

167

會話練習

聽力練習結束後，會有和聽力主題、技巧相關的會話內容與練習。

●읽고 쓰기 閱讀與寫作

分成「暖身」、「閱讀」與「寫作」三部分。

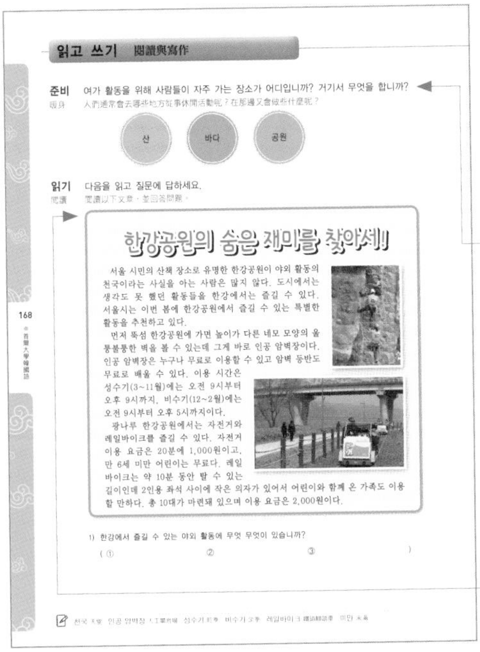

읽고 쓰기 閱讀與寫作

준비 暖身 여가 활동을 위해 사람들이 자주 가는 장소가 어디입니까? 거기서 무엇을 합니까?
人們通常會去哪些地方從事休閒活動呢？在那邊又會做些什麼呢？

산 바다 공원

읽기 閱讀 다음을 읽고 질문에 답하세요.
閱讀以下文章，並回答問題。

한강공원의 숨은 재미를 찾아서!

서울 시민의 산책 장소로 유명한 한강공원이 야외 활동의 천국이라는 사실을 아는 사람은 많지 않다. 도시에서는 생각도 못 했던 활동들을 한강에서는 즐길 수 있다. 서울시는 이번 봄에 한강공원에서 즐길 수 있는 특별한 활동을 추천하고 있다.

먼저 뚝섬 한강공원에 가면 높이가 다른 네모 모양의 울퉁불퉁한 벽을 볼 수 있는데 그게 바로 인공 암벽장이다. 인공 암벽장은 누구나 무료로 이용할 수 있고 암벽 등반도 무료로 배울 수 있다. 이용 시간은 성수기(3~11월)에는 오전 9시부터 오후 9시까지, 비수기(12~2월)에는 오전 9시부터 오후 5시까지이다.

광나루 한강공원에서는 자전거와 레일바이크를 즐길 수 있다. 자전거 이용 요금은 20분에 1,000원이고, 만 6세 미만 어린이는 무료다. 레일바이크는 약 10분 동안 탈 수 있는 길이인데 2인용 좌석 사이에 작은 의자가 있어서 어린이와 함께 온 가족도 이용할 만하다. 총 10대가 마련돼 있으며 이용 요금은 2,000원이다.

1) 한강에서 즐길 수 있는 야외 활동에 무엇 무엇이 있습니까?
(① ② ③)

168

暖身

在進入閱讀練習前，先提供學習者可預測閱讀內容的題目，及足以推測單字或表現等圖片。

閱讀

提供符合學習者程度、生活化且多元的文章，以及簡單的閱讀測驗。

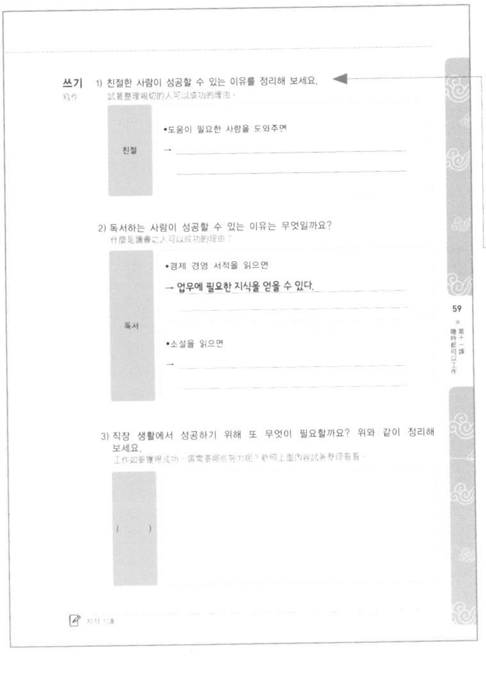

쓰기 寫作 1) 친절한 사람이 성공할 수 있는 이유를 정리해 보세요.
試著整理親切的人可以成功的理由。

친절
•도움이 필요한 사람을 도와주면
→

2) 독서하는 사람이 성공할 수 있는 이유는 무엇일까요?
什麼是讀書之人可以成功的理由？

독서
•경제 경영 서적을 읽으면
→ 업무에 필요한 지식을 얻을 수 있다.
•소설을 읽으면
→

3) 직장 생활에서 성공하기 위해 또 무엇이 필요할까요? 위와 같이 정리해 보세요.
工作如要獲得成功，還需要哪些努力呢？參照上面內容試著整理看看。

( )

59

寫作

和閱讀文章類型相似的寫作練習。

일러두기 | 本書使用方法

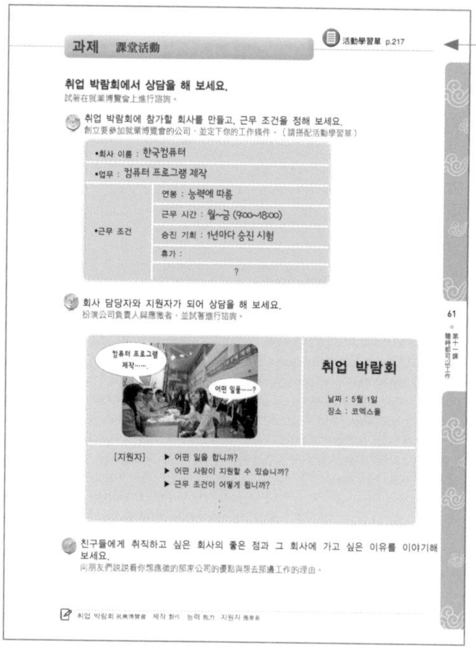

과제 課堂活動
活動學習單 p.217
취업 박람회에서 상담을 해 보세요.
試著在就業博覽會上進行諮詢。
취업 박람회에 참가할 회사를 만들고, 근무 조건을 정해 보세요.
•회사 이름 : 한국컴퓨터
•업무 : 컴퓨터 프로그램 제작
•근무 조건
연봉 : 능력에 따름
근무 시간 : 월~금 (9:00~18:00)
승진 기회 : 1년마다 승진 시험
휴가 :
?
회사 담당자와 지원자가 되어 상담을 해 보세요.
扮演公司負責人與應徵者，並試著進行諮詢。
컴퓨터 프로그램 제작……
어떤 일을……?
취업 박람회
날짜 : 5월 1일
장소 : 코엑스몰
[지원자]
▶ 어떤 일을 합니까?
▶ 어떤 사람이 지원할 수 있습니까?
▶ 근무 조건이 어떻게 됩니까?
친구들에게 취직하고 싶은 회사의 좋은 점과 그 회사에 가고 싶은 이유를 이야기해 보세요.
61

● 과제 課堂活動

由3～4個階段的活動任務所組成，在活動的過程中，學習者透過互動活用單字與文法，進而提高語言使用的流暢性。

・若看到 活動學習單標誌，可依標示的頁碼，取得課堂活動學習單。

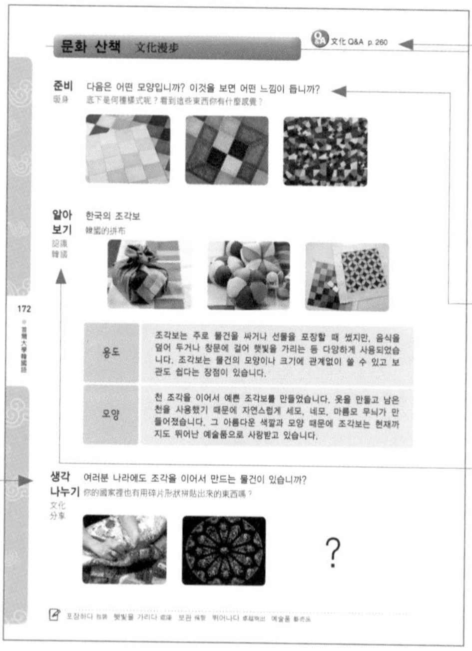

● 문화 산책 文化漫步

分成「暖身」、「認識韓國」與「文化分享」三部分。

・若看到 文化Q&A標誌，可翻至附錄【文化Q&A】查閱關於本課文化主題的問答集。

暖身

提供和文化主題相關的題目、插畫與照片等內容。

認識韓國

提供和該課主題相關的韓國文化圖片或簡單說明。

文化分享

從文化交流的觀點上，讓學習者比較韓國文化與自己國家文化的不同。

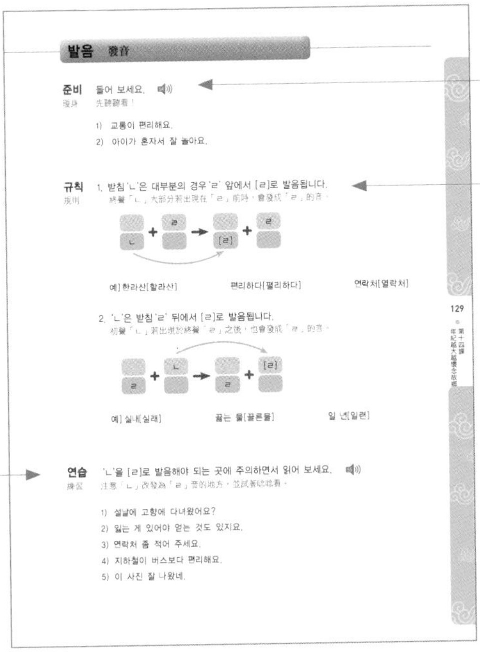
발음 發音

준비 들어 보세요.
預身 先聽聽看！

1) 교통이 편리해요.
2) 아이가 혼자서 잘 놀아요.

규칙 1. 받침 'ㄴ'은 대부분의 경우 'ㄹ' 앞에서 [ㄹ]로 발음됩니다.
規則 終聲「ㄴ」大部分若出現在「ㄹ」前時，會發成「ㄹ」的音。

예] 한라산[할라산] 편리하다[펼리하다] 연락처[열락처]

2. 'ㄴ'은 받침 'ㄹ' 뒤에서 [ㄹ]로 발음됩니다.
初聲「ㄴ」若出現於終聲「ㄹ」之後，也會發成「ㄹ」的音。

예] 실내[실래] 끓는 물[끌른물] 일 년[일련]

연습 'ㄴ'을 [ㄹ]로 발음해야 되는 곳에 주의하면서 읽어 보세요.
練習 注意「ㄴ」改發為「ㄹ」音的地方，並試著唸唸看。

1) 설날에 고향에 다녀왔어요?
2) 잃는 게 있어야 얻는 것도 있지요.
3) 연락처 좀 적어 주세요.
4) 지하철이 버스보다 편리해요.
5) 이 사진 잘 나왔네.

129

● 발음 發音

分成三步驟。學習者可以練習和該課單字或文法相關的音韻現象。

Step 1：先聽聽看

先聽聽重點單字或句子，進而了解要學習的內容。

Step 2：了解規則

將發音規則圖示化，使學習者能輕鬆了解。

Step 3：複誦練習

為了使學習者熟記規則，採取先聽再跟著複誦的練習方式。

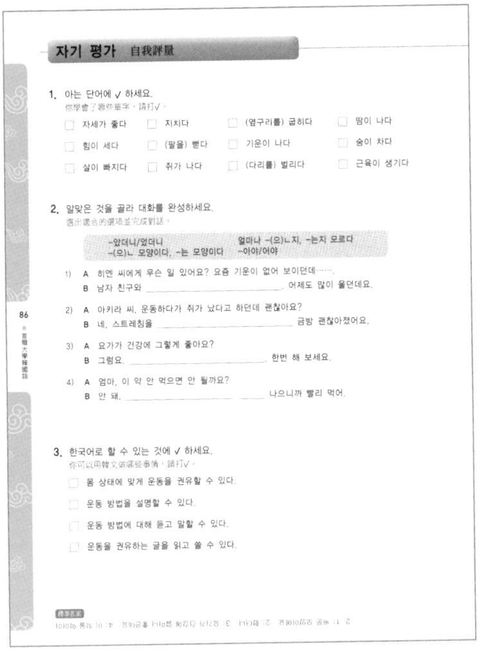
자기 평가 自我評量

1. 아는 단어에 ✓ 하세요.
你學會了哪些單字，請打✓。

□ 자세가 좋다 □ 지치다 □ (옆구리를) 굽히다 □ 땀이 나다
□ 힘이 세다 □ (팔을) 뻗다 □ 기운이 나다 □ 숨이 차다
□ 살이 빠지다 □ 쥐가 나다 □ (다리를) 벌리다 □ 근육이 생기다

2. 알맞은 것을 골라 대화를 완성하세요.
選出適合的選項並完成對話。

-았더니/었더니 얼마나 -(으)ㄴ지, -는지 모르다
-(으)ㄴ 모양이다, -는 모양이다 -아야/어야

1) A 히엔 씨에게 무슨 일 있어요? 요즘 기운이 없어 보이던데…….
B 남자 친구와 ________. 어제도 많이 울던데요.
2) A 아키라 씨, 운동하다가 쥐가 났다고 하던데 괜찮아요?
B 네, 스트레칭을 ________ 금방 괜찮아졌어요.
3) A 요가가 건강에 그렇게 좋아요?
B 그럼요. ________. 한번 해 보세요.
4) A 엄마, 이 약 안 먹으면 안 될까요?
B 안 돼. ________ 나으니까 빨리 먹어.

3. 한국어로 할 수 있는 것에 ✓ 하세요.
你可以用韓文做哪些事情，請打✓。

□ 몸 상태에 맞게 운동을 권유할 수 있다.
□ 운동 방법을 설명할 수 있다.
□ 운동 방법에 대해 듣고 말할 수 있다.
□ 운동을 권유하는 글을 읽고 쓸 수 있다.

86

● 자기 평가 自我評量

以單字和文法為中心，讓學習者得以檢測自我學習進度與吸收程度。

부록 附錄

分成「活動學習單」、「文法解說」、「文化Q&A」、「聽力原文」、「標準答案」與「單字索引」六部分。

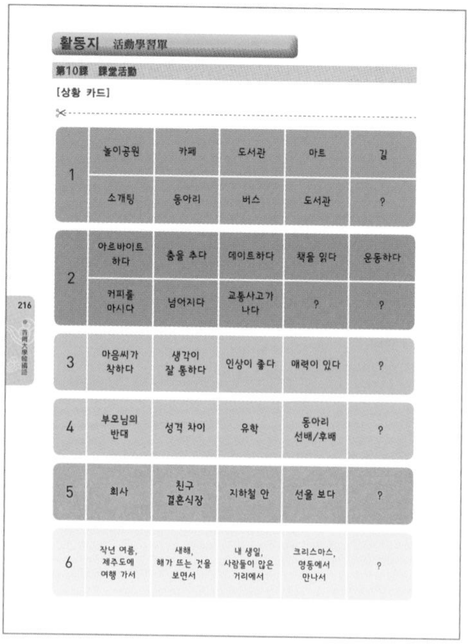
활동지 活動學習單

第10課 課堂活動

[상황 카드]

1	놀이공원	카페	도서관	마트	길
	소개팅	동아리	버스	도서관	?
2	아르바이트하다	춤을 추다	데이트하다	책을 읽다	운동하다
	커피를 마시다	넘어지다	교통사고가 나다	?	?
3	마음씨가 착하다	생각이 잘 통하다	인상이 좋다	매력이 있다	?
4	부모님의 반대	성격 차이	유학	동아리 선배/후배	?
5	회사	친구 결혼식장	지하철 안	선을 보다	?
6	작년 여름, 제주도에 여행 가서	새해, 해가 뜨는 것을 보면서	내 생일, 사람들이 많은 거리에서	크리스마스, 명동에서 만나서	?

216 首爾大學韓國語

活動學習單

提供練習或課堂活動等所需要的活動學習單。

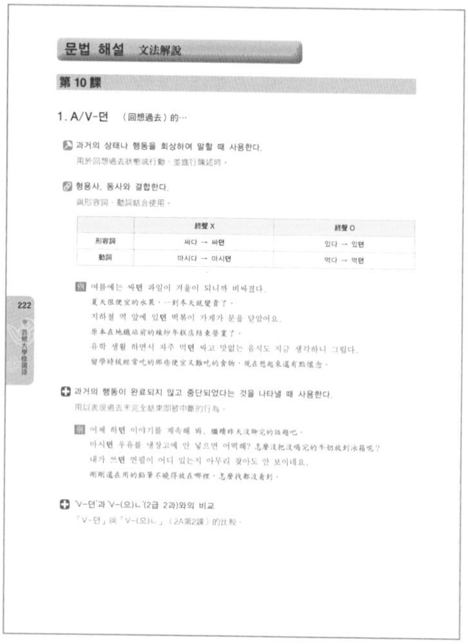
문법 해설 文法解說

第 10 課

1. A/V-던 （回想過去）的…

과거의 상태나 행동을 회상하여 말할 때 사용한다.
用於回想過去狀態或行動，並進行陳述時。

형용사, 동사와 결합한다.
與形容詞、動詞結合使用。

	終聲 X	終聲 O
形容詞	싸다 → 싸던	있다 → 있던
動詞	마시다 → 마시던	먹다 → 먹던

例 여름에는 싸던 과일이 겨울이 되니까 비싸졌다.
夏天很便宜的水果，一到冬天就變貴了。
지하철 역 앞에 있던 떡볶이 가게가 문을 닫았어요.
原本在地鐵站前的辣炒年糕店結束營業了。
유학 생활 하면서 자주 먹던 싸고 맛없는 음식도 지금 생각하니 그립다.
留學時候經常吃的那些便宜又難吃的食物，現在想起來還有點懷念。

과거의 행동이 완료되지 않고 중단되었다는 것을 나타낼 때 사용한다.
用以表現過去未完全結束即被中斷的行為。

例 어제 하던 이야기를 계속해 봐. 繼續昨天沒聊完的話題吧。
마시던 우유를 냉장고에 안 넣으면 어떡해? 怎麼沒把沒喝完的牛奶放到冰箱呢？
내가 쓰던 연필이 어디 있는지 아무리 찾아도 안 보이네요.
剛剛還在用的鉛筆不曉得放在哪裡，怎麼找都沒看到。

'V-던'과 'V-(으)ㄴ'(2급 2과)와의 비교
「V-던」與「V-(으)ㄴ」（2A第2課）的比較。

222 首爾大學韓國語

文法解說

針對每課「文法與表現」中所學習的文法進行解說，提供文法意義及功能、和不同詞類結合的變化、豐富的例句和使用上需注意的事項等，進而提升學習者對文法的理解，減少錯誤的產生。

文化Q&A

搭配「文法漫步」單元，讓學習者可以了解更多韓國文化小常識。

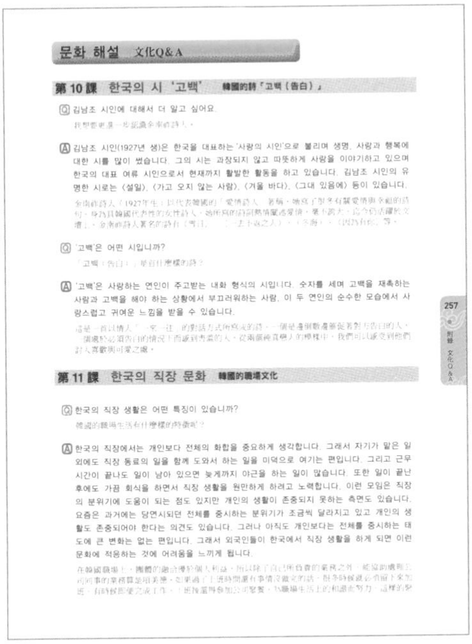

문화 해설 文化Q&A

第10課 한국의 시 '고백' 韓國的詩「고백（告白）」

Q 김남조 시인에 대해서 더 알고 싶어요.

A 김남조 시인(1927년 생)은 한국을 대표하는 '사랑의 시인'으로 불리며 생명, 사랑과 행복에 대한 시를 많이 썼습니다. 그의 시는 과장되지 않고 따뜻하게 사랑을 이야기하고 있으며 한국의 대표 여류 시인으로서 현재까지 활발한 활동을 하고 있습니다. 김남조 시인의 유명한 시로는 〈설일〉, 〈가고 오지 않는 사람〉, 〈겨울 바다〉, 〈그대 있음에〉 등이 있습니다.

Q '고백'은 어떤 시입니까?

A '고백'은 사랑하는 연인이 주고받는 내화 형식의 시입니다. 숫자를 세며 고백을 재촉하는 사람과 고백을 해야 하는 상황에서 부끄러워하는 사람. 이 두 연인의 순수한 모습에서 사랑스럽고 귀여운 느낌을 받을 수 있습니다.

第11課 한국의 직장 문화 韓國的職場文化

Q 한국의 직장 생활은 어떤 특징이 있습니까?

A 한국의 직장에서는 개인보다 전체의 화합을 중요하게 생각합니다. 그래서 자기가 맡은 일 외에도 직장 동료의 일을 함께 도와서 하는 일을 미덕으로 여기는 편입니다. 그리고 근무 시간이 끝나도 일이 남아 있으면 늦게까지 야근을 하는 일이 많습니다. 또한 일이 끝난 후에도 가끔 회식을 하면서 직장 생활을 원만하게 하려고 노력합니다. 이런 모임은 직장의 분위기에 도움이 되는 점도 있지만 개인의 생활이 존중되지 못하는 측면도 있습니다. 요즘은 과거에는 당연시되던 전체를 중시하는 분위기가 조금씩 달라지고 있고 개인의 생활도 존중되어야 한다는 의견도 있습니다. 그러나 아직도 개인보다는 전체를 중시하는 태도에 큰 변화는 없는 편입니다. 그래서 외국인들이 한국에서 직장 생활을 하게 되면 이런 문화에 적응하는 것에 어려움을 느끼게 됩니다.

257 附錄 文化Q&A

聽力原文

提供「聽力與會話」部分的聽力原文。

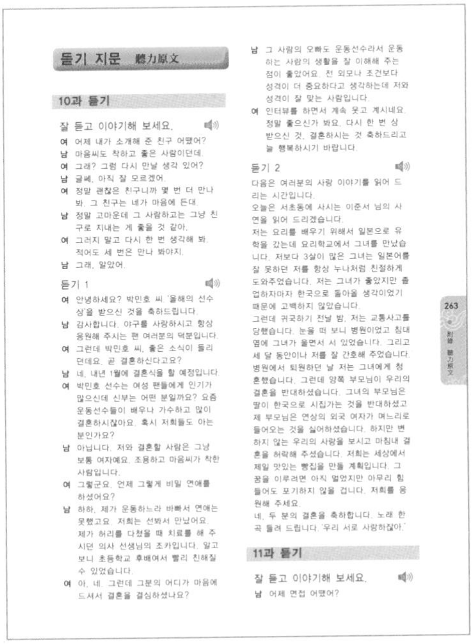

듣기 지문 聽力原文

10과 듣기

잘 듣고 이야기해 보세요.

여 어제 내가 소개해 준 친구 어땠어?
남 마음씨도 착하고 좋은 사람이던데.
여 그래? 그럼 다시 만날 생각 있어?
남 글쎄, 아직 잘 모르겠어.
여 정말 괜찮은 친구니까 몇 번 더 만나 봐. 그 친구는 네가 마음에 든대.
남 정말 고마운데 그 사람하고는 그냥 친구로 지내는 게 좋을 것 같아.
여 그러지 말고 다시 한 번 생각해 봐. 적어도 세 번은 만나 봐야지.
남 그래, 알았어.

듣기 1

여 안녕하세요? 박민호 씨. '올해의 선수상'을 받으신 것을 축하드립니다.
남 감사합니다. 야구를 사랑하시고 항상 응원해 주시는 팬 여러분의 덕분입니다.
여 그런데 박민호 씨, 좋은 소식이 들리던데요. 곧 결혼하신다고요?
남 네, 내년 1월에 결혼식을 할 예정입니다.
여 박민호 선수는 여성 팬들에게 인기가 많으신데 신부는 어떤 분일까요? 요즘 운동선수들이 배우나 가수하고 많이 결혼하시잖아요. 혹시 저희들도 아는 분인가요?
남 아닙니다. 저와 결혼할 사람은 그냥 보통 여자예요. 조용하고 마음씨가 착한 사람입니다.
여 그렇군요. 언제 그렇게 비밀 연애를 하셨어요?
남 하하. 제가 운동하느라 바빠서 연애는 못했고요. 저희는 선봐서 만났어요. 제가 허리를 다쳤을 때 치료를 해 주시던 의사 선생님의 조카입니다. 알고 보니 초등학교 후배여서 빨리 친해질 수 있었습니다.
여 아, 네. 그런데 그분의 어디가 마음에 드셔서 결혼을 결심하셨나요?
남 그 사람의 오빠도 운동선수라서 운동하는 사람의 생활을 잘 이해해 주는 점이 좋았어요. 전 외모나 조건보다 성격이 더 중요하다고 생각하는데 저와 성격이 잘 맞는 사람입니다.
여 인터뷰를 하면서 계속 웃고 계시네요. 정말 좋으신가 봐요. 다시 한 번 상 받으신 것, 결혼하시는 것 축하드리고 늘 행복하시기 바랍니다.

듣기 2

다음은 여러분의 사랑 이야기를 읽어 드리는 시간입니다.
오늘은 서초동에 사시는 이준서 님의 사연을 읽어 드리겠습니다.
저는 요리를 배우기 위해서 일본으로 유학을 갔는데 요리학교에서 그녀를 만났습니다. 저보다 3살이 많은 그녀는 일본어를 잘 못하던 저를 항상 누나처럼 친절하게 도와주었습니다. 저는 그녀가 좋았지만 졸업하자마자 한국으로 돌아올 생각이었기 때문에 고백하지 않았습니다.
그런데 귀국하기 전날 밤, 저는 교통사고를 당했습니다. 눈을 떠 보니 병원이었고 침대 옆에 그녀가 울면서 서 있었습니다. 그리고 세 달 동안이나 저를 잘 간호해 주었습니다. 병원에서 퇴원하던 날 저는 그녀에게 청혼했습니다. 그런데 양쪽 부모님이 우리의 결혼을 반대하셨습니다. 그녀의 부모님은 딸이 한국으로 시집가는 것을 반대하셨고 제 부모님은 연상의 외국 여자가 며느리로 들어오는 것을 싫어하셨습니다. 하지만 변하지 않는 우리의 사랑을 보시고 마침내 결혼을 허락해 주셨습니다. 저희는 세상에서 제일 맛있는 빵집을 만들 계획입니다. 그 꿈을 이루려면 아직 멀었지만 아무리 힘들어도 포기하지 않을 겁니다. 저희를 응원해 주세요.
네, 두 분의 결혼을 축하합니다. 노래 한 곡 들려 드립니다. '우리 서로 사랑하잖아.'

11과 듣기

잘 듣고 이야기해 보세요.

남 어제 면접 어땠어?

263 附錄 聽力原文

일러두기 本書使用方法

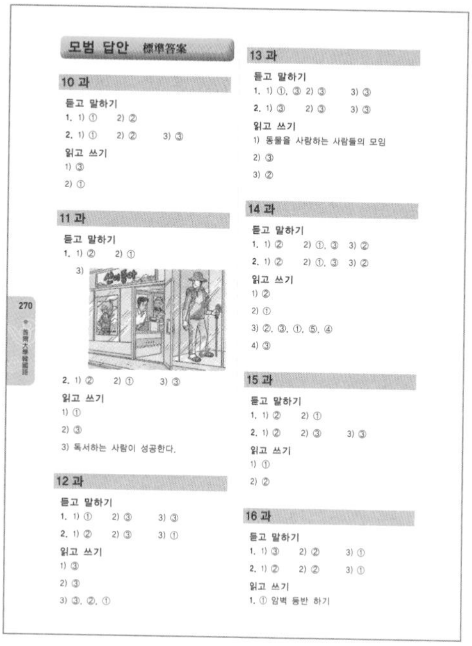

270

모범 답안 標準答案

10 과

듣고 말하기

1. 1) ① 2) ②

2. 1) ① 2) ② 3) ③

읽고 쓰기

1) ③

2) ①

11 과

듣고 말하기

1. 1) ② 2) ①

3)

2. 1) ② 2) ① 3) ③

읽고 쓰기

1) ①

2) ③

3) 독서하는 사람이 성공한다.

12 과

듣고 말하기

1. 1) ① 2) ③ 3) ③

2. 1) ② 2) ③ 3) ①

읽고 쓰기

1) ③

2) ③

3) ③, ②, ①

13 과

듣고 말하기

1. 1) ①, ③ 2) ③ 3) ③

2. 1) ③ 2) ③ 3) ③

읽고 쓰기

1) 동물을 사랑하는 사람들의 모임

2) ③

3) ②

14 과

듣고 말하기

1. 1) ② 2) ①, ③ 3) ②

2. 1) ② 2) ①, ③ 3) ②

읽고 쓰기

1) ②

2) ①

3) ②, ③, ①, ⑤, ④

4) ③

15 과

듣고 말하기

1. 1) ② 2) ①

2. 1) ② 2) ③ 3) ③

읽고 쓰기

1) ①

2) ②

16 과

듣고 말하기

1. 1) ③ 2) ② 3) ①

2. 1) ② 2) ② 3) ①

읽고 쓰기

1. ① 암벽 등반 하기

標準答案

提供每課「聽力與會話」、「閱讀與寫作」的正確解答。

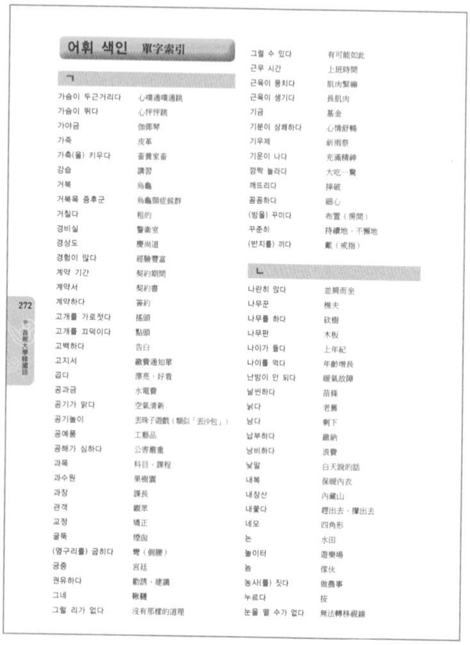

272

어휘 색인 單字索引

ㄱ

가슴이 두근거리다	心噗通噗通跳
가슴이 뛰다	心怦怦跳
가야금	伽倻琴
가죽	皮革
가축(을) 키우다	畜養家畜
강습	講習
거북	烏龜
거북목 증후군	烏龜頸症候群
거칠다	粗的
경비실	警衛室
경상도	慶尚道
경험이 많다	經驗豐富
계약 기간	契約期間
계약서	契約書
계약하다	簽約
고개를 가로젓다	搖頭
고개를 끄덕이다	點頭
고백하다	告白
고지서	繳費通知單
곱다	漂亮、好看
공과금	水電費
공기가 맑다	空氣清新
공기놀이	丟珠子遊戲（類似「丟沙包」）
공예품	工藝品
공해가 심하다	公害嚴重
과목	科目、課程
과수원	果樹園
과장	課長
관객	觀眾
교정	矯正
굴뚝	煙囪
(옆구리를) 굽히다	彎（側腰）
궁중	宮廷
권유하다	勸誘、建議
그네	鞦韆
그럴 리가 없다	沒有那樣的道理
그럴 수 있다	有可能如此
근무 시간	上班時間
근육이 뭉치다	肌肉緊繃
근육이 생기다	長肌肉
기금	基金
기분이 상쾌하다	心情舒暢
기우제	祈雨祭
기운이 나다	充滿精神
깜짝 놀라다	大吃一驚
깨뜨리다	摔破
꼼꼼하다	細心
(방을) 꾸미다	布置（房間）
꾸준히	持續地、不懈地
(반지를) 끼다	戴（戒指）

ㄴ

나란히 앉다	並肩而坐
나무꾼	樵夫
나무를 하다	砍樹
나무판	木板
나이가 들다	上年紀
나이를 먹다	年齡增長
난방이 안 되다	暖氣故障
날씬하다	苗條
낡다	老舊
남다	剩下
납부하다	繳納
낭비하다	浪費
낮말	白天說的話
내복	保暖內衣
내장산	內藏山
내쫓다	趕出去、攆出去
네모	四角形
논	水田
놀이터	遊樂場
놈	傢伙
농사(를) 짓다	做農事
누르다	按
눈을 뗄 수가 없다	無法轉移視線

單字索引

按字母順序整理教材中出現的所有單字。

차례 目錄

교재 구성표 課程大綱

單元	會話	聽力與會話	閱讀與寫作
第 10 課 **要結婚還早呢**	• 回想戀愛過程 • 說明準備過程	**聽力：** • 聽聽告知結婚訊息的訪談 • 聽聽廣播信件 **會話：** • 聊聊戀愛與結婚	• 閱讀有關戀愛的專欄 • 寫一篇有關戀愛建議的文章
第 11 課 **隨時都可以工作**	• 說明打工經驗 • 求職諮詢	**聽力：** • 聽聽業務說明的對話 • 聽聽對於職場生活的不滿與建議 **會話：** • 聊聊職場生活	• 閱讀有關成功職場生活的文章 • 寫一篇有關成功職場生活的文章
第 12 課 **運動後發現身體變好**	• 建議運動 • 說明運動的方法	**聽力：** • 聽聽健康諮詢節目 • 聽聽運動中心講師與會員的對話 **會話：** • 聊聊健康與運動	• 閱讀建議脖子運動的文章 • 寫一篇建議為健康而運動的文章
第 13 課 **現在穿的西裝很適合你**	• 討論適合聚會的穿著 • 聚會評價	**聽力：** • 聽聽有關不合適穿著的對話 • 聽聽評價活動的對話 **會話：** • 說說適合聚會與活動的穿著	• 閱讀邀請參加活動的文章 • 寫寫活動邀請函

課堂活動	字彙練習	文法與表現	發音	文化漫步
• 編寫有關「愛」的故事	• 戀愛與結婚	• A/V– 던 • A/V– 잖아 (요) • V–(으) ㄹ 생각 [계획 , 예정] 이다 • V–(으) 려면 멀었다	• 終聲「ㅅ」的發音	• 韓國的詩「고백」
• 就業博覽會	• 業務	• V– 이 / 히 / 리 / 기 / 우 – (사동) • A– 다면 , V– ㄴ다면 / 는다면 , N(이) 라면 • 무엇이든 (지), 무슨 N(이) 든 (지)	• 鼻音化 1 (작년)	• 韓國的職場文化
• 描述動作的遊戲	• 運動、身體狀態	• V– 았더니 / 었더니 • 얼마나 A–(으) ㄴ지 / V– 는지 모르다 • A–(으) ㄴ 모양이다 , V– 는 모양이다 , N 인 모양이다 • A/V– 아야 / 어야 , N 이어야 / 여야	• 鼻音化 2 (음료수)	• 韓國的登山文化
• 籌辦活動	• 聚會與穿著	• A/V–(으) ㄹ까 봐 • V– 고 있다 • A/V– 았어야 / 었어야 했는데 • V– 도록	• 雙終聲的發音	• 韓國的「冠婚喪祭」

교재 구성표 課程大綱

單元	會話	聽力與會話	閱讀與寫作
第 14 課 **年紀越大越懷念故鄉**	• 描述變化 • 比較都市與鄉村生活	**聽力：** • 聽聽在都市務農的故事 • 聽聽參觀展示會後的感想 **會話：** • 聊聊過去與未來	• 閱讀諺語故事 • 想像未來並寫一篇文章
第 15 課 **不能不節約用電**	• 解決問題 • 提出不滿	**聽力：** • 聽聽鄰居之間抱怨的對話 • 聽聽房東與房客的對話 **會話：** • 聊聊房子與鄰居	• 閱讀有關省錢方法的文章 • 寫一篇有關節約方式的文章
第 16 課 **伽倻琴有一個人身高長**	• 描述樂器 • 介紹休閒活動	**聽力：** • 聽聽電話中說明物品樣貌的對話 • 聽聽製作風箏的方法 **會話：** • 聊聊休閒活動	• 閱讀有關戶外活動的新聞報導 • 寫一篇介紹自己國家地點或活動的文章
第 17 課 **你說他們兩人是情侶？**	• 傳遞傳聞 • 澄清誤會	**聽力：** • 聽聽有關偏見的新聞 • 聽聽有關健康的諮詢 **會話：** • 聊聊偏見與誤會	• 閱讀有關「薯童謠」的文章 • 就聽來的傳聞寫一篇文章
第 18 課 **鏡子最後破掉了**		**聽力：** • 閱讀話劇劇本 **會話：** • 依劇本進行話劇表演	

課堂活動	字彙練習	文法與表現	發音	文化漫步
• 設計一個適合居住的地方	• 都市與鄉村	• 하도 A/V– 아서 / 어서 • A/V– 았던 / 었던 • A– 아 / 어하다 • A/V–(으)면 A/V–(으)ㄹ수록	• 流音化	• 韓國的節氣
• 解決紛爭的角色扮演	• 居住生活	• V– 게 하다 • A/V–(으)ㄹ걸(요) • A/V– 지 않으면 안 되다 • V– 는 길에	• 疑問句的聲調	• 韓國的搬家習俗
• 描述事物的遊戲	• 心理狀態、模樣描述	• N 만 하다 • V–(으)ㄹ 생각도 못 하다 • V–(으)ㄹ 만하다 • A/V– 기로 유명하다 , N(으)로 유명하다	• 連音	• 韓國的拼布
• 導正錯誤常識的遊戲	• 傳聞	• V– 고 보니 • A–(으)ㄴ /V– 는 척하다 • A/V– 다니(요), N(이)라니(요) • N(이)라고 (해서) 다 A(으)ㄴ /V– 는 것은 아니다	• 朗讀練習	• 有關傳聞的韓國諺語
• 演話劇	• 話劇、演技	• A– 다니까(요), V– ㄴ다니까(요)/ 는다니까(요), N(이)라니까(요) • V– 고 말다		

등장인물 人物介紹

켈리 凱莉 (27)
澳洲
LEI學生、研究生
최정우 崔正宇 (23)
韓國
大學生
SNU
스티븐 史提芬 (23)
美國
LEI學生、大學生
박유진 朴宥珍 (23)
美國
大學生
서울대 한국어
샤오밍 小明 (21)
中國
LEI學生、大學生
히엔 小賢 (24)
越南
LEI學生

알리 阿里 (20)
沙烏地阿拉伯
LEI學生、大學生
마리코 麻里子 (30)
日本
LEI學生、家庭主婦
이지연 李智妍 (30)
韓國
家庭主婦
줄리앙 朱利安 (25)
法國
LEI學生、研究生
김민수 金民秀 (28)
韓國
上班族
아키라 阿旭 (28)
日本
LEI學生、上班族

10 결혼하려면 아직 멀었어요
要結婚還早呢

잘 듣고 이야기해 보세요. 02
仔細聽並説説看。

1. 남자는 어제 무엇을 했습니까?
   男生昨天做了什麼？
2. 남자는 여자를 어떻게 생각하고 있습니까?
   男生對女生的感覺如何？

학습목표 學習目標

어 휘
字彙練習

- 연애와 결혼
  戀愛與結婚

문법과 표현 1
文法與表現 1

- A/V-던
- A/V-잖아(요)

말하기 1
會話 1

- 연애 과정 회상하기
  回想戀愛過程

문법과 표현 2
文法與表現 2

- V-(으)ㄹ 생각[계획, 예정]이다
- V-(으)려면 멀었다

말하기 2
會話 2

- 준비 과정 설명하기
  說明準備過程

듣고 말하기
聽力與會話

- 결혼 소식을 전하는 인터뷰 듣기
  聽聽告知結婚訊息的訪談
- 라디오 편지 듣기
  聽聽廣播信件
- 연애와 결혼에 대해 이야기하기
  聊聊戀愛與結婚

읽고 쓰기
閱讀與寫作

- 연애에 대한 칼럼 읽기
  閱讀有關戀愛的專欄
- 연애에 대해 조언하는 글 쓰기
  寫一篇有關戀愛建議的文章

과 제
課堂活動

- '사랑'에 대한 이야기 만들기
  編寫有關「愛」的故事

문화 산책
文化漫步

- 한국의 시 「고백」
  韓國的詩「고백」

발 음
發音

- 받침 'ㅅ'의 발음
  終聲「ㅅ」的發音

어 휘 字彙練習

1. 그림을 보면서 연애 경험에 대해 [보기]와 같이 이야기해 보세요.
看圖跟著範例說說看戀愛的經驗。

소개팅하다

첫눈에 반하다

사귀다

사랑에 빠지다

고백하다

연애하다

선보다

청혼하다

範例

두 사람은 어떻게 처음 만났어요?
소개팅을 했는데 보자마자
사랑에 빠졌어요.
누가 먼저 고백했어요?

2. 지금 사귀는 사람이나 사귀고 싶은 사람에 대해 [보기]와 같이 이야기해 보세요.
跟著範例說說看你現在交往或想交往的對象。

성격[마음]이 잘 맞다	조건이 맞다	매력이 있다
말[생각]이 잘 통하다	인상이 좋다	마음씨가 착하다

範例

어떤 사람과 사귀고 싶어요?
저는 저와 성격이 잘 맞는
사람과 사귀고 싶어요.
어떤 사람과 결혼하고 싶어요?

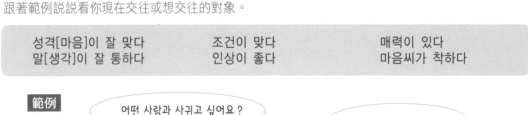

3. 연애하는 사람들의 모습을 보고 알맞은 단어를 골라 쓰세요.
看看這些情侶們的模樣，並選出合適的單字。

나란히 앉다	얼굴이 빨개지다	손을 잡다
어깨에 기대다	가슴이 두근거리다	팔짱을 끼다

(나란히 앉아 있어요.)

(   )

(   )

(   )

(   )

(   )

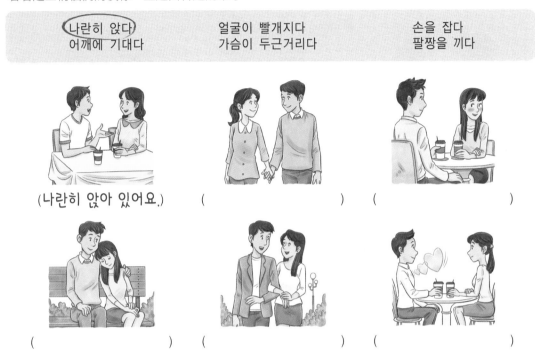

4. 빈칸에 알맞은 단어를 넣어 보세요.
試著在空格中填入合適的單字。

신혼여행	중매결혼	연애결혼	청첩장	예식장

Wedding Day

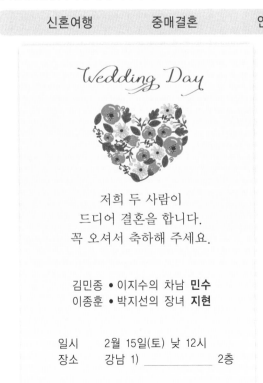

저희 두 사람이
드디어 결혼을 합니다.
꼭 오셔서 축하해 주세요.

김민종 • 이지수의 차남 **민수**
이종훈 • 박지선의 장녀 **지현**

일시 2월 15일(토) 낮 12시
장소 강남 1) ____________ 2층

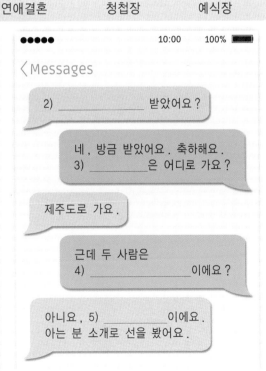

●●●●● 10:00 100%
〈Messages

2) ____________ 받았어요?

네, 방금 받았어요. 축하해요.
3) ____________은 어디로 가요?

제주도로 가요.

근데 두 사람은
4) ____________이에요?

아니요, 5) ____________이에요.
아는 분 소개로 선을 봤어요.

문법과 표현 1 文法與表現1

文法解說 p. 222、p. 223

1. A/V-던 （回想過去）的…

03

A 내가 마시던 커피가 어디 갔지?

B 그 커피 다 마신 줄 알고 내가 버렸는데…….

例
- 어제까지 따뜻하**던** 날씨가 갑자기 추워졌어요.
- 침대 옆에 있**던** 안경이 없어졌어.
- 아플 때는 어머니가 자주 해 주시**던** 음식이 먹고 싶어져요.
- 저는 언니가 공부하**던** 책으로 한국어를 배웠어요.

연습 다른 사람이 쓰던 물건을 사용한 적이 있어요? [보기]와 같이 이야기해 보세요.
練習 你是否用過別人使用過的東西呢？跟著範例說說看。

範例

형이 타던 자전거를 받아서 지금까지 잘 타고 있어요.
전 어렸을 때 항상 언니가 입던 옷을 입어야 해서 싫었어요.

1) 

2) 

3) 

4) 

5) 

6) ?

2. A/V- 잖아(요) 不是…嗎？

04

A 유진 씨는 오늘 미팅에 안 와요?

B 유진 씨는 남자 친구가 있잖아요. 그래서 안 불렀어요.

例

- A : 정우 씨는 김밥을 자주 먹네요.
  B : 싸고 맛있**잖아요**.
- 지금은 지하철을 타는 게 나아요. 길이 막히**잖아요**.
- 지각했다고? 그것 봐. 내가 일찍 일어나라고 했**잖아**.
- 프랑스어는 줄리앙 씨에게 물어보세요. 프랑스 사람이**잖아요**.

연습 다음에 대해 [보기]와 같이 이야기해 보세요.

練習 就以下問題，跟著範例說說看。

範例

유진 씨는 영어를 참 잘하네요.
미국에서 왔잖아요.

1) 유진 씨는 영어 를 참 잘하네요.

2) 10월 9일에 왜 학교에 안 가요?

3) 한국 드라마 를 많이 보는 편이에요? 왜요?

4) 알리 씨는 이태원 에 자주 가는 것 같아요.

5) 좋아하는 배우 / 가수가 있어요? 왜 그 사람을 좋아해요?

6) ?

말하기 1 會話1

會話翻譯 1 p. 43

05 **히엔** 유진 씨는 스티븐 씨하고 어떻게 처음 만났어요?
유진 스티븐이 도서관에서 내가 마시던 커피를 쏟았어요.
히엔 아, 그래서요?
유진 미안하다면서 대신 저녁을 사 주겠다고 하던데요.
그런데 사실은 나한테 첫눈에 반해서 일부러 그런 거래요.
히엔 유진 씨도 스티븐 씨가 마음에 들었어요?
유진 처음에는 매력 있어 보였어요. 스티븐이 씩씩하고 활발하잖아요.
하지만 사귀어 보니까 성격이 안 맞아서 맨날 싸워요.
히엔 전 두 사람이 손을 잡고 가는 모습을 보면 참 부러워요.
데이트는 주로 어디서 해요?
유진 한강공원에서 자전거도 타고 극장에도 자주 가요.

연습1 친구와 연습해 보세요.
練習1 和朋友練習看看。

1) 마시다 / 커피를 쏟다
씩씩하고 활발하다
손을 잡고 가다
극장

2) 읽다 / 책을 떨어뜨리다
인상도 좋고 말도 재미있게 하다
팔짱을 끼고 걷다
전시회

일부러 故意

연습2 여러분이 사귀어 본 이성 친구에 대해 [보기]와 같이 이야기해 보세요.

練習2 就你所交往過的異性朋友，跟著範例說說看。

範例

그 사람과 처음에 어떻게 만났어요？
같은 고등학교에 다니던 친구였는데…….
그 사람과 어떻게 사귀게 되었어요？
제가 용기를 내서 먼저 고백했어요. 그래서…….

1) 어떻게 만났어요?

2) 어떻게 사귀게 되었어요?

3) 왜 그 사람을 좋아하게 됐어요?

4) 첫 데이트를 어디에서 했어요?

5) 고향에서 유명한 데이트 코스가 어디예요?

6) 지금도 그 사람을 만나요? / 왜 헤어졌어요?

7) ?

이성 異性　용기를 내다 鼓起勇氣　데이트 코스 約會行程　헤어지다 分手

문법과 표현 2 文法與表現2

文法解說 p. 224、p.225

1. V-(으)ㄹ 생각[계획, 예정]이다 打算(計畫、預定)…

A 아이는 몇 명쯤 낳을 계획이에요?

B 두 명 정도 낳을 생각이에요.

例
- 자유로운 생활을 좋아해서 결혼하지 않고 혼자 **살 생각이에요**.
- 전공 공부를 더 하기 위해서 대학원에 진학**할 계획이에요**.
- 한 달 동안 유럽으로 출장을 다녀**올 예정입니다**.

연습 자신의 인생 계획을 세우고 [보기]와 같이 친구들과 이야기해 보세요.
練習 請制定自己的人生計畫，並跟著範例和朋友說說看。

나의 인생 계획

1년 후	10년 후	20년 후	30년 후	40년 후
졸업, 취직				

範例

언제쯤 취직할 생각이에요?
내년에 졸업하자마자 바로 취직할 생각이에요.

2. V-(으)려면 멀었다 要…的話還早呢

07

A 언제쯤 결혼할 생각이에요?

B 저는 결혼하려면 멀었어요.

아직 취직도 못 했는데요.

例

- 한국 사람처럼 한국말을 잘하**려면** 아직 **멀었어요**.
- 입학한 지 얼마 안 돼서 졸업하**려면 멀었어요**.
- 일이 아직 많이 남아서 끝내**려면 멀었어요**.

연습 [보기]와 같이 이야기해 보세요.

練習 跟著範例說說看。

範例

언제 집을 살 계획이에요?

집을 사려면 아직 멀었어요. 통장에 100만 원밖에 없어요.

1)

2)

3)

4)

5)

?

1) 아이가 초등학생이에요?

2) 이제 기타를 잘 치겠네요.

3) 이제 한국말을 잘하지요?

4) 언제 월급을 받아요?

말하기 2 會話2

08 **아키라** 오랫동안 연애하더니 드디어 결혼하네요. 준비는 다 됐어요?

민 수 결혼 준비 다 하려면 아직 멀었어요.
청첩장도 보내야 하고 신혼여행 준비도 해야 하고, 할 일이 많네요.

아키라 신혼집은 어디로 정했어요?

민 수 그냥 지금 살고 있는 오피스텔에서 신혼살림을 시작할 생각이에요.

아키라 아, 그럼 되겠네요. 회사에서도 가깝고요.

민 수 그런데 여자 친구는 더 넓은 집에서 살고 싶대요.
서로 마음이 잘 맞는다고 생각했는데…….

아키라 결혼 준비가 생각보다 쉽지 않군요.

민 수 그래도 사랑하는 사람과 함께 살 생각을 하면 가슴이 두근거려요.

아키라 하하, 천생연분인가 보네요.

1) 청첩장도 보내다

지금 살고 있는 오피스텔

더 넓은 집에서

마음이 잘 맞다

2) 가구도 사다

부모님 댁

따로 나와서

생각이 잘 통하다

신혼집 婚後住的新家 신혼살림 新婚生活 천생연분 天作之合

연습2 [보기]와 같이 준비 과정에 대해 설명해 보세요.
練習2 跟著範例，試著說明準備過程。

範例

신혼여행 준비는 잘돼 가요?
아니요, 준비 다 하려면 멀었어요. 신혼여행 장소도 알아봐야 되고…….
신혼여행 준비가 생각보다 쉽지 않죠?
네, 여행 가방도 싸야 하고……. 게다가 가고 싶은 곳이 서로 달라서…….
그래요? ________ 씨는 어디로 가고 싶은데요?

계획	준비할 것	문제점
신혼여행 준비	신혼여행 장소를 알아본다. 여행 가방을 싼다. 여행사에 예약한다.	가고 싶은 곳이 다르다.
유학 준비		
취업 준비		
?		

듣고 말하기 聽力與會話

준비 중요하게 생각하는 이성 친구의 조건은 무엇입니까?
暖身 你認為異性朋友的條件中，最重要的是什麼？

☐ 외모 ☐ 성격 ☐ 학력
☐ 직업 ☐ ________

듣기1 잘 듣고 질문에 답하세요. 09
聽力1 仔細聽並回答問題。

1) 남자에 대해 들은 내용과 같은 것은 무엇입니까?
① 중매결혼을 한다.
② 유명한 배우와 결혼한다.
③ 초등학교 후배와 비밀 연애를 했다.

2) 남자가 결혼할 사람을 좋아하는 이유는 무엇입니까?
① 외모와 조건이 잘 맞는다.
② 운동선수의 생활을 잘 이해한다.
③ 허리를 다쳤을 때 잘 치료해 줬다.

준비 결혼할 때 문제가 될 수 있는 것은 무엇일까요?
暖身 結婚時可能會面臨的問題是什麼？

☐ 부모의 반대 ☐ 성격 차이 ☐ 국적
☐ 종교 ☐ 나이 ☐ ________

듣기2 잘 듣고 질문에 답하세요.

聽力2 仔細聽並回答問題。

1) 두 사람은 어떻게 처음 만났습니까?

① 두 사람은 같은 학교에서 요리를 배웠다.

② 여자는 남자가 입원한 병원의 간호사였다.

③ 여자는 남자가 다니던 학교의 일본어 선생님이었다.

2) 남자가 여자에게 고백하지 않은 이유는 무엇입니까?

① 여자가 자기의 이상형이 아니었기 때문에

② 남자가 한국으로 돌아올 생각이었기 때문에

③ 남자가 연상의 여자를 좋아하지 않았기 때문에

3) 들은 내용과 같은 것은 무엇입니까?

① 여자가 교통사고를 당했기 때문에 남자는 귀국할 수 없었다.

② 남자가 나이도 많고 외국인이라서 여자의 부모님이 결혼을 반대했다.

③ 부모님의 심한 반대에도 불구하고 두 사람의 사랑은 변하지 않았다.

말하기 다음에 대해 친구들과 함께 이야기해 보세요.

會話 針對下列事項和朋友來練習對話。

1. 여러분이 생각하는 배우자의 조건은 무엇입니까?

2. 연애결혼과 중매결혼의 좋은 점과 나쁜 점은 무엇입니까?

3. 사랑하는 사람을 부모님이 싫어하시면 어떻게 하겠습니까?

4. 외국인과 결혼하는 것(국제결혼)에 대해 어떻게 생각합니까?

5. 결혼할 사람과의 나이 차이는 어느 정도가 좋을까요?
연상 연하 커플에 대한 생각을 말해 보세요.

연상 年紀比自己大者　배우자 配偶　연하 年紀比自己小者

읽고 쓰기 閱讀與寫作

준비 여러분은 언제 사랑이 식었다는 생각이 듭니까?
暖身 你什麼時候會覺得愛已冷卻？

읽기 다음 글을 읽고 질문에 답하세요.
閱讀 閱讀以下文章並回答問題。

김영희의 연애 칼럼

사랑에 빠진 연인들은 서로의 사랑이 영원할 거라고 생각합니다. 하지만 사랑에도 유통 기한이 있다고 합니다. 뜨겁게 연애를 하던 사람들도 18개월에서 30개월이 지나면 더 이상 손을 잡거나 팔짱을 껴도 가슴이 두근거리지 않는다고 합니다. 이 때문에 사랑이 식었다고 생각해서 헤어지는 연인들이 많습니다. 그러나 이런 변화는 사랑의 여러 가지 단계 중의 하나입니다. 서로의 노력으로 사랑은 더 커질 수 있습니다. 지금 곁에 있는 사람과 평생을 함께할 생각입니까? 오랫동안 사랑을 지킬 수 있는 방법 몇 가지를 소개하겠습니다.

첫째, 서로를 있는 그대로 이해해 줍니다.
둘째, 사랑하는 마음을 자주 표현합니다.
셋째, 거짓말을 하면 안 됩니다.
넷째, 함께 할 수 있는 취미를 만듭니다.
다섯째, 다른 사람과 비교하지 않습니다.

여자는 남자의 마음이 변했다고 느낄 때 헤어질 생각을 하고, 남자는 여자와 성격이 안 맞을 때 이별을 생각한다고 합니다. 모든 연인들이 싸우지 않고 항상 행복할 수는 없겠지만 위의 방법대로 하면 사랑하는 사람과 오래 함께할 수 있을 겁니다.

1) 이 글을 쓴 이유는 무엇입니까?

① 아름답게 헤어지는 방법을 알려 주려고

② 사랑하던 연인들이 헤어지는 이유를 알려 주려고

③ 사랑을 오랫동안 지킬 수 있는 방법을 알려 주려고

2) 이 글의 내용과 같은 것을 고르세요.

① 사랑하는 마음을 자주 표현해야 사랑을 오래 지킬 수 있다.

② 여자는 연애를 할 때 성격이 맞는 것을 가장 중요하게 생각한다.

③ 이 글에서 소개한 방법대로 하면 연인들이 싸우지 않고 행복할 수 있다.

연인 戀人 영원하다 永遠 유통 기한 有效期限 더 이상 再也… 사랑이 식다 愛情冷卻 단계 階段
평생 一輩子 함께하다 一起做… 있는 그대로 如實地

쓰기 사랑하는 사람과 행복하게 지내기 위해 필요한 것에 대해 써 보세요.
寫作 請寫出與心愛之人幸福相處所需的事物。

1) 언제 가장 사랑받고 있다고 느낍니까?
你何時最能感受到愛呢？

- ☐ 함께 시간을 보낼 때
- ☐ 선물을 받을 때
- ☐ 맛있는 요리를 해 줄 때
- ☐ 사랑한다는 말을 들을 때
- ☐ ____________________

2) 사랑하는 사람과 문제가 생겼을 때 어떻게 해결하면 좋을까요?
與心愛之人之間產生問題時，該怎麼解決好呢？

- ☐ 사과하는 편지를 쓴다.
- ☐ 상대방이 먼저 연락을 할 때까지 기다린다.
- ☐ 상대방의 화가 풀릴 때까지 계속 사과한다.
- ☐ ____________________

3) 사랑하는 사람과 행복하게 지내기 위해서 어떤 노력이 필요할까요?
為了與心愛之人幸福相處，需要哪些努力呢？

- ☐ 기념일을 기억한다.
- ☐ 사랑한다고 자주 말한다.
- ☐ ____________________
- ☐ ____________________

상대방 對方 화가 풀리다 消氣

4) 다음 고민을 읽고 조언하는 글을 써 보세요.
閱讀底下的煩惱，並寫下你的建議。

저는 21살 대학생인데 처음으로 여자 친구가 생겼습니다.
여자 친구한테 잘 보이고 싶고 항상 행복하게 해 주고 싶은데 여자의 마음을 잘 모르니까 어떻게 해야 할지 잘 모르겠어요. 아직 고백을 못 했는데 어떤 방법으로 고백하면 가장 좋아할까요?
기분이 나쁘거나 화가 났을 때 풀어 줄 수 있는 좋은 방법도 알고 싶어요.
여자 친구와 헤어지지 않고 오랫동안 사귀고 싶어요. 도와주세요.

처음으로 初次

活動學習單 p.216

과제 課堂活動

'사랑'을 주제로 이야기를 만들어 보세요.
編寫以「愛」為主題的故事。

첫사랑, 짝사랑 등의 경험을 이야기해 보세요.
說說看初戀與單戀等的經驗。

저는 고등학교 때 미술 선생님을 짝사랑했어요.
제 첫사랑은 대학 동아리 선배였어요. 테니스 동아리에서 만났는데 함께 운동을 하다가 사랑에 빠졌어요.

카드를 뽑아서 친구들과 함께 '사랑'에 대한 이야기를 만들어 보세요.
抽一張情境卡並和朋友一起編寫有關「愛」的故事。（請搭配活動學習單）

1. 어디에서 처음 만났어요?
2. 왜 헤어졌어요?
3. 그때 뭘 하고 있었어요?
4. 어떻게 다시 만났어요?
5. 어떤 점이 마음에 들었어요?
6. 언제, 어떻게 고백했어요?/고백을 받았어요?

함께 만든 사랑 이야기를 발표해 보세요.
報告你們共同創作的愛情故事。

짝사랑 單戀

문화 산책 文化漫步

Q&A 文化 Q&A p. 257

준비 좋아하는 사랑에 대한 시를 소개해 보세요.
暖身 介紹你喜歡的情詩。

알아 보기
認識 韓國

고백

김남조

열. 셀 때까지 고백하라고.
아홉. 나 한 번도 고백해 본 적 없어.
여덟. 왜 이렇게 빨리 세?
일곱. …….
여섯. 왜 때려?
다섯. 알았어. 있잖아.
넷. 네가 먼저 해 봐.
셋. 넌 고백 많이 해 봤잖아.
둘. 알았어.
하나 반. 화 내지 마. 있잖아.
하나. 사랑해.

생각 나누기 여러분도 사랑에 대한 시를 써 보세요.
文化 分享 你也來寫一首情詩吧。

발음 發音

준비 들어 보세요.
暖身 先聽聽看！

1) 빗방울이 떨어지네요.
2) 스티븐이 저를 보고 첫눈에 반했대요.

규칙 1. ‘ㄱ, ㄷ, ㅂ, ㅅ, ㅈ’으로 시작하는 단어 앞에 받침 ‘ㅅ’이 올 때는 [ㄲ, ㄸ, ㅃ, ㅆ, ㅉ]로 발음됩니다.
規則 以「ㄱ、ㄷ、ㅂ、ㅅ、ㅈ」為初聲的單字前若接終聲「ㅅ」，則前述初聲應發成「ㄲ、ㄸ、ㅃ、ㅆ、ㅉ」的音。

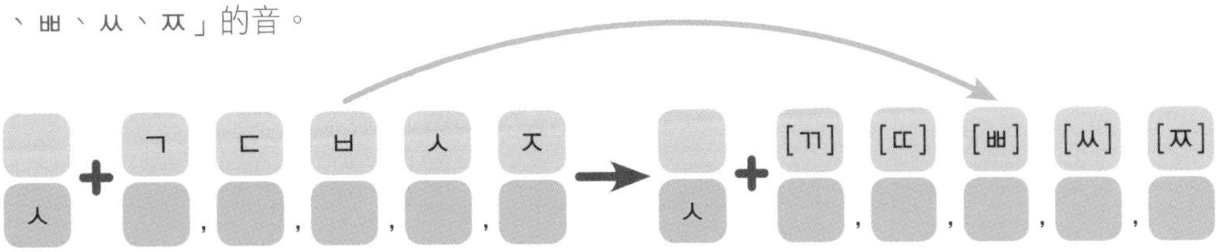

예] 콧등이 가려워요. 냇가에서 고기를 잡았어요.

2. 받침 ‘ㅅ’ 뒤에 ‘ㄴ, ㅁ’이 오면 [ㄴ]으로 발음됩니다.
終聲「ㅅ」若與後面初聲「ㄴ、ㅁ」結合時，應發成「ㄴ」的音。

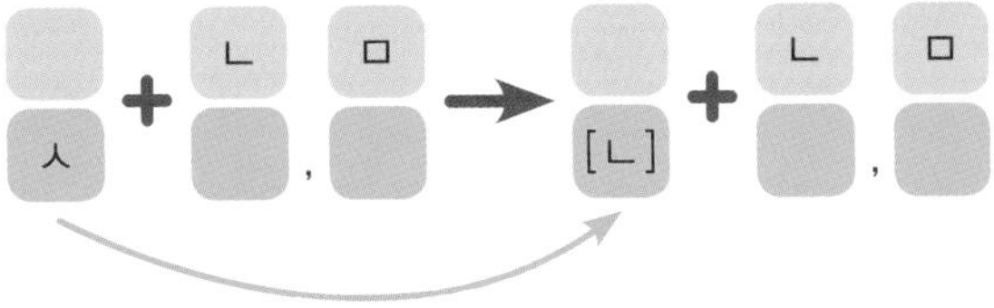

예] 감기에 걸려서 콧물이 계속 나요. 길을 걷다가 넘어져서 아랫니가 부러졌어요.

3. 받침 ‘ㅅ’ 뒤에 ‘이’ 음이 오면 [ㄴ][ㄴ]으로 발음됩니다.
終聲「ㅅ」後若接「이」，則終聲「ㅅ」應改發「ㄴ」音，後面「이」也應該改唸成「니」。

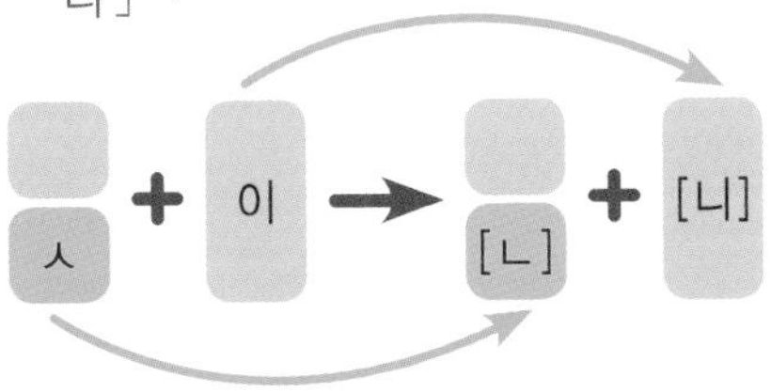

예] 고기는 상추와 깻잎에 싸서 먹으면 더 맛있어요. 저 먼저 갈게요. 뒷일을 부탁해요.

연습 다음 글을 읽어 보세요.
練習 練習唸唸看底下文章。

나는 어렸을 때 시골에서 자랐다. 봄이 되면 뒷산에 올라가 마음껏 뛰어놀았고 여름에는 친구들과 바닷가에서 수영을 했다. 가을이 되면 냇가 근처에 돗자리를 펴고 떨어지는 나뭇잎을 바라보았다. 겨울에는 눈 쌓인 뒷산에 올라가 썰매를 탔다. 어느 겨울, 썰매를 타다가 친구와 부딪친 적이 있는데 너무 재미있어서 아랫니가 부러진 줄도 모르고 하루 종일 놀았다.

자기 평가 自我評量

1. 아는 단어에 √ 하세요.
你學會了哪些單字，請打√。

☐ 고백하다	☐ 선보다	☐ 성격이 잘 맞다	☐ 어깨에 기대다
☐ 첫눈에 반하다	☐ 사귀다	☐ 말이 잘 통하다	☐ 중매결혼
☐ 사랑에 빠지다	☐ 청혼하다	☐ 팔짱을 끼다	☐ 연애결혼

2. 알맞은 것을 골라 대화를 완성하세요.
選出適合的選項並完成對話。

-던	-잖아(요)
-(으)ㄹ 생각[계획, 예정]이다	-(으)려면 멀었다

1) **A** 언제 졸업해요?
   B 여러 번 휴학을 해서 ______________________.

2) **A** 왜 그렇게 옷을 많이 사요?
   B 세일이라서 값이 ______________________.

3) **A** 내가 ______________________ 책 못 봤어? 책상 위에 둔 것 같은데 없어졌어.
   B 글쎄, 나는 아무것도 못 봤는데.

4) **A** 이번 휴가 때 뭘 할 거예요?
   B 이번 휴가 때 제 결혼기념일이 있어서 ______________________.

3. 한국어로 할 수 있는 것에 √ 하세요.
你可以用韓文做哪些事情，請打√。

☐ 지나간 일을 회상하며 말할 수 있다.

☐ 준비 과정을 설명할 수 있다.

☐ 미래의 계획에 대해 이야기할 수 있다.

☐ 다른 사람의 고민을 읽고 조언하는 글을 쓸 수 있다.

標準答案

2. 1) 졸업하려면 멀었어요 2) 싸잖아요 3) 읽던 4) 여행을 갈 예정이에요

課程資料夾

單字

소개팅하다	一對一聯誼	인상이 좋다	印象很好
첫눈에 반하다	一見鍾情	마음씨가 착하다	心地善良
사귀다	交往	나란히 앉다	並肩而坐
사랑에 빠지다	墜入愛河	얼굴이 빨개지다	臉蛋泛紅
고백하다	告白	손을 잡다	牽手
연애하다	戀愛	어깨에 기대다	靠肩
선보다	相親	가슴이 두근거리다	心噗通噗通跳
청혼하다	求婚	팔짱을 끼다	手挽著手
성격 [마음] 이 잘 맞다	個性 [心靈] 契合	신혼여행	蜜月旅行
조건이 맞다	條件符合	중매결혼	媒妁婚姻
매력이 있다	有魅力	연애결혼	自由戀愛結婚
말 [생각] 이 잘 통하다	談得來 [想法相近]	청첩장	結婚請帖
		예식장	結婚禮堂

會話翻譯 1

小賢　宥珍，妳和史提芬剛開始是怎麼認識的？
宥珍　史提芬他在圖書館打翻了我喝的咖啡。
小賢　啊，這樣啊？
宥珍　他邊說抱歉，邊說要請吃晚餐來補償我。
　　　但後來他說其實是對我一見鍾情，所以才故意那樣做的。
小賢　那時候宥珍妳也喜歡史提芬嗎？
宥珍　剛開始他看起來挺有魅力的，史提芬不是充滿朝氣又很活潑嗎？
　　　但是交往之後才發現個性不合，每天都在吵架。
小賢　我每次看到你們兩人牽手漫步的樣子就好羨慕喔。
　　　你們通常會在哪裡約會呢？
宥珍　我們會在漢江公園騎腳踏車，也常去電影院。

會話翻譯 2

阿旭　戀愛這麼久終於要結婚了。都準備好了嗎？
民秀　結婚要都準備好還早呢。
　　　要寄結婚請帖，還要準備蜜月旅行，要做的事情可多著呢。
阿旭　婚後決定住在哪裡呢？
民秀　我們打算就在現在所住的住商大樓來開啟新婚生活。
阿旭　啊，這樣也好，距離公司也近。
民秀　但是女友說她想住在更大的房子。
　　　我本來還以為我們兩人心靈契合…。
阿旭　準備結婚不比想像中容易啊。
民秀　即便如此，但只要一想到要和心愛的人住在一起，心就噗通噗通跳。
阿旭　哈哈，看起來你們是天作之合啊。

11 언제든지 일할 수 있어요
隨時都可以工作

잘 듣고 이야기해 보세요. 13
仔細聽並說說看。

1. 여자는 어제 무엇을 했습니까?
   女生昨天做了什麼？
2. 면접관이 무슨 질문을 했습니까?
   面試官問了什麼問題？

학 습 목 표 學習目標

어 휘 字彙練習	• 업무 業務
문법과 표현 1 文法與表現 1	• V- 이 / 히 / 리 / 기 / 우 -(사동)
말하기 1 會話 1	• 아르바이트 경험 설명하기 說明打工經驗
문법과 표현 2 文法與表現 2	• A- 다면 , V- ㄴ다면 / 는다면 , N(이) 라면 • 무엇이든 (지), 무슨 N(이) 든 (지)
말하기 2 會話 2	• 구직 상담하기 求職諮詢
듣고 말하기 聽力與會話	• 업무 설명하는 대화 듣기 聽聽業務說明的對話 • 직장 생활에 대한 불평과 조언 듣기 聽聽對於職場生活的不滿與建議 • 직장 생활에 대해 이야기하기 聊聊職場生活
읽고 쓰기 閱讀與寫作	• 성공적인 직장 생활에 대한 글 읽기 閱讀有關成功職場生活的文章 • 성공적인 직장 생활에 대한 글 쓰기 寫一篇有關成功職場生活的文章
과 제 課堂活動	• 취업 박람회 就業博覽會
문화 산책 文化漫步	• 한국의 직장 문화 韓國的職場文化
발 음 發音	• 비음화 1 (작년) 鼻音化 1 (작년)

어 휘 字彙練習

1. 빈칸에 알맞은 말을 넣으세요.
請在空格中填入合適字詞。

아르바이트	근무 시간	연령	시급	업무	성별

편의점 새벽 1) ____________ 구함

2) ____________ : 밤 11시~새벽 5시

3) ____________ : 편의점 물건 정리

4) ____________ : 1시간에 6,000원

5) ____________ : 남

6) ____________ : 20세~30세

123-4567 | 123-4567 | 123-4567 | 123-4567 | 123-4567 | 123-4567 | 123-4567 | 123-4567 | 123-4567 | 123-4567

2. 여러분이 [보기]의 신입 사원을 뽑아야 합니다. 어떤 사람을 뽑고 싶습니까?
你要招募範例中的員工，而你想要選擇什麼樣的人呢？

성실하다	꼼꼼하다	경험이 많다
실력이 있다	이해가 빠르다	최선을 다하다
보고서 작성을 잘하다	대인 관계가 원만하다	

範例 은행원　　호텔 직원　　자동차 판매 사원　　전자 회사 연구원　　?

은행원은 성실하고 꼼꼼한 사람이 좋을 것 같아요.

3. 사무실 그림을 보고 누가 어느 자리에 앉아야 할지 [보기]와 같이 이야기해 보세요.
看辦公室的座位圖，跟著範例說說看誰應該坐在哪個位置。

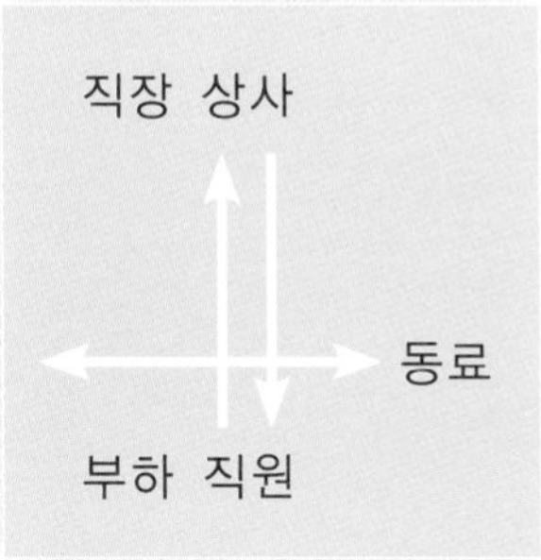

範例

4. 친구와 함께 어떤 회사가 좋은지 [보기]와 같이 이야기해 보세요.
跟著範例和朋友說說看哪種公司比較好。

대기업	중소기업
연봉이 높다 출퇴근 시간이 자유롭다	승진 기회가 많다 휴가가 길다

範例

저는 대기업에 취직하고 싶어요.
저는 연봉이 높은 회사가 좋아요.

文法解說 p. 225

문법과 표현 1 文法與表現1

1. V- 이 / 히 / 리 / 기 / 우 -(사동) 使動詞

14

A 출근할 때 아이는 어떻게 해요?

B 어린이집에 맡겨요.

例
- 출출하면 라면이라도 **끓여** 먹을까요?
- 검사를 해야 하니까 환자를 침대에 **눕히세요.**
- 저는 어렸을 때 장난이 심해서 동생을 자주 **울렸어요.**
- 비가 오니까 아이에게 장화를 **신기세요.**

연습1 감기에 걸린 아이에게 해 줘야 하는 것과 하면 안 되는 것에 대해 [보기]와 같이 이야기해 보세요.

練習1 跟著範例說說看對罹患感冒的孩子應該做及不該做的事情。

範例

감기에 걸린 아이에게 아이스크림을 먹이면 안 돼요.
아이가 열이 나면 시원한 옷을 입혀야 해요.

1) 
2) 
3) 
4) 
5) 
6) 
7) 
8) ?

장화 長筒靴

연습2 아래의 단어를 써서 다른 사람을 도와준 경험에 대해 [보기]와 같이 이야기해 보세요.

練習2 使用底下單字，跟著範例説説看你幫忙他人的經驗。

동생, 조카, 아기…….

範例

엄마가 바쁘실 때는 제가 동생에게 밥을 먹였어요.
조카가 왔을 때 놀이터에 가서 그네를 태워 줬어요.

친구, 가족, 친척…….

範例

어머니가 허리가 아프다고 하셔서 파스를 붙여 드렸어요.
친구가 시험에 늦지 않도록 깨워 줬어요.

놀이터 遊樂場　그네 鞦韆　파스 酸痛貼布

말하기 1 會話1

會話翻譯 1 p. 65

15 **마리코** 지연 씨, 요즘 왜 그렇게 바빠요? 우리 얼굴 본 지 오래됐죠?

지 연 실은 얼마 전부터 아르바이트를 하고 있어요.

마리코 아르바이트요? 무슨 일을 하는데요?

지 연 옆집 아이를 돌봐 주고 있어요. 그 아이 엄마가 회사에 다니거든요. 아이가 유치원에서 돌아오면 간식도 먹이고 책도 읽어 줘요.

마리코 힘들지 않아요?

지 연 힘들 때도 있어요. 아이가 낮잠 자는 걸 싫어해서 재울 때 아주 힘들어요.

마리코 근데 왜 갑자기 아르바이트를 시작했어요?

지 연 집 살 돈을 빨리 모으고 싶어서요. 지금 살고 있는 집이 전세거든요.

연습1 친구와 연습해 보세요.
練習1 和朋友練習看看。

1) 옆집 아이

그 아이 엄마가 회사에 다니다

아이가 유치원에서 돌아오다 /
간식도 먹이다 / 책도 읽어 주다

낮잠 자는 것 / 재울 때

2) 노인 병원의 할머니

그 할머니 가족이 모두 바쁘다

할머니 몸이 불편하시다 /
주물러 드리다 / 옷도 갈아입혀 드리다

약 드시는 것 / 약 먹여 드릴 때

실은 其實

연습2 아르바이트 경험에 대해 [보기]와 같이 이야기해 보세요.
練習2 跟著範例說說看打工的經驗。

範例

아르바이트를 해 본 적이 있어요?
어떤 아르바이트를 해 봤어요?

고등학생 때 옆집 아이를
돌봐 주는 아르바이트를 했어요.

주로 어떤 일을 했는데요?

아이에게 간식도 먹이고
책도 읽어 줬어요.

그때 왜 아르바이트를 했어요?

__________________.

인터뷰 질문

1) 어떤 아르바이트를 했어요?

2) 그곳에서 주로 무슨 일을 했어요?

3) 왜 아르바이트를 했어요?

4) 아르바이트할 때 뭐가 힘들었어요?

5) 그 아르바이트의 좋은 점과 나쁜 점이 뭐라고 생각해요?

6) ______________________?

文法解說 p. 227、p.228

문법과 표현 2 文法與表現2

1. A-다면, V-ㄴ다면/는다면, N(이)라면 如果說…的話

16

A 만약에 우리 회사에서 일하게 된다면 어떤 일을 하고 싶어요?

B 전공을 살려서 홍보 업무를 해 보고 싶습니다.

例

- 이 약을 먹어도 계속 아프**다면** 수술을 해야 합니다.
- 만약 물건에 문제가 있**다면** 환불해 드리겠습니다.
- 만약에 제가 부자**라면** 세계 여행을 다닐 거예요.
- 만일 한국어를 배우지 않았**다면** 한국 회사에 취직하지 못했을 거예요.

연습 練習 만약에 다음과 같은 일이 생긴다면 어떻게 할지 [보기]와 같이 이야기해 보세요.
跟著範例說說看，萬一發生如下的事情，你會怎麼做。

範例

만약에 복권에 당첨된다면
뭘 하고 싶어요?
제가 복권에 당첨된다면
좋은 차를 살 거예요.

1) 복권에 당첨된다.

2) 타임머신이 있다.

3) 내일 지구가 없어진다.

4) 남자로/여자로 다시 태어난다.

5) ______________ 씨가 한국 사람이다.

6) ?

전공을 살리다 發揮所學、善用專長　홍보 宣傳　복권에 당첨되다 中彩券　타임머신 時光機

2. 무엇이든(지), 무슨 N(이)든(지) 不管什麼、不論是…

17

A 근무 시간이 어떻게 돼요?

B 원하는 시간에 언제든지 일할 수 있어요.

例

- 저는 한국 음식은 **무엇이든지** 잘 먹어요.
- 하루 종일 집에 있을 거니까 심심하면 **언제든지** 놀러 오세요.
- 만약에 그 사람을 다시 만날 수만 있다면 **무슨** 일**이든지** 하겠어요.

연습 [보기]와 같이 친구와 약속을 정해 보세요.

練習 跟著範例試著和朋友做約定。

範例

무슨 요일에 만날까요?
언제든지 괜찮아요.
요즘 방학이라서 시간이 많거든요.

1) 무슨 요일에 만날까요?

2) 몇 시에 만날까요?

3) 어디에서 만날까요?

4) 만나서 뭘 먹을까요?

5) 만나서 뭘 할까요?

6) ?

53

第十一課 隨時都可以工作

말하기 2 會話2

18 **마리코** 아키라 씨, 요즘 회사 생활 어때요?

아키라 보고서 준비 때문에 바쁘지만 동료들이 도와줘서 괜찮아요.

마리코 그렇군요. 저도 한국에서 일해 보고 싶은데 일자리가 있을까요?

아키라 어떤 일을 하고 싶은데요?

마리코 만약 일하게 된다면 학교 다니면서 할 수 있는 아르바이트가 좋을 것 같아요.

아키라 그럼 일본어 번역을 해 보는 건 어때요? 마침 우리 회사에서 서류 번역할 사람을 구하고 있어요.

마리코 정말요? 그런데 제가 잘할 수 있을까요?

아키라 그럼요. 마리코 씨는 무슨 일이든지 성실하게 하잖아요.

마리코 그런데 근무 시간이 어떻게 돼요?

아키라 출퇴근 시간이 자유로워요. 원하는 시간에 언제든지 일할 수 있어요.

연습1 친구와 연습해 보세요.
練習1 和朋友練習看看。

1) 보고서 준비 때문에 바쁘다
어떤 일을 하고 싶다
일본어 번역 / 서류를 번역하다
무슨 일이든지 성실하게 하다

2) 야근이 많아서 괴롭다
어떤 회사에 다니고 싶다
일본어 통역 / 회의 내용을 통역하다
언제든지 최선을 다하다

일자리 工作 서류 文件 번역 翻譯 야근 加班 통역 口譯

연습2 만약 한국에서 일한다면 어떤 일을 해 보고 싶습니까? [보기]와 같이 이야기해 보세요.

練習2　如果你在韓國工作，你會想做什麼樣的工作呢？跟著範例說說看。

範例

만약에 한국에서 일하게 된다면 어떤 일을 하고 싶어요 ?
저는 한국어 책을 영어로 번역하는 일을 해 보고 싶어요 .
왜 그 일을 하고 싶어요 ?
저는 혼자 일하는 걸 좋아하고 성격이...... 그리고 전에...... .
한국어를 잘하니까 번역 일도 잘하겠네요 . 지난번에 일했을 때 근무 조건은 어땠어요 ?
출퇴근 시간이 자유로워서 좋았는데...... 한국에서 일한다면...... .

일의 종류	내 성격	경험	근무 조건

듣고 말하기 聽力與會話

준비 여러분 나라에서는 어떤 아르바이트를 많이 합니까?
暖身 你的國家哪種打工最多呢？

듣기1 잘 듣고 질문에 답하세요. 19
聽力1 仔細聽並回答問題。

1) 여기는 어디입니까?

① 모자 가게　　② 옷 가게　　③ 신발 가게

2) 남자가 가게에서 해야 할 일은 무엇입니까?

① 포스터를 붙여야 한다.

② 가게 청소를 해야 한다.

③ 창고에서 물건을 가져와야 한다.

3) 그림을 보고 남자가 잘못한 일에 ✓ 하세요.

준비 여러분이 원하는 직장의 조건에 대해서 말해 보세요.
暖身 說說看你所希望的工作條件。

☐ 휴가가 길다　☐ 연봉이 높다　☐ 동료들이 친절하다

☐ 회사 분위기가 좋다　☐ 야근이 없다　☐ ________

포스터 海報

듣기2 잘 듣고 질문에 답하세요.
聽力2 仔細聽並回答問題。

1) 남자가 회사를 옮기려고 하는 이유는 무엇입니까?

① 연봉이 너무 낮아서

② 일이 너무 많아서

③ 집에서 너무 멀어서

2) 남자가 원하는 회사는 어떤 회사입니까?

① 연봉이 낮아도 휴가가 긴 회사

② 야근을 해도 연봉이 높은 회사

③ 일이 많아도 집에서 가까운 회사

3) 들은 내용과 맞지 않는 것을 고르세요.

① 남자는 처음에는 회사가 마음에 들었다.

② 남자는 요즘 주말에도 회사에 나갔다.

③ 새로 온 직장 상사 때문에 스트레스를 받고 있다.

말하기 다음에 대해 친구들과 함께 이야기해 보세요.
會話 針對下列事項和朋友來練習對話。

1. 여러분 나라에 특이한 아르바이트나 직업이 있습니까?
2. 여러분 나라에서 가장 인기 있는 직업은 무엇입니까?
   왜 그 직업이 인기가 많습니까?
3. 여러분 나라에서는 취직을 위해 어떤 준비를 합니까?
4. 만약 여러분이 회사를 만든다면 어떤 회사를 만들고 싶습니까?

읽고 쓰기 閱讀與寫作

준비 직장 생활을 할 때 가장 중요한 것은 무엇일까요?
暖身 上班工作最重要的是什麼？

☐ 실력 ☐ 성실한 태도

☐ 원만한 대인 관계 ☐ ____________

읽기 다음 글을 읽고 질문에 답하세요.
閱讀 閱讀以下文章並回答問題。

직장인이라면 누구든지 회사에서 꼭 필요한 사람이 되고 싶을 것이다. 그런 사람이 되려면 어떤 노력을 해야 할까? 만약 회사에서 성공하고 싶다면 항상 '친절'과 '독서'를 실천해야 한다.

Ⅰ. 친절한 사람이 성공한다.

회사에는 일을 맡기면 다른 사람보다 빨리 잘 해결하는 사람이 있다. 그 사람은 어려운 일이 생겼을 때도 누군가의 도움을 받아 문제를 쉽게 해결한다. 사람들은 그가 운이 좋다고 말한다. 그런데 왜 그 사람에게는 그런 운 좋은 일이 자주 일어날까? 그것은 그가 평소에 한 작은 친절 때문이다.

복사기가 고장 났을 때 함께 걱정하고 수리 기사를 불러 주거나, 혼자서 많은 서류를 옮겨야 할 때 함께 들어 주는 일, 갑자기 소나기가 내릴 때 우산을 빌려주는 것은 아주 작은 일이다. 하지만 사람들은 이런 작은 친절을 생각보다 오래 기억하며, 그 사람이 어려울 때 도와주게 된다. 그렇기 때문에 친절한 사람이 그렇지 않은 사람보다 성공할 가능성이 훨씬 높은 것이다.

Ⅱ. (　　　　　㉠　　　　　)

한국의 직장인들은 1년에 평균 16권의 책을 읽는다고 한다. 가장 많이 읽는 책의 종류는 경제 경영 서적과 소설이다. 경제 경영 서적을 읽으면…….

1) 이 글의 제목으로 알맞은 것은 무엇입니까?
① 직장에서 성공하는 법
② 운 좋은 사람을 만나는 법
③ 직장에서 어려운 일을 해결하는 법

2) 이 글의 내용과 같은 것을 고르세요.
① 회사에서 어려운 일을 맡으면 대인 관계가 원만해진다.
② 평소에 다른 사람에게 큰 도움을 주면 운이 좋아진다.
③ 친절한 사람은 어려운 일이 생겼을 때 도와주는 사람이 많다.

3) ㉠에 들어갈 말을 써 보세요.
(　　　　　　　　　　　　　　　　　　　　　　　　)

해결하다 解決　서적 書籍

쓰기 1) 친절한 사람이 성공할 수 있는 이유를 정리해 보세요.
寫作 試著整理親切的人可以成功的理由。

친절	•도움이 필요한 사람을 도와주면 → ____________

2) 독서하는 사람이 성공할 수 있는 이유는 무엇일까요?
什麼是讀書之人可以成功的理由？

독서	•경제 경영 서적을 읽으면 → 업무에 필요한 지식을 얻을 수 있다.
	•소설을 읽으면 → ____________

3) 직장 생활에서 성공하기 위해 또 무엇이 필요할까요? 위와 같이 정리해 보세요.
工作如要獲得成功，還需要哪些努力呢？參照上面內容試著整理看看。

(　　)	

4) 위에서 정리한 자기 생각을 자세히 써 보세요.
請仔細寫下前頁所整理的自我想法。

______________________ 사람이 성공한다.

活動學習單 p.217

과제 課堂活動

취업 박람회에서 상담을 해 보세요.
試著在就業博覽會上進行諮詢。

취업 박람회에 참가할 회사를 만들고, 근무 조건을 정해 보세요.
創立要參加就業博覽會的公司，並定下你的工作條件。（請搭配活動學習單）

•회사 이름 : 한국컴퓨터	
•업무 : 컴퓨터 프로그램 제작	
•근무 조건	연봉 : 능력에 따름
	근무 시간 : 월~금 (9:00~18:00)
	승진 기회 : 1년마다 승진 시험
	휴가 :
	?

회사 담당자와 지원자가 되어 상담을 해 보세요.
扮演公司負責人與應徵者，並試著進行諮詢。

취업 박람회

날짜 : 5월 1일
장소 : 코엑스몰

[지원자]
▶ 어떤 일을 합니까?
▶ 어떤 사람이 지원할 수 있습니까?
▶ 근무 조건이 어떻게 됩니까?
⋮

친구들에게 취직하고 싶은 회사의 좋은 점과 그 회사에 가고 싶은 이유를 이야기해 보세요.
向朋友們說說看你想應徵的那家公司的優點與想去那邊工作的理由。

취업 박람회 就業博覽會 제작 製作 능력 能力 지원자 應徵者

文化 Q&A p. 257

문화 산책 文化漫步

준비 한국에서 직장 생활을 해 보고 싶습니까? 만약에 한국에서 직장에 다닌다면 어떨 것 같습니까?

暖身 你想在韓國工作嗎？如果說你在韓國上班的話，會是什麼情況呢？

알아보기 한국에서는 회사 사람들과 잘 지내기 위해 다음과 같은 일을 합니다.

認識韓國 在韓國要與公司同仁相處愉快的話，會做以下的事情。

회사에 특별한 일이 있거나 분위기를 좋게 만들고 싶을 때 회식을 합니다. 대부분 회사에서 회식비가 나오며, 퇴근 후에 함께 식사도 하고 술도 마십니다.

1년에 한두 번 체육 대회, 등산 등을 하면서 가족 같은 분위기를 만들려고 노력합니다.

동료 또는 동료 가족의 결혼식, 장례식 등에 참석합니다. 보통 돈을 모아서 줍니다.

생각나누기 여러분 나라의 직장 문화에 대해 말해 보세요.

文化分享 說說看你們國家的職場文化。

회식 公司聚餐

발음 發音

준비 들어 보세요. 21
暖身 先聽聽看！

1) 작년에 결혼했어요.
2) 결혼 준비하면서 집 문제로 여자 친구와 다퉜어요.

규칙 1. 받침소리 [ㄱ, ㄷ, ㅂ]은 'ㄴ, ㅁ' 앞에서 [ㅇ, ㄴ, ㅁ]로 발음됩니다.
規則 終聲「ㄱ、ㄷ、ㅂ」後若接初聲「ㄴ、ㅁ」，則應分別改發「ㅇ、ㄴ、ㅁ」音。

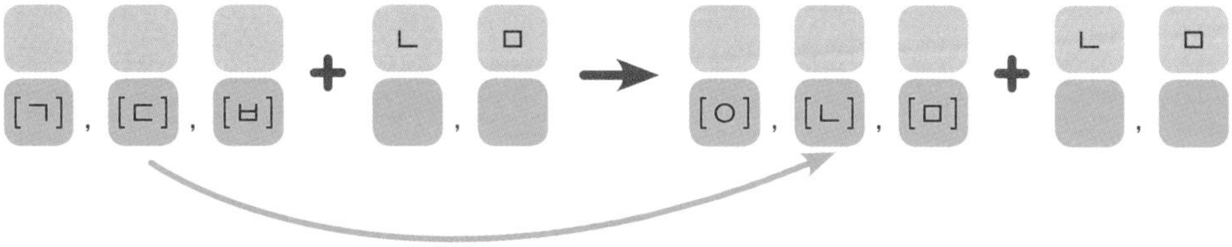

예] 한국말 [한궁말]
재미있는 [재미인는]
앞문 [암문]

책 넣으세요 [챙너으세요]
몇 명 왔어요? [면명와써요]
밥 먹자 [밤먹짜]

연습 발음이 바뀌는 곳에 주의하면서 읽어 보세요. 22
練習 注意發音產生變化之處，並試著唸唸看。

1) A 지금 뭐 해?
   B 음악 듣는데요.

2) A 밥 먹었어?
   B 아니, 아직…….

3) A 해외여행은 어려울 것 같아요.
   B 그럼 국내 여행이라도 갈까요?

4) A 새해 복 많이 받으세요.
   B 감사합니다. 선생님도 새해 복 많이 받으세요.

자기 평가 自我評量

1. 아는 단어에 √ 하세요.
你學會了哪些單字，請打√。

- [ ] 근무 시간
- [ ] 성실하다
- [ ] 신입 사원
- [ ] 대기업
- [ ] 업무
- [ ] 실력이 있다
- [ ] 동료
- [ ] 연봉이 높다
- [ ] 시급
- [ ] 최선을 다하다
- [ ] 부장
- [ ] 승진 기회가 많다

2. 알맞은 것을 골라 대화를 완성하세요.
選出適合的選項並完成對話。

-다면, -ㄴ다면/는다면, (이)라면	(이)든(지)	-이/히/리/기/우-

1) A 보고서 작성을 해야 하는데 누가 하면 좋을까요?
   B 김 대리가 잘하니까 김 대리에게 ______________________.

2) A 복권에 당첨되면 뭐 하고 싶어요?
   B ______________________ 세계 여행을 하고 싶어요.

3) A 발표 자료를 이메일로 보냈어요?
   B 네. 보시고 혹시 문제가 있으면 ______________________ 말씀해 주세요.

3. 한국어로 할 수 있는 것에 √ 하세요.
你可以用韓文做哪些事情，請打√。

- [ ] 아르바이트 경험을 말할 수 있다.
- [ ] 구직 상담을 할 수 있다.
- [ ] 업무 설명을 듣고 이해할 수 있다.
- [ ] 성공적인 직장 생활에 대한 글을 읽고 쓸 수 있다.

標準答案
2. 1) 맡기세요 2) 만약에 복권에 당첨된다면 3) 무엇이든지

課程資料夾

單字

아르바이트	打工	부장	部長
근무 시간	上班時間	과장	課長
연령	年齡	대리	代理
시급	時薪	신입 사원	新進社員
업무	業務	직장 상사	職場上司
성별	性別	동료	同事
성실하다	誠實認真	부하 직원	下屬員工
꼼꼼하다	細心	대기업	大企業
경험이 많다	經驗豐富	중소기업	中小企業
실력이 있다	有實力	연봉이 높다	年薪高
이해가 빠르다	理解能力快	승진 기회가 많다	升遷機會多
최선을 다하다	盡心盡力	출퇴근 시간이 자유롭다	上下班時間自由
보고서 작성을 잘하다	擅長撰寫報告	휴가가 길다	休假時間長
대인 관계가 원만하다	待人處事圓融		

번역 會話翻譯 1

麻里子 智妍，妳最近怎麼這麼忙呢？我們好久不見了，對吧？
智妍 其實我不久之前開始打工了。
麻里子 打工？妳打什麼工呢？
智妍 我負責照顧隔壁鄰居的小孩。因為小孩的媽媽要上班。
小孩從幼稚園回來的話，要餵她吃零食，還要念書給她聽。
麻里子 不累嗎？
智妍 有時候也很累。小孩不喜歡睡午覺，要哄她睡覺的時候非常累。
麻里子 但妳為何突然開始打工呢？
智妍 因為想要快點存到買房子的錢，現在住的房子是用租的。

번역 會話翻譯 2

麻里子 阿旭，最近工作怎麼樣？
阿旭 最近忙於準備報告，不過還好有同事的幫忙。
麻里子 原來如此。我也想在韓國工作，有工作機會嗎？
阿旭 妳想做什麼樣的工作？
麻里子 如果真的可以工作的話，可以邊上學的打工應該不錯。
阿旭 那麼做日文翻譯如何？剛好我們公司在徵文件翻譯人員。
麻里子 真的嗎？但我可以勝任嗎？
阿旭 當然啊。麻里子妳不管做什麼事都很認真，不是嗎？
麻里子 但上班時間呢？
阿旭 上下班時間很自由。妳隨時都可以在妳想要的時間工作。

12 운동을 했더니 몸이 좋아졌어요

運動後發現身體變好

잘 듣고 이야기해 보세요. 23

仔細聽並說說看。

1. 남자에게 어떤 문제가 있습니까?
   男生有什麼問題呢？
2. 여자는 남자에게 무엇을 권하고 있습니까?
   女生向男生勸說些什麼呢？

학 습 목 표 學習目標

어 휘 字彙練習	• 운동 , 몸의 상태 運動、身體狀態
문법과 표현 1 文法與表現 1	• V- 았더니 / 었더니 • 얼마나 A-(으) ㄴ지 /V- 는지 모르다
말하기 1 會話 1	• 운동 권유하기 建議運動
문법과 표현 2 文法與表現 2	• A-(으) ㄴ 모양이다 , V- 는 모양이다 , N 인 모양이다 • A/V- 아야 / 어야 , N 이어야 / 여야
말하기 2 會話 2	• 운동 방법 설명하기 說明運動的方法
듣고 말하기 聽力與會話	• 건강 상담 프로그램 듣기 聽聽健康諮詢節目 • 스포츠 센터 강사와 회원의 대화 듣기 聽聽運動中心講師與會員的對話 • 건강과 운동에 대해 이야기하기 聊聊健康與運動
읽고 쓰기 閱讀與寫作	• 목 운동에 대해 권유하는 글 읽기 閱讀建議脖子運動的文章 • 건강을 위한 운동 권유하는 글 쓰기 寫一篇建議為健康而運動的文章
과 제 課堂活動	• 동작 묘사하기 게임 描述動作的遊戲
문화 산책 文化漫步	• 한국의 등산 문화 韓國的登山文化
발 음 發音	• 비음화 2 (음료수) 鼻音化 2 (음료수)

어 휘 字彙練習

1. 그림에 알맞은 표현을 고르고, 자신의 몸 상태에 대해 말해 보세요.
挑選符合圖片說明的語彙，並說說看自己的身體狀況。

살이
찌다 / 빠지다

힘이
세다 / 약하다

자세가
좋다 / 나쁘다

몸이
무겁다 / 가볍다

저는 요즘 이유 없이 살이 빠지고 기운이 없어요.

2. 다음 동작을 알맞은 말로 표현해 보세요.
試著以適當的字詞來說明底下動作。

(목을) 돌리다	(가슴을) 펴다	(손을 허리에) 대다	(다리를) 벌리다
(옆구리를) 굽히다	(몸을) 젖히다	(팔을) 뻗다	(발뒤꿈치를) 들다

양손을 허리에 대요. 다리를 조금 벌리고 목을 돌려요.

3. 운동을 하고 나면 어떻습니까? 다음 표현을 사용해서 이야기해 보세요.
運動之後會如何呢？使用以下語彙練習說說看。

숨이 차다

땀이 나다

쥐가 나다

지치다

기분이 상쾌하다

기운이 나다

몸이 좋아지다

근육이 생기다

에어로빅을 하면 숨이 차요.
하지만 계속하면 기분이
상쾌해져요.

문법과 표현 1 文法與表現1

文法解說 p. 229、p.231

1. V- 았더니 / 었더니 做了…然後…

24

A 요즘 운동 많이 하셨나 봐요. 건강해 보여요.

B 네, 매일 운동했더니 몸이 좋아졌어요.

例

- 은행에 **갔더니** 문이 닫혀 있었어요.
- 내가 화를 **냈더니** 동생이 방으로 들어가 버렸다.
- 요즘 운동을 안 **했더니** 몸이 좀 무겁다.
- 머리가 아팠는데 약을 먹**었더니** 좀 나아졌다.

연습 [보기]와 같이 이야기해 보세요.

練習 跟著範例說說看。

範例

요즘 야근을 많이 했더니
건강이 나빠졌어요.
저는 수영을 오래 했더니
건강이 좋아졌어요.

1) 건강이 좋아진/나빠진 이유

2) 살이 찐/빠진 이유

3) 한국어 실력이 좋아진/나빠진 이유

4) 자세가 좋아진/나빠진 이유

5) ?

2. 얼마나 A-(으)ㄴ지/V-는지 모르다 都不知道有多…

25

A 요가를 하면 자세가 좋아질까요?

B 그럼요. 요가가 자세 교정에 얼마나 좋은지 몰라요.

例

- 어제 이사해서 몸이 **얼마나** 피곤**한지 몰라요**.
- 김치가 우리 몸에 **얼마나** 좋**은지 몰라요**.
- 스티븐이 유진 씨를 **얼마나** 사랑하**는지 몰라요**.
- 어제 등산 가서 **얼마나** 많이 걸었**는지 몰라요**.

연습 [보기]와 같이 이야기해 보세요.

練習 跟著範例說說看。

範例

무슨 과일을 좋아해요?

저는 블루베리를 매일 먹어요.

블루베리가 그렇게 좋아요?

네, 얼마나 맛있는지 몰라요.
눈에도 얼마나 좋은데요.

1) 좋아하는 것

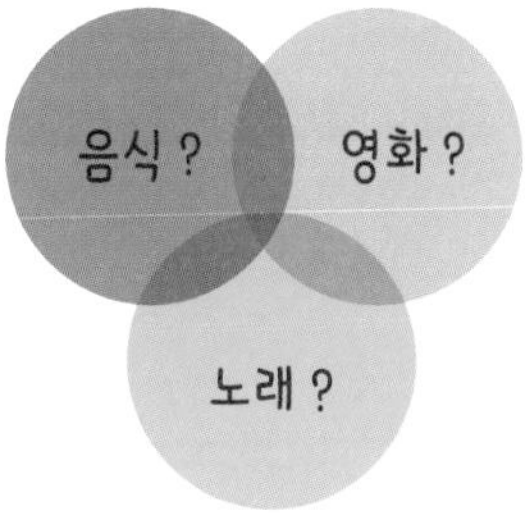

2) 좋아하는 사람

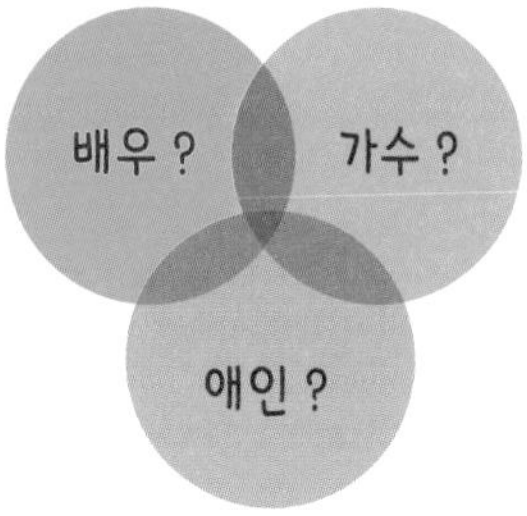

3) 자주 하는 운동

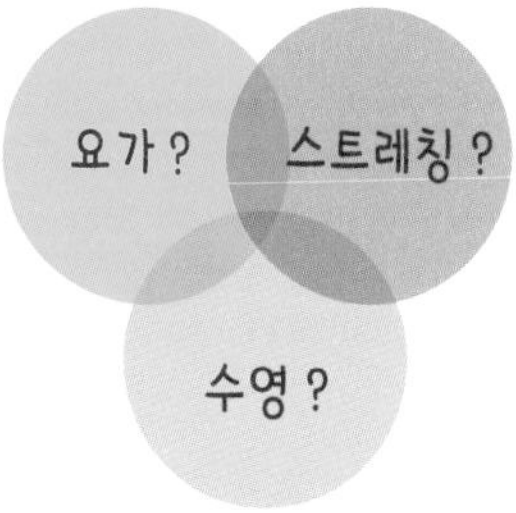

교정 矯正 블루베리 藍莓

말하기 1 會話1

會話翻譯 1 p. 87

26
아키라 샤오밍 씨, 요즘 운동 열심히 해요? 아주 건강해 보여요.
샤오밍 그래요? 근육 운동을 계속했더니 몸이 좋아졌어요.
아키라 전 요즘 아침에 일어나면 몸이 무거워요. 가끔 허리도 아프고요.
샤오밍 허리가 아픈 건 자세가 나빠서 그럴 수도 있어요.
스트레칭을 해 보면 어때요?
아키라 스트레칭은 재미가 없어서 꾸준히 하기가 어려워요.
샤오밍 그건 그래요. 걷기 운동은 어때요?
점심 먹고 잠깐 걷기만 해도 얼마나 몸이 가벼워지는지 몰라요.
아키라 저도 항상 생각은 하는데 혼자 운동하기가 좀 힘드네요.
샤오밍 그럼 저랑 같이 스포츠 센터에 다닐래요? 거기 강사가 참 좋아요.

연습1 친구와 연습해 보세요.
練習1 和朋友練習看看。

1) 근육 운동을 계속하다
몸이 좋다
점심 먹고 잠깐 걷기만 하다
몸이 가벼워지다

2) 꾸준히 운동을 하다
근육도 생기다
출퇴근 시간에 걷다
기분이 상쾌해지다

꾸준히 持續地、不懈地

연습2 친구의 몸 상태에 대해 듣고, [보기]와 같이 도움이 되는 운동을 권유해 보세요.
練習2 聽聽看朋友的身體狀況，並參照範例建議他做些有益的運動。

範例

계속 집에만 있었더니 기운도 없고 몸도 무거워요.
운동이 부족해서 그런 것 같은데요. 잠깐이라도 밖에 나가서…….
저도 그러고 싶은데 시간이 없어서…….
그럼 쉬는 시간에 가볍게 스트레칭이라도…….
그럴까요? 동작을 다시 한 번…….

몸 상태	원인	좋은 운동
기운도 없고 몸도 무겁다.	운동이 부족하다.	가볍게 스트레칭을 한다. 달리기를 한다.

권유하다 勸誘、建議　부족하다 不足、不夠　동작 動作

문법과 표현 2 文法與表現2

文法解說 p. 231、p.233

1. A-(으)ㄴ 모양이다, V-는 모양이다, N인 모양이다 似乎…、好像…

27

A 근육 운동을 처음 하시는 모양이에요.

B 네, 처음 해 보는데 생각보다 쉽지 않네요.

例

- 민수 씨가 오늘 회사에 안 왔어요. 많이 아**픈 모양이에요**.
- 지연 씨가 전화를 안 받는 걸 보니 잠을 자**는 모양이에요**.
- 어두워지는 걸 보니 곧 소나기가 내**릴 모양이에요**.
- 시험 기간**인 모양이에요**. 도서관에 자리가 없네요.

연습 그림을 보고 [보기]와 같이 이야기해 보세요.

練習 看圖跟著範例説説看。

範例

서류가 많은 걸 보니 할 일이 많은 모양이에요.

얼굴 표정을 보니 일이 힘든 모양이에요.

1) 

2) 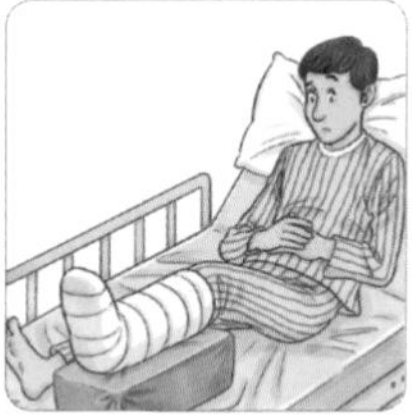

3) 

4) 

5) ?

2. A/V- 아야 / 어야 , N 이어야 / 여야 …才…

A 운동을 매일 해야 돼요？

B 네，꾸준히 해야 건강을 지킬 수 있어요．

例
- 학생증이 있**어야** 도서관에 들어갈 수 있어요.
- '가는 말이 고**와야** 오는 말이 곱다'는 말도 있잖아요.
- 한국어를 할 줄 알**아야** 이 회사에 취직할 수 있어요.
- 초등학생**이어야** 입장료 할인을 받을 수 있어요.

연습 나만 알고 있는 방법에 대해 [보기]와 같이 이야기해 보세요.
練習 跟著範例說說看只有我才知道的方法。

範例

어떻게 해야 외국어를 잘할 수 있어요？
그 나라 사람들과 많이 이야기해야 외국어를 잘할 수 있어요．

1) 외국어를 잘하는 방법	2) 면접을 잘 보는 방법
3) 건강하게 사는 방법	4) 라면을 맛있게 끓이는 방법
5) 여행 싸게 가는 방법	6) ?

곱다 漂亮、好看

말하기 2 會話2

29 **강 사** 자세를 보니 이 운동을 처음 하시는 모양이에요.

아키라 네, 근육 운동은 처음 해 봐요.

강 사 그럼 저를 따라해 보세요.
먼저 양손에 덤벨을 들고 무릎을 조금 굽히세요.
그다음에 천천히 팔을 굽혔다가 펴세요.

아키라 이렇게 하면 되나요?

강 사 네, 잘하셨어요. 이때 등과 가슴을 쫙 펴야 운동 효과를 볼 수 있어요.

아키라 알겠습니다. 그런데 계속 몸을 움직였더니 힘드네요.

강 사 며칠 동안은 근육이 뭉치고 아플 거예요.

아키라 그럼 내일은 운동을 하루 쉬는 게 좋겠지요?

강 사 꾸준히 운동하셔야 효과가 있어요. 내일도 꼭 나오세요.

연습1 친구와 연습해 보세요.
練習1 和朋友練習看看。

1) 근육 운동

양손에 덤벨을 들고 무릎을
조금 굽히다 /
천천히 팔을 굽혔다가 펴다

등과 가슴을 쫙 펴다

꾸준히 운동을 하다 / 효과가 있다

2) 에어로빅

가볍게 뛰면서 오른손으로 왼쪽
무릎을 치다 /
오른손으로 왼발을 치다

다리를 더 높이 들다

매일 운동을 하다 / 살이 빠지다

덤벨 啞鈴　쫙 펴다 完全挺起（胸、背）　근육이 뭉치다 肌肉緊繃　치다 拍打

연습2 운동 방법과 주의 사항에 대해 [보기]와 같이 친구에게 설명해 보세요.

練習2 跟著範例向朋友說明運動方法與注意事項。

	운동 방법	주의 사항
	똑바로 선다. 오른발을 왼쪽 허벅지에 붙인다. 팔을 위로 뻗는다.	무릎을 더 굽힌다.
	가슴을 펴고 양손을 머리 위로 올린다. 몸을 뒤로 젖힌다. 천천히 똑바로 선다.	동작을 천천히 반복한다.
	준비 운동을 한다. 가슴을 펴고 20분간 가볍게 달린다.	천천히 숨을 쉰다.

範例

요가를 처음 배우는데 생각보다 어렵네요.
그럼 저를 따라 해 보세요. 먼저 똑바로 서세요. 그리고…….
제가 한번 해 볼게요. 이렇게 하면 되나요?
네, 잘하셨어요. 그런데…….

허벅지 大腿　숨을 쉬다 呼吸

듣고 말하기 聽力與會話

준비 몸이 무겁거나 기운이 없을 때 무엇을 하면 좋습니까?
暖身 當身體感到沉重或無精打采時，做什麼事好呢？

듣기1 잘 듣고 질문에 답하세요. 30
聽力1 仔細聽並回答問題。

1) 무슨 프로그램입니까?
① 건강 상담　② 운동 강습　③ 직업 상담

2) 여자는 어떤 고민이 있습니까?
① 운동을 매우 싫어한다.
② 운동 방법을 잘 모른다.
③ 매일 서서 일을 해서 다리가 아프다.

3) 여자가 다리 건강을 위해서 할 수 있는 일은 무엇입니까?
① 굽이 없는 구두를 신는다.
② 자기 전에 가볍게 스트레칭을 한다.
③ 다리가 아플 때에는 찬 수건으로 마사지를 한다.

준비 운동으로 바꾸고 싶은 부분이 있습니까?
暖身 你有想藉由運動改變的地方？

- [ ] 뱃살을 빼고 싶다.
- [ ] 복근을 만들고 싶다.
- [ ] 다리를/허벅지를 날씬하게 만들고 싶다.
- [ ] ____________________

강습 講習　날씬하다 苗條

듣기2 잘 듣고 질문에 답하세요. 31
聽力2 仔細聽並回答問題。

1) 남자가 말한 내용과 다른 것은 무엇입니까?

① 매일 꾸준히 운동했다.

② 달리기만 했다.

③ 근육 운동을 했다.

2) 들은 내용과 맞는 것을 고르세요.

① 복근을 만드는 데에는 윗몸 일으키기가 가장 좋다.

② 복근 운동을 할 때는 무엇이든지 많이 먹는 게 좋다.

③ 복근을 만들려면 줄넘기나 옆구리 운동도 하는 것이 좋다.

3) 남자가 운동 후 달라진 점이 아닌 것을 고르세요.

① 여자 친구가 생겼다.

② 기분이 상쾌해졌다.

③ 배가 들어갔다.

말하기 다음에 대해 친구들과 함께 이야기해 보세요.
會話 針對下列事項和朋友來練習對話。

1. 건강을 위해 해 본 운동 중에 가장 효과가 좋은 것은 무엇입니까?
2. 언제 운동을 합니까? 아침, 저녁, 주말 등 시간을 정해 놓고 운동을 합니까?
3. 여러분이 스포츠 센터에 다니는/안 다니는 이유는 무엇입니까?
4. 운동을 할 때 좋은 옷/신발/음식이나 음료수 등을 추천해 주세요.
5. 운동 이외에 건강해지는 방법은 무엇입니까?

윗몸 일으키기 仰臥起坐 줄넘기 跳繩

읽고 쓰기 閱讀與寫作

준비 컴퓨터나 휴대폰을 많이 사용하면 건강에 어떤 문제가 생길까요?
暖身 常使用電腦或手機的話，會對健康造成什麼樣的問題呢？

읽기 다음 글을 읽고 질문에 답하세요.
閱讀 閱讀以下文章並回答問題。

Home About Us Services Order Contacts

건강 안심 센터
www.geongang.oo.kr

여러분의 목 건강은 어떠십니까?

글쓴이 : 건강 안심 센터

여러분, '거북목 증후군'에 대해 들어 본 적이 있습니까? 많은 사람들이 거북처럼 목을 앞으로 길게 빼고 컴퓨터를 봅니다. 이런 자세로 오래 있으면 목뼈의 모양이 변해서 건강에 이상이 생깁니다.

이 병에 걸리면 쉽게 피곤해지고 목과 어깨가 아픕니다. 그리고 두통으로 고생할 수도 있습니다. 그럼 목 건강을 위해서 어떻게 해야 할까요?

가장 좋은 방법은 운동입니다. 맑은 공기를 마시며 걷기 운동을 하면 자세를 교정하는 데에 큰 도움이 됩니다. 자세가 좋아야 건강을 지킬 수 있습니다. 하지만 바쁜 업무 시간에 밖에 나가서 산책하는 일이 쉽지는 않을 겁니다. 그래서 어디서든지 할 수 있는 쉽고 간단한 스트레칭 방법을 알려 드리겠습니다.

먼저 두 손을 허리에 대고 몸을 뒤로 젖힙니다. 그다음에 오른손을 왼쪽 귀에 대고 눌러 줍니다. 반대쪽도 같은 방법으로 하면 됩니다. 마지막으로 고개를 천천히 돌립니다. 시간이 있을 때마다 여러 번 반복하는 것이 중요합니다. 직장인 여러분, 건강을 지키는 일은 어렵지 않습니다. 하루에 5분만 스트레칭을 해도 몸이 좋아지는 것을 느끼실 수 있을 겁니다.

1) 이 병에 걸리는 이유는 무엇입니까?

① 스트레칭을 하지 않아서

② 일을 많이 한 후 쉬지 않아서

③ 나쁜 자세로 컴퓨터를 봐서

2) 이 병을 예방하려면 어떻게 해야 합니까?

① 충분히 쉬고 건강에 좋은 음식을 많이 먹는다.

② 컴퓨터나 휴대폰으로 건강에 대한 정보를 찾는다.

③ 걷기 운동을 하거나 시간이 있을 때마다 스트레칭을 한다.

안심 安心 거북목 증후군 烏龜頸症候群 거북 烏龜 목뼈 頸骨

3) ‘거북목 증후군’ 예방을 위한 스트레칭 방법입니다. 그림을 보고 순서에 맞게 번호를 쓰세요.

( ) → ( ) → ( )

쓰기 생활 속 운동을 권유하는 글을 써 보세요.
寫作 寫一篇建議於日常生活中從事運動的文章。

1) 건강을 위해 어떤 노력을 하고 있습니까?
你為健康做了什麼樣的努力？

- 물을 많이 마신다.
- 채소와 과일을 많이 먹는다.
- 시간이 있을 때마다 스트레칭을 한다.
- ______________________________
- ______________________________

2) 시간이 없을 때 할 수 있는 생활 속 운동에는 어떤 것이 있습니까?
當沒空時，可於生活中從事的運動有哪些？

- 교통 신호를 기다리면서 제자리 뛰기를 한다.
- 의자에 앉아서 다리를 가슴 높이까지 들었다가 내린다.
- 텔레비전을 볼 때 옆으로 누워서 한쪽 다리를 올렸다가 내린다.
- ______________________________
- ______________________________

3) 운동을 하면 어떤 점이 좋습니까?
運動有什麼好處？

- 스트레스가 풀린다.
- 몸매가 좋아진다.
- 자세를 교정할 수 있다.
- ______________________________
- ______________________________

예방 預防 제자리 原地

4) 다음 글을 읽고 답글을 써 보세요.
閱讀以下文章，並試著寫下你的回應。

요즘 바빠서 운동을 못 했더니 건강이 많이 나빠졌어요. 먹는 건 똑같은데 운동을 못 하니까 살도 많이 쪘고요. 또 살이 찌니까 몸이 무겁고 쉽게 지치는 것 같아요. 앞으로도 운동할 시간이 없을 것 같아서 걱정이에요. 좋은 방법이 없을까요?

과제 課堂活動

活動學習單 p.218

동작 묘사하기 게임을 해 보세요.

玩一玩描述動作的遊戲。

두 팀으로 나눈 후 스트레칭 동작을 설명해 보세요.
分成兩組後，試著說明伸展的動作。（請搭配活動學習單）

두 팀에서 한 사람씩 앞으로 나와 친구들이 설명하는 동작을 해 보세요.
兩組各派一人出來做朋友所說明的動作。

허리를 좀 더 굽혀 봐요. 오른팔은 아래로 내리고, 왼팔은 위로 뻗어요. 오른쪽 무릎은 굽히지 말고 펴세요. 좋아요. 그리고 머리는…….

어느 팀이 이겼는지 점수를 매겨 보세요.
請打分數，看哪一組獲勝。

문화 산책 文化漫步

文化 Q&A p. 258

준비 다음은 무엇을 할 때 필요한 물건일까요?
暖身 底下是做什麼活動時所需要的物品呢？

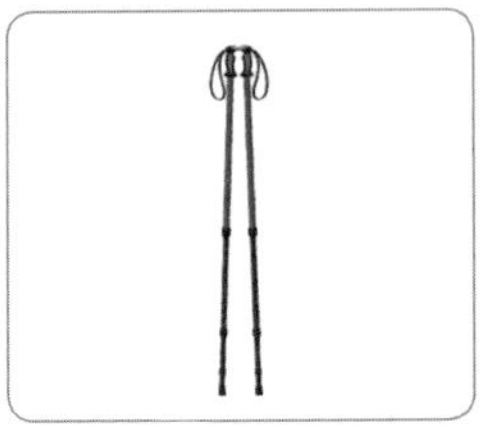

알아보기 한국인이 가장 좋아하는 여가 활동 : 등산
認識韓國 韓國人最喜歡的休閒活動：登山

등산은 한국인이 가장 좋아하는 여가 활동입니다. 한국은 나라의 70% 이상이 산입니다. 서울에만 북한산, 관악산 등 40개가 넘는 산이 있고 전국 곳곳에 많은 산이 있습니다. 그래서 비용을 많이 들이지 않고 가까운 곳에서 등산을 즐길 수 있습니다.

주말이나 휴일에 산에 가 보면 아름다운 경치를 즐기면서 시간을 보내는 한국인의 모습을 쉽게 볼 수 있습니다. 등산 동호회도 많고 직장이나 학교에서 함께 등산을 가기도 합니다.

땀을 흘리면서 맑은 공기를 마시면 기분도 상쾌해집니다. 많은 한국인들은 등산을 하면서 생활 속에서 쌓인 스트레스를 풀고 건강도 지키고 있습니다.

생각나누기 여러분 나라에서는 건강을 위해 주로 무슨 운동을 합니까?
文化分享 在你的國家，人們主要做什麼運動來維持健康呢？

발음 發音

준비 들어 보세요. 32
暖身 先聽聽看！

1) 스포츠 센터는 버스 정류장 앞에 있어요.
2) 지쳤을 때 이 음료수를 마시면 기운이 좀 날 거예요.

규칙 1. ‘ㄹ’은 받침 ‘ㅁ, ㅇ’ 뒤에서 [ㄴ]으로 발음됩니다.
規則 初聲「ㄹ」若接於終聲「ㅁ、ㅇ」之後，則應改發「ㄴ」音。

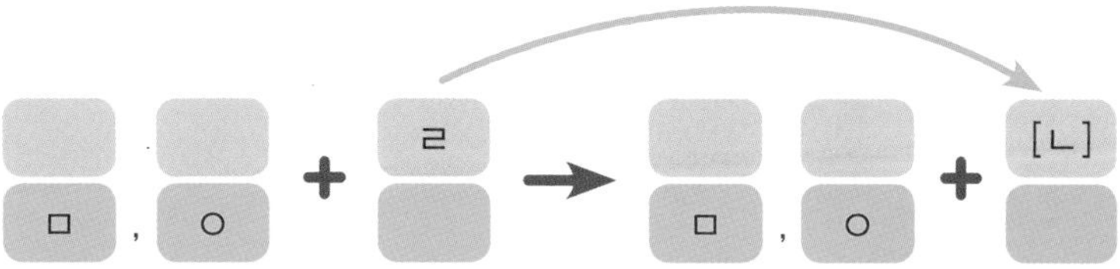

예] 음료수[음뇨수]
정리[정니]

2. ‘ㄹ’은 받침 ‘ㅂ, ㄱ’ 뒤에서 [ㄴ]으로 발음됩니다.
그리고 그 [ㄴ] 앞에서 ‘ㅂ, ㄱ’은 다시 [ㅁ, ㅇ]으로 변합니다.
初聲「ㄹ」若接於終聲「ㅂ、ㄱ」之後，則「ㄹ」應改發「ㄴ」音，且終聲「ㅂ、ㄱ」也應分別改發為「ㅁ、ㅇ」音。

예] 수업료: 수업+료[뇨] → [수엄뇨]
대학로: 대학+로[노] → [대항노]

3. ‘ㄹ’은 받침 ‘ㄴ’ 뒤에서 [ㄴ]으로 발음되는 경우가 있습니다.
初聲「ㄹ」亦有接於終聲「ㄴ」之後，而改發為「ㄴ」的情形。

예] 정신력[정신녁]
의견란[의견난]

연습 ‘ㄹ’을 [ㄴ]으로 발음해야 되는 곳에 주의하면서 읽어 보세요. 33
練習 注意「ㄹ」應該發為「ㄴ」音的地方，並試著唸唸看。

1) A 장 보러 가서 음료수하고 컵라면 안 사 왔어?
B 아, 참! 요즘 기억력이 나빠져서 자꾸 잊어버려.
2) A 독립 기념관에 가려면 어디에서 내려요?
B 다음 정류장에서 내리세요.
3) A 대통령에게 보내는 인터넷 의견란에 무슨 이야기가 많았어요?
B 대학 등록금이 비싸니까 수업료를 깎아 달라는 의견이 많던데요.

자기 평가 自我評量

1. 아는 단어에 √ 하세요.
你學會了哪些單字，請打√。

- ☐ 자세가 좋다
- ☐ 지치다
- ☐ (옆구리를) 굽히다
- ☐ 땀이 나다
- ☐ 힘이 세다
- ☐ (팔을) 뻗다
- ☐ 기운이 나다
- ☐ 숨이 차다
- ☐ 살이 빠지다
- ☐ 쥐가 나다
- ☐ (다리를) 벌리다
- ☐ 근육이 생기다

2. 알맞은 것을 골라 대화를 완성하세요.
選出適合的選項並完成對話。

-았더니/었더니	얼마나 -(으)ㄴ지, -는지 모르다
-(으)ㄴ 모양이다, -는 모양이다	-아야/어야

1) A 히엔 씨에게 무슨 일 있어요? 요즘 기운이 없어 보이던데…….
   B 남자 친구와 ______________________. 어제도 많이 울던데요.

2) A 아키라 씨, 운동하다가 쥐가 났다고 하던데 괜찮아요?
   B 네, 스트레칭을 ______________________ 금방 괜찮아졌어요.

3) A 요가가 건강에 그렇게 좋아요?
   B 그럼요. ______________________. 한번 해 보세요.

4) A 엄마, 이 약 안 먹으면 안 될까요?
   B 안 돼. ______________________ 나으니까 빨리 먹어.

3. 한국어로 할 수 있는 것에 √ 하세요.
你可以用韓文做哪些事情，請打√。

- ☐ 몸 상태에 맞게 운동을 권유할 수 있다.
- ☐ 운동 방법을 설명할 수 있다.
- ☐ 운동 방법에 대해 듣고 말할 수 있다.
- ☐ 운동을 권유하는 글을 읽고 쓸 수 있다.

標準答案
2. 1) 싸운 모양이에요 2) 했더니 3) 요가가 건강에 얼마나 좋은데요 4) 이 약을 먹어야

課程資料夾

單字

살이 찌다 / 빠지다	變胖／變瘦
힘이 세다 / 약하다	力氣大／力氣小
자세가 좋다 / 나쁘다	姿勢正確／姿勢不良
몸이 무겁다 / 가볍다	身體沉重／身體輕盈
(목을) 돌리다	（脖子）轉圈
(가슴을) 펴다	挺起（胸）
(손을 허리에) 대다	（手）插（腰）
(다리를) 벌리다	開（腿）
(옆구리를) 굽히다	彎（側腰）
(몸을) 젖히다	（身體）後傾
(팔을) 뻗다	伸展（手臂）
(발뒤꿈치를) 들다	抬起（腳後跟）／墊腳尖
숨이 차다	喘
땀이 나다	流汗
쥐가 나다	抽筋
지치다	筋疲力竭
기분이 상쾌하다	心情舒暢
기운이 나다	充滿精神
몸이 좋아지다	身體變好
근육이 생기다	長肌肉

會話翻譯 1

阿旭	小明，你最近很常運動嗎？看起來很健康喔。
小明	是嗎？我最近不斷做肌肉運動，身體就變健康了。
阿旭	我最近早上一起床就覺得身體沉重，有時候還會腰痛。
小明	腰痛有可能是因為姿勢不良所引起的。 做做伸展運動如何呢？
阿旭	伸展運動很無聊，要持續做很困難。
小明	你說的也沒錯啦。那走路如何呢？ 吃完中餐後只要稍微走一下，身體不曉得就會變得多輕盈呢。
阿旭	我也常有運動的想法，但是一個人運動實在是有點難。
小明	那麼你要不要和我一起上運動中心呢？那邊的講師很不錯喔。

會話翻譯 2

講師	看姿勢你應該是第一次做這項運動吧。
阿旭	是的，我第一次做肌肉運動。
講師	那麼跟著我來做做看吧。 首先雙手舉起啞鈴，膝蓋微彎。 之後慢慢抬起手臂再放下。
阿旭	這樣做可以嗎？
講師	是的，您做得很好。這時候背部跟胸部都要挺直才能看到運動效果。
阿旭	我知道了。但是身體一直動，還蠻累的。
講師	這幾天肌肉應該會很緊繃並感到酸痛。
阿旭	那麼明天休息一天會比較好吧？
講師	要持續運動才會有效果。明天也一定要來喔。

13 지금 입고 있는 양복이 잘 어울려요
現在穿的西裝很適合你

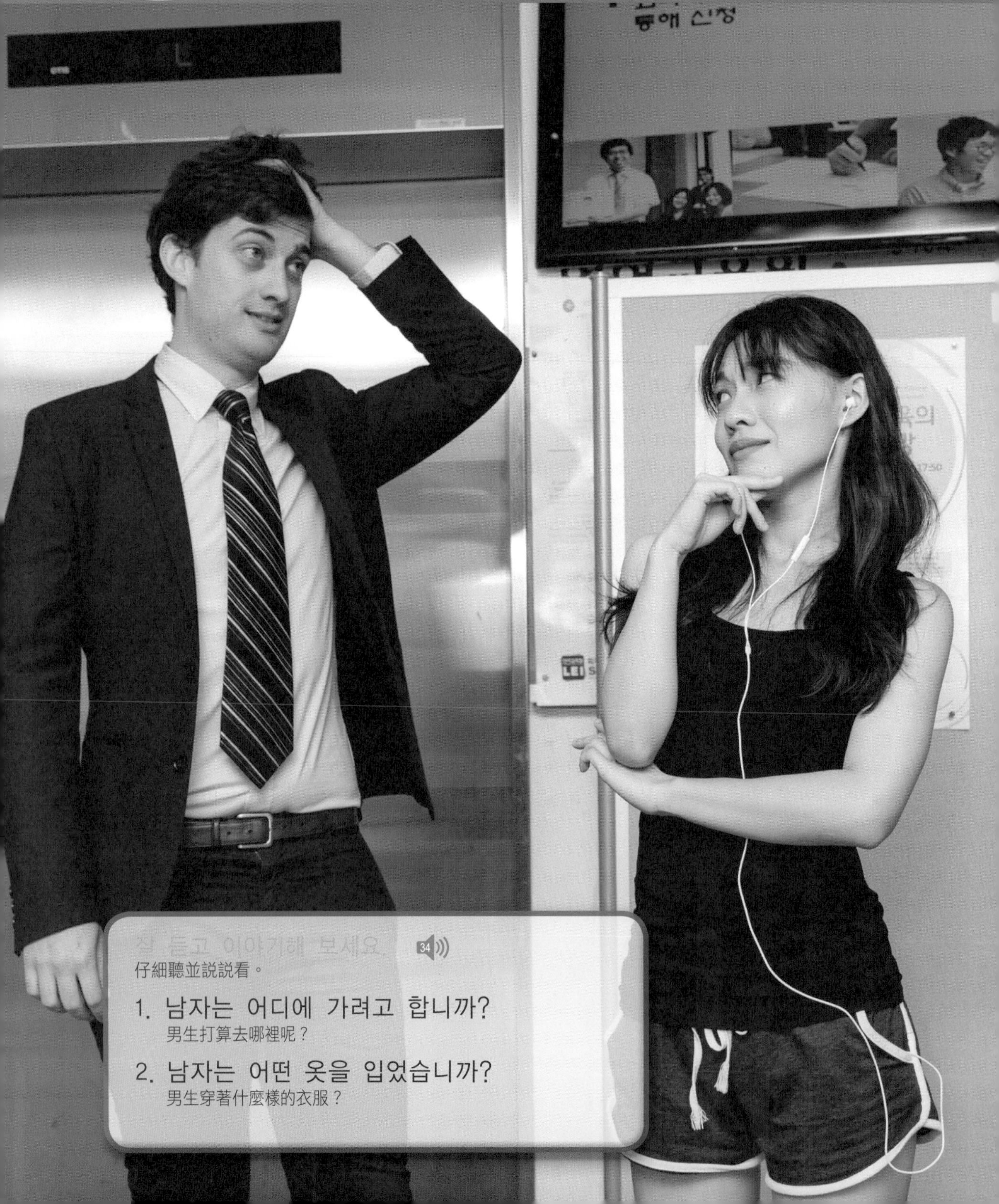

잘 듣고 이야기해 보세요. 34
仔細聽並說說看。

1. 남자는 어디에 가려고 합니까?
   男生打算去哪裡呢？
2. 남자는 어떤 옷을 입었습니까?
   男生穿著什麼樣的衣服？

학 습 목 표 學習目標

어 휘 字彙練習	• 모임과 옷차림 聚會與穿著
문법과 표현 1 文法與表現 1	• A/V-(으) ㄹ까 봐 • V- 고 있다
말하기 1 會話 1	• 모임에 맞는 옷차림 의논하기 討論適合聚會的穿著
문법과 표현 2 文法與表現 2	• A/V- 았어야 / 었어야 했는데 • V- 도록
말하기 2 會話 2	• 모임 평가하기 聚會評價
듣고 말하기 聽力與會話	• 어울리지 않는 옷차림에 대한 대화 듣기 聽聽有關不合適穿著的對話 • 행사를 평가하는 대화 듣기 聽聽評價活動的對話 • 모임과 행사에 어울리는 옷차림 이야기하기 說說適合聚會與活動的穿著
읽고 쓰기 閱讀與寫作	• 행사에 초대하는 글 읽기 閱讀邀請參加活動的文章 • 행사 초대장 쓰기 寫寫活動邀請函
과 제 課堂活動	• 행사 계획하기 籌辦活動
문화 산책 文化漫步	• 관혼상제 韓國的「冠婚喪祭」
발 음 發音	• 겹받침의 발음 雙終聲的發音

어 휘 字彙練習

1. 다음 모임에 대해 이야기해 보세요.
說說看底下的聚會活動。

집들이

돌잔치

송년회

송별회

동창회

친구 집들이에 다녀왔는데 정말 재미있었어요.

저는 이번 주에 고등학교 동창회가 있어요.

2. 모임을 준비하는 사람이 신경 써야 할 일에 대해 말해 보세요.
說說看負責籌辦聚會的人應該要注意的事情。

(방을) 꾸미다

(상을) 차리다

(선물을) 마련하다

(손님을) 대접하다

(옷을) 차려입다

모임 장소를 멋있게 꾸며야 해요.

3. 다음 표현을 사용해서 모임의 옷차림에 대해 말해 보세요.

使用底下語彙來說說看聚會的穿著打扮。

(넥타이를) 매다

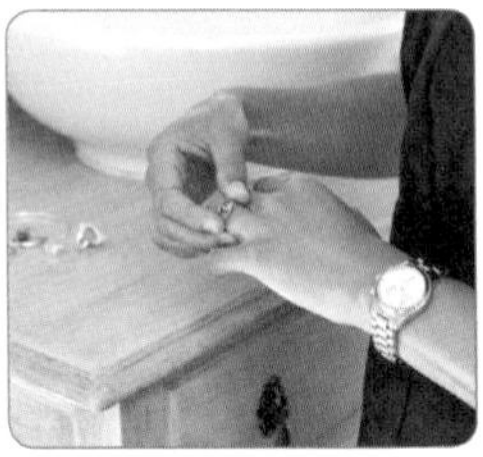

(반지를) 끼다

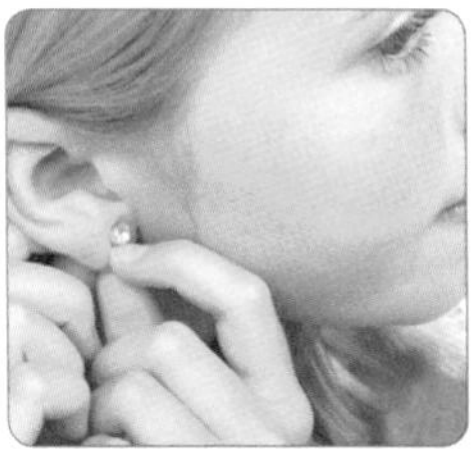

(귀고리를) 하다

(시계를) 차다

(가방을) 들다

(배낭을) 메다

민수 씨가 줄무늬 넥타이를 맸어요.

4. 다음 단어를 사용해서 이야기해 보세요.

使用底下單字練習說說看。

충분하다 　 모자라다 　 남다 　 부족하다

수료식 후에 ________ 씨 집에서 파티를 하는 게 어때요?
네, 방이 넓어서 자리는 충분해요. 그런데 그릇이 모자랄 것 같아요.

피자를 몇 판 주문하면 좋을까요?

콜라는 1리터짜리 한 병이면 될까요?

피자 말고 다른 음식도 준비해야겠지요?

회비는 3,000원씩 내면 될까요?

문법과 표현 1 文法與表現1

文法解說 p. 234、p.235

1. A/V-(으)ㄹ까 봐 恐怕…、害怕…

35

A 아키라 씨, 발표 준비 잘돼 가요?

B 준비는 열심히 했는데 실수할까 봐 걱정이에요.

例

- 내일 소풍 가는데 날씨가 나**쁠까 봐** 걱정이에요.
- 비빔밥이 너무 매**울까 봐** 고추장을 조금만 넣었어요.
- 어머니가 걱정하**실까 봐** 미리 전화했어요.
- 음식이 남**을까 봐** 조금만 준비했는데 손님이 많이 와서 큰일이네요.

연습 [보기]와 같이 걱정되는 일에 이야기해 보세요.

練習 跟著範例說說看擔心的事情。

範例

아버지가 일을 많이 하셔서
건강이 나빠지실까 봐 걱정이에요.
동생이 시험에 떨어질까 봐
제가 수학 공부를 도와줬어요.

1) 가족

2) 친구

3) 공부

4) 생활

5) 직업

2. V-고 있다 …著

A 아키라 씨가 누구예요?

B 저기 회색 양복에 까만색 가방을 들고 있는 사람이에요.

例

- 지금 입**고 있는** 청바지 아주 편해 보이는데 어디서 샀어요?
- 이 사진에서 교복을 입고 배낭을 메**고 있는** 아이가 바로 나야.
- 흰색 와이셔츠에 빨간색 넥타이를 매**고 있는** 사람이 우리 형이에요.
- 종일 꽉 끼는 원피스에 굽 높은 구두를 신**고 있었더니** 너무 힘들다.

연습 친구들이 입고 있는 옷에 대해서 [보기]와 같이 이야기해 보세요.

練習 跟著範例說說看朋友們所穿的衣服。

範例

샤오밍 씨는 파란색 체크무늬 셔츠에 청바지를 입고 있어요.
마리코 씨는 노란색 원피스에 하얀색 구두를 신고 있어요.

말하기 1　會話1

會話翻譯 1 p. 109

37 **직장 동료**　아키라 씨, 민수 씨 결혼식에서 사회를 본다던데 준비는 잘돼 가요?
아키라　민수 씨 부탁이니까 하겠다고는 했는데 실수할까 봐 걱정이에요.
직장 동료　지난번 회의 때 보니까 한국어를 아주 잘하던데요, 뭘.
근데 지금 입고 있는 양복은 처음 보네요. 새로 샀어요?
아키라　네, 좀 차려입고 가야 할 것 같아서 한 벌 마련했어요. 괜찮아요?
직장 동료　멋있어요. 그 양복에 하늘색 넥타이를 매면 아주 잘 어울리겠는데요.
아키라　그래요? 그럼 그날 하늘색 넥타이를 매고 가야겠네요.
또 신경 써야 할 게 있을까요?
직장 동료　양복 색깔에 맞춰서 갈색 구두를 신으면 어때요?
아키라　그럴게요. 이제 옷차림에는 자신이 생겼어요.

연습1 친구와 연습해 보세요.
練習1　和朋友練習看看。

1) 실수하다
회의 / 한국어를 아주 잘하다
지금 입고 있다
하늘색 넥타이를 매다

2) 잘 못하다
출장 보고 / 한국어가 유창하다
오늘 입고 오다
밝은 회색 와이셔츠를 입다

사회를 보다 主持、擔任司儀　출장 보고 出差報告　유창하다 流暢

연습2 [보기]와 같이 행사나 모임에 입고 갈 옷차림에 대해 이야기해 보세요.
練習2 跟著範例說說看參加活動或聚會的穿著打扮。

範例

친구 결혼식 때 뭘 입고 가면 좋을까요?
남자들은 보통 양복을 입어요. 양복에 넥타이 색깔만 잘 맞춰도 멋있던데요. 양복이 무슨 색이에요?
회색 양복을 입고 갈까 하는데…….
회색 양복에는…….

	결혼식	장례식	동창회	송년회
옷	남자 : 양복 여자 :			
머리				
신발				
기타				

문법과 표현 2 文法與表現2

文法解說 p. 237

1. A/V-았어야 / 었어야 했는데 （本來）應該要…的

38

A 어제 회식에 올 줄 알았는데 안 보이던데요.

B 제가 꼭 갔어야 했는데 사정이 있었어요.

例

- 꼭 사야 하는 책이 다 팔리고 없다. 미리 **샀어야 했는데**…….
- 어제 보고서를 다 쓰고 퇴근**했어야 했는데**, 죄송합니다.
- 위험한 곳에 간 게 내 실수다. 가지 말**았어야 했는데**…….

연습 하지 못해서 후회되는 일에 대해 [보기]와 같이 이야기해 보세요.

練習 跟著範例說說看未執行而感到後悔之事。

範例

어렸을 때 더 많이 놀았어야 했는데…….
고등학교 때 열심히 공부했어야 했는데 후회가 돼요.

1) 어렸을 때

2) 고등학교 때

3) 작년

4) ?

후회가 되다 感到後悔

2. V-도록 使…、讓…

A 이번 행사는 아주 중요하니까 잘 준비해 주세요.

B 네, 준비에 문제가 없도록 최선을 다하겠습니다.

例
- 잘 들리**도록** 크게 말씀해 주세요.
- 유리컵을 떨어뜨리지 않**도록** 조심해서 들고 가세요.
- 비행기 시간에 늦지 않**도록** 일찍 출발해야 합니다.

연습 다음과 같이 광고를 만들어 보세요.
練習 試著製作如下的廣告。

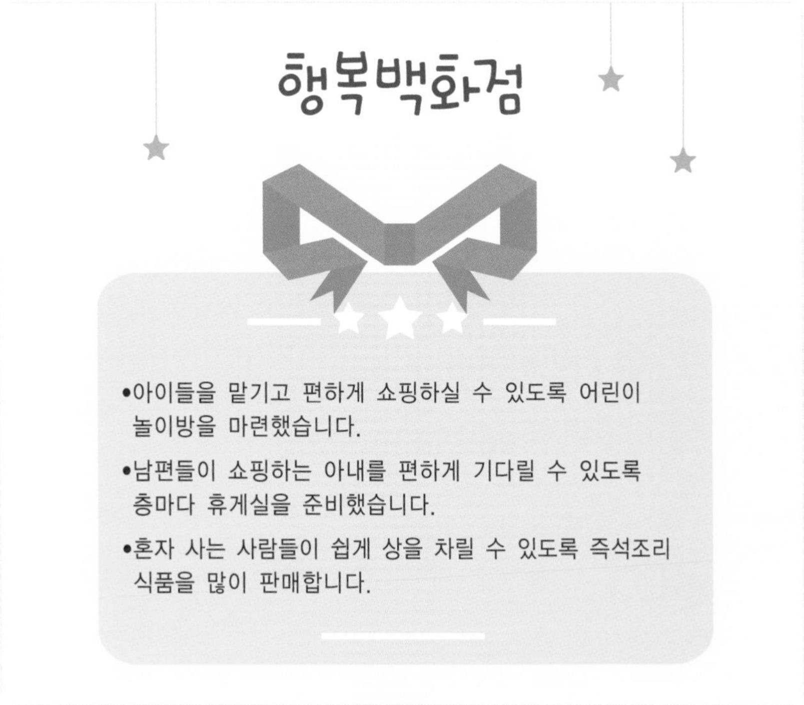

행복백화점
•아이들을 맡기고 편하게 쇼핑하실 수 있도록 어린이 놀이방을 마련했습니다.
•남편들이 쇼핑하는 아내를 편하게 기다릴 수 있도록 층마다 휴게실을 준비했습니다.
•혼자 사는 사람들이 쉽게 상을 차릴 수 있도록 즉석조리 식품을 많이 판매합니다.

1) 식당 2) 쇼핑몰 3) 노래방 4) 찜질방 5) ?

말하기 2 會話2

번中 會話翻譯 2 p. 109

40 **부장님** 김 대리, 회사 송년회 준비하느라고 고생했어요.
김민수 아닙니다. 열심히 하기는 했는데 어떠셨는지 모르겠어요.
부장님 덕분에 즐거운 시간을 보냈어요.
특히 직원들의 가족도 초대한 것이 아주 좋았어요.
김민수 정말 다행이네요. 저는 분위기가 어색할까 봐 걱정했어요.
부장님 그렇지 않았어요. 오히려 가족과 함께해서 더 좋았어요.
김민수 장소나 음식은 어떠셨어요?
부장님 장소도 적당하고 음식도 훌륭했어요.
그런데 아이들이 좋아하는 음식이 모자라서 좀 아쉬웠어요.
김민수 아이들이 많이 올 걸 예상했어야 했는데 죄송합니다.
다음에는 준비에 문제가 없도록 더욱 최선을 다하겠습니다.

연습1 친구와 연습해 보세요.
練習1 和朋友練習看看。

1) 직원들의 가족도 초대하다

가족과 함께하다

아이들이 좋아하는 음식이 모자라다

아이들이 많이 올 걸 예상하다

2) 부서마다 장기 자랑을 하도록 하다

동료들과 친해질 수 있다

고기를 안 먹는 사람들을 위한 음식이 충분하지 않다

채소로 만든 요리를 더 많이 준비하다

덕분에 多虧…、幸虧… 오히려 反而 부서 部門、單位 장기 자랑 才藝表演

연습2 행사나 모임에 간 경험에 대해 [보기]와 같이 이야기해 보세요.

練習2 跟著範例說說看參加活動或聚會的經驗。

範例

동창회에 갔다 왔다면서요? 어땠어요?
장소도 넓고 음식 종류도 많아서 좋았어요.
오랜만에 만난 친구들이랑 이야기 많이 했어요?
아니요, 시끄러워서 대화를 제대로 못 했어요. 이야기를 많이 했어야 했는데…….

모임	좋은 점	아쉬운 점
동창회	장소도 넓고 음식 종류도 많았다.	시끄러워서 대화를 제대로 못 했다.
회식		
생일 파티		
?		

듣고 말하기 聽力與會話

준비 옷차림에 신경을 써야 하는 행사에는 무엇이 있을까요?
暖身 必須注意自身穿著打扮的活動有哪些？

듣기1 잘 듣고 질문에 답하세요. 41
聽力1 仔細聽並回答問題。

1) 여자가 오늘 간 곳을 <u>모두</u> 고르세요.

① 회사 체육 대회

② 고등학교 동창회

③ 친구 결혼식

2) 여자의 옷차림은 어땠습니까?

①  ②  ③ 

3) 다음 중 맞는 것을 고르세요.

① 여자는 옷을 갈아입고 가느라고 결혼식에 늦었다.

② 여자는 회사 행사에 어울리지 않는 옷을 입고 갔다.

③ 여자는 결혼식에서 부케를 받을 줄 몰랐다.

준비 행사나 모임을 준비할 때 가장 신경 쓰는 부분은 무엇입니까?
暖身 準備活動或聚會時，最傷腦筋的是什麼？

☐ 장소 ☐ 음식

☐ 활동 ☐ 홍보

☐ ____________

부케 捧花

듣기2 잘 듣고 질문에 답하세요.
聽力2 仔細聽並回答問題。

1) 이 행사가 열린 목적은 무엇입니까?
① 한복의 아름다움을 알리기 위해
② 한국의 정원을 소개하기 위해
③ 외국인에게 한국 음식을 알리기 위해

2) 이번 행사에서 하지 <u>않은</u> 것은 무엇입니까?

① 

② 

③ 

3) 들은 내용과 맞는 것은 무엇입니까?
① 불고기 만들기가 인기 있었다.
② 행사는 서울에 있는 공원에서 열렸다.
③ 김치 만들기 체험 활동을 위한 재료가 모자랐다.

말하기 다음에 대해 친구들과 함께 이야기해 보세요.
會話 針對下列事項和朋友來練習對話。

1. 여러분 나라에 특별한 옷을 입는 날이 있습니까?
그날 어떤 옷을 입어야 합니까?
2. 모임에 어울리지 않는 옷을 입고 가서 불편한 적이 있습니까?
3. 모임에 초대받았을 때 가져가면 좋은/안 되는 선물이 있습니까?
4. 행사나 모임 중에서 특별히 기억에 남는 것이 있습니까?
왜 그렇습니까?

읽고 쓰기 閱讀與寫作

준비 특별한 행사에 참석해 본 적이 있습니까? 어떤 행사였습니까?
暖身 你曾參加過什麼特別的活動嗎？那是什麼樣的一個活動呢？

읽기 다음 글을 읽고 질문에 답하세요.
閱讀 閱讀以下文章並回答問題。

초대의 글

'동물 사랑 바자회'에 여러분을 초대합니다.

저희 '동사모'는 동물을 사랑하는 사람들이 모여서 버려진 동물을 돌보는 일을 합니다. 매년 바자회를 열어서 동물 보호 기금도 마련하고 버려진 동물에게 새 주인을 찾아 주고 있습니다.

경험이 없어 동물을 잘 돌볼 수 없을까 봐 걱정하시는 분들을 위해 여러 가지 도움도 드립니다. 바자회에 오셔서 물건도 싸게 구입하시고 새로운 동물 가족도 만나 보시기 바랍니다.

낮 12시부터 2시까지는 밴드 음악을 들으면서 채식 뷔페를 즐기실 수 있도록 했습니다. 또 동물 사진을 전시해서 구경하면서 바자회를 즐길 수 있도록 했습니다. 3시부터는 '다큐멘터리 : 멸종 위기의 동물'도 상영할 예정입니다. 많은 관심 부탁드립니다. 감사합니다.

- 날짜 : 5월 3일
- 시간 : 오전 11시~오후 5시
- 장소 : 동대문 문화 공원
- 회비 : 10,000원

※ 모아진 돈은 모두 버려진 동물, 멸종 위기 동물을 위해 쓰입니다.
※ 바자회에 오신 모든 분에게 천으로 만든 가방을 드립니다.
※ 동물 가죽이나 모피로 만든 옷을 입으신 분은 입장할 수 없습니다.

1) '동사모'는 어떤 단체입니까?

( )

2) 바자회를 하는 이유가 아닌 것은 무엇입니까?

① 동물 보호 기금을 마련하려고

② 버려진 동물에게 새 가족을 찾아 주려고

③ 멸종 위기 동물 사진을 판매하려고

바자회 義賣會 보호 保護 기금 基金 채식 素食 뷔페 西式自助餐 다큐멘터리 紀錄片 멸종 絕種 위기 危機 상영하다 放映 천 布 가죽 皮革 모피 毛皮 단체 團體

3) 이 글의 내용과 같은 것은 무엇입니까?

① 바자회에 갈 때 동물을 데려가야 한다.

② 모피 코트를 입고 가면 바자회에 들어갈 수 없다.

③ 뷔페가 준비되어 있어서 다양한 고기를 먹을 수 있다.

쓰기 행사나 모임에 초대하는 글을 써 보세요.
寫作 寫一篇邀請別人參與活動或聚會的文章。

1) 어떤 행사를 할 때 초대장을 보냅니까?
辦理什麼樣的活動時，需要寄送邀請函呢？

- ☐ 결혼식
- ☐ 전시회
- ☐ 개업식
- ☐ ____________

2) 초대장에 꼭 써야 하는 내용은 무엇입니까?
邀請函裡一定要寫些什麼內容呢？

- ☐ 행사 장소
- ☐ 행사 일시
- ☐ 행사 내용
- ☐ ____________

3) 특별한 행사에 친구들을 초대하려고 합니다. 어떤 행사를 만들고 싶은지, 무엇을 하고 싶은지 써 보세요.
你打算邀請朋友來參加一個特別的活動，寫寫看你想要舉辦什麼樣的活動，以及想要做哪些事？

4) 위에서 정리한 내용으로 초대 글을 써 보세요.
請以前頁所整理的內容來寫封邀請函。

과제 課堂活動

행사를 계획해 보세요.
試著籌辦活動。

반 친구들과 함께 하고 싶은 행사나 모임에 대해 이야기해 보세요.
說說看你想和班上同學一起舉辦的活動或聚會。

> 우리 유학생 모임을 알릴 수 있는 좋은 방법이 없을까?

> 세계 문화의 밤 행사나 바자회를 열어서 모임을 홍보하면 어때?

행사나 모임 계획을 세워 보세요.
策劃一下活動或聚會的內容。

1. 무슨 행사/모임을 할까요?
2. 언제 할까요?
3. 어디에서 할까요?
4. 행사/모임에서 뭘 할까요?
5. 어떤 옷차림을 하고 갈까요?
   □ 평상복 □ 드레스 □ 전통 옷 □ ?
6. 무엇을 준비할까요?
   □ 음식 □ 음악 □ 음료수 □ ?
7. 어떻게 준비할까요?
   □ 음식 : ______
   □ ____ : ______
   □ ____ : ______
8. 회비는 얼마가 좋을까요?

계획한 행사나 모임을 홍보해 보세요.
宣傳你所規劃的活動或聚會。

반 친구들과 실제로 행사나 모임을 해 보세요.
實際和班上同學舉辦一場活動或聚會。

문화 산책 文化漫步

文化 Q&A p. 258

준비 사람들이 살면서 하게 되는 의식에는 어떤 것이 있습니까?
暖身 人的一生會遇到的儀式有哪些？

☐ 결혼식 ☐ 성인식 ☐ 장례식 ☐ 제사 ☐ ____________

알아보기 한국의 관혼상제
認識韓國 韓國的「冠婚喪祭」

관례 어른이 되는 것을 축하하는 행사로 요즘에는 '성년의 날'에 장미꽃과 향수를 선물하기도 합니다.

혼례 옛날부터 한국 사람들은 결혼식을 '혼례'라고 부르며 큰 잔치를 했습니다. 하지만 요즘에는 전통 결혼식을 하는 사람보다 서양식 결혼식을 하는 사람이 많습니다.

상례 부모님이 돌아가셨을 때 검은 옷을 입고 조문객을 맞는 것을 '장례'라고 합니다. 요즘에는 주로 병원에서 장례식을 합니다.

제례 옛날부터 한국 사람들은 돌아가신 조상을 위해 제사를 지냈습니다. 요즘에는 옛날과 다른 방법으로 제사를 지내거나 지내지 않는 사람들도 있습니다.

생각 나누기 여러분 나라의 '관혼상제'를 소개해 보세요.
文化分享 介紹一下你們國家的「冠婚喪祭」。

의식 儀式

발음 發音

준비 들어 보세요. (43)
暖身 先聽聽看！

1) 장소가 넓습니다.
2) 잔디를 밟지 마세요.

규칙 1. 받침 'ㄼ' 뒤에 자음이 오면 'ㄹ'만 발음됩니다.
規則 若終聲「ㄼ」後接子音，則只發「ㄹ」音。

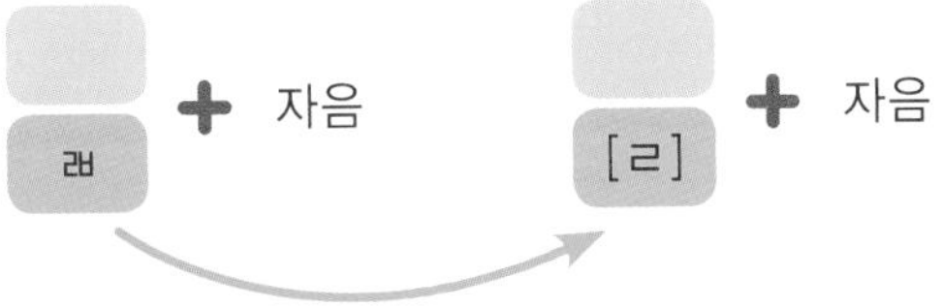

예] 넓습니다[널씀니다] 넓지[널찌] 넓고[널꼬]
짧습니다[짤씀니다] 짧지[짤찌] 짧고[짤꼬]

2. '밟다'의 경우는 받침 'ㄼ' 뒤에 자음이 오면 'ㅂ'만 발음됩니다.
「밟다」的情況，若終聲「ㄼ」後接子音，則只發「ㅂ」音。

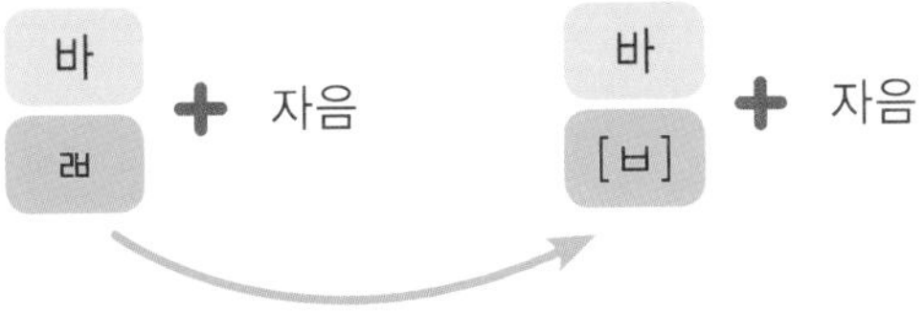

예] 밟습니다[밥씀니다] 밟지[밥찌] 밟고[밥꼬]

연습 겹받침에 주의해서 읽어 보세요. (44)
練習 注意雙終聲的發音，並試著唸唸看。

1) A 어떤 집이 좋아요?
B 넓고 밝은 집요.
2) 소매가 좀 짧지만 괜찮아요.
3) 지하철에서 다른 사람의 발을 밟지 않도록 주의하세요.
4) 금방 청소했으니까 더러운 신발로 밟고 가면 안 됩니다.

자기 평가 自我評量

1. 아는 단어에 √ 하세요.
你學會了哪些單字，請打√。

☐ 집들이	☐ 꾸미다	☐ (배낭을) 메다	☐ 부족하다
☐ 송년회	☐ 마련하다	☐ (넥타이를) 매다	☐ 모자라다
☐ 동창회	☐ 대접하다	☐ (반지를) 끼다	☐ 충분하다
☐ (옷을) 차려입다	☐ (시계를) 차다	☐ (귀고리를) 하다	☐ 남다

2. 알맞은 것을 골라 대화를 완성하세요.
選出適合的選項並完成對話。

-고 있다	-(으)ㄹ까 봐
-았어야/었어야 하는데[했는데]	-도록

1) A 민수 씨가 누구예요?
   B 저기 회색 양복을 ______________________ 사람이에요.

2) A 왜 이렇게 일찍 일어났어요?
   B 비행기 시간에 ______________________ 걱정돼서요.

3) A 요즘 지각을 너무 자주 해서 걱정이에요.
   B 저도 그래요. 오늘도 일찍 ______________________ 늦잠을 잤어요.

4) A 아기가 ______________________ 조용히 해 주세요.
   B 네, 알겠습니다. 조심할게요.

3. 한국어로 할 수 있는 것에 √ 하세요.
你可以用韓文做哪些事情，請打√。

☐ 모임에 맞는 옷차림에 대해 의논할 수 있다.

☐ 행사나 모임에 대해 평가할 수 있다.

☐ 행사에 대한 뉴스를 듣고 이해할 수 있다.

☐ 초대 글을 읽고 쓸 수 있다.

標準答案

2. 1) 입고 있는 2) 늦을까 봐 3) 일어났어야 했는데 4) 깨지 않도록

課程資料夾

單字

집들이	喬遷宴	(넥타이를) 매다	繫／打（領帶）
돌잔치	周歲宴	(반지를) 끼다	戴（戒指）
송년회	尾牙	(귀고리를) 하다	戴（耳環）
송별회	歡送會	(시계를) 차다	佩戴（手錶）
동창회	同學會	(가방을) 들다	拿／提（包包）
(방을) 꾸미다	布置（房間）	(배낭을) 메다	背（背包）
(상을) 차리다	擺設（飯桌）	충분하다	充分
(선물을) 마련하다	準備（禮物）	모자라다	不夠
(손님을) 대접하다	接待（客人）	남다	剩下
(옷을) 차려입다	盛裝打扮	부족하다	不足

번역 會話翻譯 1

公司同事　阿旭，聽說你要在民秀的婚禮上擔任司儀，準備還順利嗎？
阿旭　因為是民秀的請託，所以我就答應主持，但很擔心會出錯。
公司同事　上次開會的時候看你韓文說得還蠻好的啊。
對了，我第一次看你穿這套西裝，是新買的嗎？
阿旭　沒錯，想說應該要盛裝出席，所以就添購了一套。還可以吧？
公司同事　很帥喔。這西裝再配上天藍色的領帶，應該會很搭。
阿旭　這樣嗎？看來我那天得繫天藍色的領帶去了。
還有什麼要注意的地方嗎？
公司同事　搭配西裝的顏色，那天穿棕色的皮鞋如何呢？
阿旭　好啊。現在我對我的穿著充滿自信了。

번역 會話翻譯 2

部長　金代理，這次負責準備公司尾牙辛苦你了。
金民秀　不敢當，我是有努力準備，但就不曉得部長您覺得如何。
部長　多虧你，大家都很開心。
尤其是邀請同仁家人一起來參與真的很棒。
金民秀　那就好，我之前還很擔心氣氛會不會很尷尬。
部長　不會啊，反而和家人一起參與感覺更棒。
金民秀　那地點跟食物如何呢？
部長　地點恰當，食物也很好吃。
但孩子們喜歡的食物稍嫌不足，有點可惜。
金民秀　真是抱歉，我之前應該設想到會有很多小孩子來的。
下次我一定會更用心準備，以避免發生問題。

14 나이가 들면 들수록 고향이 그리워져요

年紀越大越懷念故鄉

잘 듣고 이야기해 보세요. 45

仔細聽並說說看。

1. 남자는 퇴직 후에 어떻게 살고 있습니까?
   男生退休之後過著什麼樣的生活呢？
2. 시골에서 살려면 어떤 준비가 필요합니까?
   想要在鄉下生活的話，需要準備些什麼呢？

학 습 목 표 學習目標

어 휘 字彙練習	• 도시와 시골 都市與鄉村
문법과 표현 1 文法與表現 1	• 하도 A/V- 아서 / 어서 • A/V- 았던 / 었던
말하기 1 會話 1	• 변화상 묘사하기 描述變化
문법과 표현 2 文法與表現 2	• A- 아 / 어하다 • A/V-(으) 면 A/V-(으) ㄹ수록
말하기 2 會話 2	• 도시와 시골 생활 비교하기 比較都市與鄉村生活
듣고 말하기 聽力與會話	• 도시에서 농사짓는 이야기 듣기 聽聽在都市務農的故事 • 전시회 관람 소감 듣기 聽聽參觀展示會後的感想 • 과거와 미래에 대해 이야기하기 聊聊過去與未來
읽고 쓰기 閱讀與寫作	• 속담 이야기 읽기 閱讀諺語故事 • 미래 상상해서 글 쓰기 想像未來並寫一篇文章
과 제 課堂活動	• 살기 좋은 곳 설계하기 設計一個適合居住的地方
문화 산책 文化漫步	• 한국의 절기 韓國的節氣
발 음 發音	• 유음화 流音化

어 휘 字彙練習

1. 도시 생활과 시골 생활에 대해 [보기]와 같이 이야기해 보세요.
跟著範例說說看都市生活與鄉村生活。

여유가 있다	여유가 없다
활기차다	평화롭다
공기가 맑다	공해가 심하다
따분하다	시간 가는 줄 모르다
편의 시설이 잘되어 있다	불편하다

範例

2. 알맞은 표현을 골라 [보기]와 같이 이야기해 보세요.
挑選出合適的語彙跟著範例說說看。

정원

잔디

채소

농사

가축

물고기

가꾸다	깎다	심다
짓다	키우다	잡다

範例

어머니께서 정원을 예쁘게 가꾸세요.
우리 부모님은 농사를 지으세요.

3. 변화에 대해 [보기]와 같이 이야기해 보세요
跟著範例說說看變化。

사라지다	생기다	변하다
몰라보다	상상이 되다	상상이 안 되다

範例

제가 어렸을 때 있었던 작은 산이 사라졌어요.
집 근처에 지하철역이 생겨서 교통이 편리해졌어요.

文法解說 p. 239、p. 240

문법과 표현 1 文法與表現1

1. 하도 A/V-아서/어서 實在是太…所以…

46

A 여기가 청계천이에요.

B 여기가 청계천이라고요?

하도 많이 변해서 몰랐어요.

例

- 아이가 **하도** 귀여**워서** 눈을 뗄 수가 없네요.
- 어젯밤에 **하도** 울**어서** 눈이 퉁퉁 부었어요.
- 그 사람은 책을 **하도** 많이 읽**어서** 모르는 게 없어요.

연습 [보기]와 같이 이야기해 보세요.

練習 跟著範例說說看。

範例

그 영화 어때요?
하도 재미있어서 세 번이나 봤어요.

1) 물건값이……

2) 남자/여자 친구가……

3) 김치가……

4) 한국어가……

5) ?

눈을 뗄 수가 없다 無法轉移視線　퉁퉁 浮腫地

2. A/V-았던 / 었던 （回想）…的

A　옛날에 엄마하고 처음 만났던 곳이 이 근처라고 하셨지요？

B　이 근처였는데 하도 변해서 어디가 어디인지 모르겠어.

例

- 어렸을 때 친**했던** 친구와 다시 연락하게 됐어요.
- 한국에 올 때 비행기에서 만**났던** 사람과 아직도 연락하고 있어요.
- 날씨가 더워서 아침에 입고 **왔던** 스웨터를 벗었어요.
- 졸업 여행 갔을 때 찍**었던** 사진을 보니까 옛날 생각이 많이 나요.

연습 추억이 담긴 사진에 대해 [보기]와 같이 설명해 보세요.

練習　跟著範例說說看充滿回憶的照片。

範例

여기는 제가 작년 겨울에
가족들과 여행 갔던 바다입니다.
…….

1) 

2) 

3) 

4) 

5) 

6) ?

말하기 1 會話1

會話翻譯 1 p. 131

48 **줄리앙** 아버지, 여기가 전에 말씀드렸던 청계천이에요.
아버지 여기가 청계천이라고? 하도 많이 변해서 어디가 어딘지 모르겠다.
줄리앙 그렇게 많이 달라졌어요?
아버지 예전에 여긴 자동차가 다니던 도로였어.
줄리앙 여기가 도로였다고요? 저는 상상이 잘 안 돼요.
근데 어머니하고 처음 만났던 곳이 이 근처라고 하셨지요?
아버지 응, 그땐 이 주변이 다 서점이었는데 가게들이 사라져서 못 찾겠다.
줄리앙 저기 들어가서 좀 물어보고 올까요?
아버지 그게 좋겠다. 서울은 올 때마다 정말 몰라보게 달라지는구나.

연습1 친구와 연습해 보세요.
練習1 和朋友練習看看。

1) 청계천

자동차가 다니던 도로

어머니하고 처음 만나다

서점 / 가게들이 사라지다

2) 강남역

농사를 짓던 논과 밭

아버지가 처음 일하시다

논밭 / 높은 건물들이 많이 생기다

논 水田 밭 旱田

연습2 사진을 보고 어떻게 변했는지 이야기해 보세요.
練習2　看照片並說說看是如何改變。

	현재	과거
청계천		
동창		
동대문		
?		

文法解說 p. 241、p.242

문법과 표현 2 文法與表現2

1. A- 아 / 어하다 （形容詞變動詞）

49

A 아버지가 외국 생활을 좋아하세요 ?

B 아니요 , 항상 고향을 그리워하세요 .

例

- 조카가 심심**해해서** 함께 놀아 줬어요.
- 대학원 수업이 어려워서 줄리앙 씨가 힘들**어해요**.
- 여자 친구가 추**워해서** 제 코트를 벗어 줬어요.
- 마리코 씨가 김치를 담그고 싶**어해서** 같이 만들었어요.

연습 이 사람이 누구인지 알아맞혀 보세요.

練習 猜猜看這個人是誰。

1) 다음 단어들을 사용해서 메모지에 자신에 대해 써 보세요.

심심하다	좋다	싫다
쉽다	어렵다	속상하다
입다	아프다	기쁘다
힘들다	즐겁다	외롭다
무섭다	미안하다	답답하다
피곤하다	행복하다	- 고 싶다
	⋮	

範例

- 저는 한국 음식 중에서 불고기가 제일 좋아요 .
- 한국 노래를 좋아하지만 노래방에 가는 건 싫어요 .
- 한국어가 재미있지만 발음이 어려워요 .
- 고양이는 예쁜데 개는 무서워요 .

2) 메모지 중 하나를 골라 친구들에게 내용을 설명해 보세요.

이 사람은 불고기를 좋아해요. 한국 노래를 좋아하지만 노래방에 가는 것은 싫어해요. 한국어를 재미있어하지만 발음을 어려워해요. 고양이는 예뻐하지만 개는 무서워해요.

혹시 줄리앙 씨 아니에요?

2. A/V-(으)면 A/V-(으)ㄹ수록 越…越…

50

A 한국어 공부가 어때?

B 배우면 배울수록 쉽지 않은 것 같아요.

例

- 바**쁘면** 바**쁠수록** 더 조심해서 운전하세요.
- 아기가 보**면** **볼수록** 귀엽네요.
- 벼는 익**으면** 익**을수록** 고개를 숙인다.

연습 [보기]와 같이 친구들과 이야기해 보세요.

練習 和朋友跟著範例說說看。

範例

먹으면 먹을수록 더 맛있는 음식은 불고기예요.
전 된장찌개가 먹을수록 맛있어요.

1) 먹으면 먹을수록 맛있는 음식이 있어요?

2) 만나면 만날수록 좋은 사람은 누구입니까?

3) 많으면 많을수록 더 좋은 것은 무엇입니까?

4) 하면 할수록 더 재미있는 일이 있어요?

5) 하면 할수록 어렵다고 생각하는 일은 무엇입니까?

6) ?

벼 稻子 익다 成熟

말하기 2 會話2

번中 會話翻譯 2 p. 131

51 줄리앙 여기가 아버지가 늘 그리워하시던 고향 집이군요.
아버지 그래, 고등학교 때까지 할아버지와 살았던 집이야.
줄리앙 할아버지는 농사를 지으셨어요?
아버지 응, 벼농사도 짓고 소도 키우셨지.
줄리앙 이곳은 정말 조용하고 평화롭네요. 시간도 천천히 가는 것 같고요.
아버지 시골이 도시보다는 여유가 있지.
줄리앙 하지만 전 활기찬 도시가 좋아요. 시골 생활은 좀 따분하지 않아요?
아버지 글쎄, 어렸을 땐 물고기도 잡고 수영도 하면서 시간 가는 줄 몰랐어.
줄리앙 그래도 편의 시설이 별로 없어서 많이 불편할 거예요.
아버지 도시 생활이 편하긴 하지만 나이가 들면 들수록 고향이 그리워져.

연습1 친구와 연습해 보세요.
練習1 和朋友練習看看。

1) 그리워하시다
벼농사도 짓고 소도 키우다
물고기도 잡고 수영도 하다
나이가 들다

2) 오고 싶어 하시다
과수원도 하고 닭도 키우다
썰매도 타고 연도 날리다
나이를 먹다

나이가 들다 上年紀 과수원 果樹園 썰매 雪橇 연을 날리다 放風箏 나이를 먹다 年齡增長

연습2 도시 생활과 시골 생활을 비교해서 [보기]와 같이 이야기해 보세요.
練習2 比較都市生活與鄉村生活的不同，並跟著範例說說看。

範例

저는 공기 맑은 시골에서 살고 싶어요.
시골은 교통이 불편할 텐데요. 생활도 따분하지 않을까요?
농사도 짓고 닭도 키우면서 살면 오히려…….
하지만 시골에는 편의 시설이 없어서 …….

	도시	시골
환경	교통이 편리하다.	공기가 맑다.
교육		
생활비		
놀이/ 문화생활		
기타		

환경 環境

듣고 말하기 聽力與會話

준비 농사를 지어 본 적이 있습니까? 어디에서 농사를 지을 수 있습니까?
暖身 你有耕作過嗎？在哪裡可以耕作呢？

듣기1 잘 듣고 질문에 답하세요. 52
聽力1 仔細聽並回答問題。

1) 여자는 주말에 무엇을 합니까?
① 채소를 키우러 시골에 내려간다.
② 집 근처 주말농장에서 농사를 짓는다.
③ 조용한 시골에 내려가서 스트레스를 푼다.

2) 주말농장에 대한 것으로 맞는 것을 모두 고르세요.
① 주말농장에서 직접 채소를 키운다.
② 꽃과 나무를 좋아하는 사람들이 모여서 정원을 가꾼다.
③ 농사를 처음 지어 보는 사람들이 농사짓는 방법을 배운다.

3) 주말농장에 참여하면서 여자가 느낀 점은 무엇입니까?
① 은퇴 후에 꼭 시골에 내려가서 살 것이다.
② 농사짓는 일은 배우면 배울수록 어렵다.
③ 농사짓는 일이 힘들어서 스트레스가 쌓인다.

준비 어렸을 때 자주 했던 놀이는 무엇입니까?
暖身 小時候你常玩哪些遊戲呢？

팽이치기

공기놀이

?

주말농장 週末農場 팽이치기 打陀螺 공기놀이 丟珠子遊戲（類似「丟沙包」）

듣기2 잘 듣고 질문에 답하세요.
聽力2 仔細聽並回答問題。

1) 전시회 제목으로 알맞은 것을 고르세요.
   ① 사진으로 배우는 전통 놀이
   ② 사진으로 보는 서울의 과거
   ③ 사진으로 보는 서울의 미래

2) 전시회장에서 할 수 있는 일을 모두 고르세요.
   ① 서울 모습을 사진으로 볼 수 있다.
   ② 사람들이 좋아했던 음식을 먹어 볼 수 있다.
   ③ 부모님들이 어렸을 때 했던 놀이를 직접 해 볼 수 있다.

3) 들은 내용과 맞는 것을 고르세요.
   ① 이 전시회는 4월 한 달 동안 계속된다.
   ② 이 전시회는 가족 모두가 즐길 수 있다.
   ③ 이 전시회에서는 시골 체험을 할 수 있다.

말하기 다음에 대해 친구들과 함께 이야기해 보세요.
會話 針對下列事項和朋友來練習對話。

1. 도시에서 농사를 짓는 경우를 알고 있습니까?
   어떻게 하는지 소개해 보세요.

2. 여러분 나라(고향)에서 아이들이 많이 하는 놀이는 무엇입니까?

3. 여러분 나라(고향)의 과거와 현재에 대해서 이야기해 보세요.
   무엇이 어떻게 달라졌습니까?

4. 여러분은 은퇴 후에 어디에서 살고 싶습니까?
   왜 그곳에서 살고 싶습니까?

읽고 쓰기 閱讀與寫作

준비 어떤 일을 하다가 시간 가는 줄 몰랐던 적이 있습니까?
暖身 你是否曾經做某事做到忘記時間呢？

읽기 다음 글을 읽고 질문에 답하세요.
閱讀 閱讀以下文章，並回答問題。

도낏자루 썩는 줄 모른다

옛날에 어떤 나무꾼이 나무를 하러 산에 갔다가 동굴을 발견했다. (㉮) 그 동굴은 입구는 작고 어두웠지만 들어가면 들어갈수록 점점 넓어지고 밝아졌다.

그리고 동굴 안에서 수염이 긴 노인들이 바둑을 두고 있었다. 나무꾼은 바둑이 하도 재미있어서 시간 가는 줄 모르고 구경을 했다.

얼마 후 나무꾼은 집에 돌아가려고 도끼를 들다가 깜짝 놀랐다. (㉯) 그는 이상해 하면서 자루가 없는 도끼를 들고 산을 내려왔다.

마을에 도착해 보니 집들이 완전히 변해 있었고 아는 사람도 전혀 없었다. (㉰) 나무꾼의 집도 낡은 집이 되었고, 며칠 전에 심었던 나무가 크게 자라서 지붕을 덮고 있었다.

나무꾼은 지나가는 사람에게 자기 이름을 말하면서 그 사람을 아느냐고 물어보았다. 그 사람은 "그분은 제 아버지의 할아버지신데 나무하러 산에 갔다가 못 돌아오셨다고 들었습니다" 하고 대답했다. 나무꾼이 봤던 노인들은 신선들이었다. 신선들의 바둑을 잠깐 구경하는 동안에 100년의 시간이 지난 것이다.

1) 다음 문장이 들어가야 할 곳은 어디입니까?

도낏자루가 다 썩어서 없어졌기 때문이다.

① ㉮ ② ㉯ ③ ㉰

2) 이 글의 내용과 맞는 것은 무엇입니까?

① 나무꾼은 신선들이 사는 세계에 갔다 왔다.

② 나무꾼은 동굴 안에서 신선들과 바둑을 두었다.

③ 나무꾼은 산속에서 길을 잃어서 다른 마을로 갔다.

도낏자루 斧柄 썩다 腐爛 나무꾼 樵夫 나무를 하다 砍樹 동굴 洞窟 바둑을 두다 下圍棋 낡다 老舊

3) 순서에 맞게 번호를 쓰고 이야기해 보세요.

(   ) (   ) (1   ) (   ) (   )

4) 다음 중 '도낏자루 썩는 줄 모르는' 사람은 누구일까요?

① 처음 보는 것은 무엇이든지 신기해하며 꼭 해 보는 친구

② 일이 너무 많아서 밤새도록 했지만 아직 다 못 한 직장 동료

③ 컴퓨터 게임을 너무 좋아해서 시험 전날에도 게임만 하는 동생

쓰기 寫作

다음을 상상해서 써 보세요.
想像以下情況，並試著寫出來。

1) 만약 우주로 여행을 간다면…….
假設可以到太空去旅行的話…

만약 우주로 여행을 간다면 무엇을 타고, 누구와 함께, 무엇을 가지고 가고 싶습니까?

2) 우주에서 무엇을 하고 싶습니까?
在太空中你想做什麼？

3) 일주일 후에 지구에 돌아와 보니 고향이 몰라보게 달라져 있습니다. 어떻게 변했을지 상상해 보세요.
一週後回到地球來，發現故鄉已經變得無法辨識。請想像一下故鄉變成什麼樣子。

집과 동네

가족과 이웃들

물건들

4) 위의 내용을 바탕으로 재미있는 이야기를 상상해서 써 보세요.
以前頁內容為基礎，想像並寫一篇有趣的故事。

과제 課堂活動

지금 살고 있는 동네, 학교를 더 좋은 곳으로 바꾸어 보세요.
試著把你現在所住的社區、學校變成更好的地方。

지금 살고 있는 곳을 그려 보고, 불편한 점에 대해 말해 보세요.
試著畫下你現在所住的地方，並說說看它的不便之處。

어떻게 바꾸면 좋을지 이야기해 보세요.
說說看怎麼樣改變比較好。

이야기한 내용을 발표해 보세요.
向大家報告一下你所說的內容。

문화 산책 文化漫步

준비 여러분 나라에서는 농사지을 시기를 어떻게 정합니까?
暖身 你的國家是如何決定耕作的時期呢？

알아 보기 다음은 한국의 절기입니다. 한국은 절기에 따라 농사를 짓고 생활을 했습니다.
認識韓國 以下是韓國的節氣，韓國以前會根據節氣來耕作並生活。

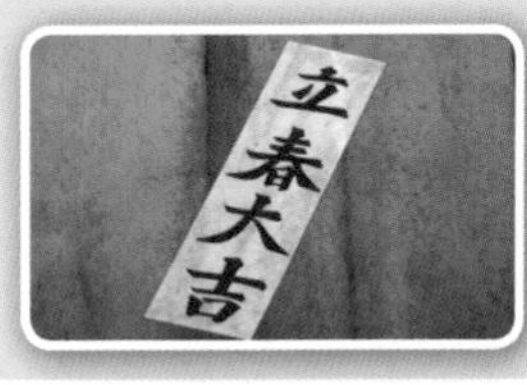

입춘

봄이 시작되는 날, 2월 4일쯤.
한 해의 운이 좋기를 바라며
문에 '입춘대길'이라고 써서 붙입니다.

하지

1년 중 낮이 가장 긴 날, 6월 21일쯤.
옛날에는 '하지'가 지나도록 비가 오지 않으면
비가 오게 해 달라고 '기우제'를 지냈습니다.

추분

밤과 낮의 길이가 같은 날, 9월 24일쯤.
농사지은 곡식들을 추수합니다.

동지

1년 중 낮이 가장 짧고 밤이 가장 긴 날,
12월 22~23일쯤.
나쁜 운을 막기 위해서 팥죽을 먹습니다.

생각 나누기 여러분 나라에도 한국의 절기와 같은 것이 있습니까?
文化分享 你的國家也有像韓國節氣一樣的東西嗎？

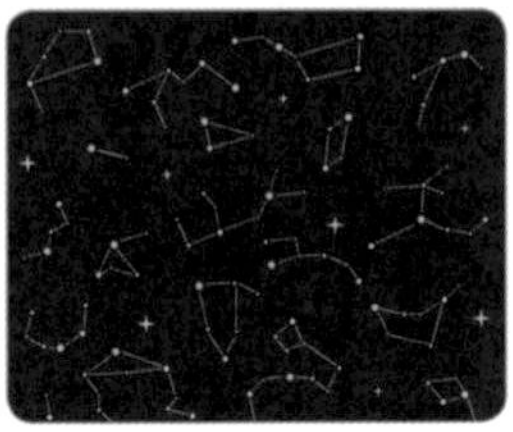
별자리

이슬람력

?

기우제 祈雨祭 추수하다 秋收 팥죽 紅豆粥

발음 發音

준비 들어 보세요. 54
暖身 先聽聽看！

1) 교통이 편리해요.
2) 아이가 혼자서 잘 놀아요.

규칙
規則

1. 받침 'ㄴ'은 대부분의 경우 'ㄹ' 앞에서 [ㄹ]로 발음됩니다.
終聲「ㄴ」大部分若出現在「ㄹ」前時，會發成「ㄹ」的音。

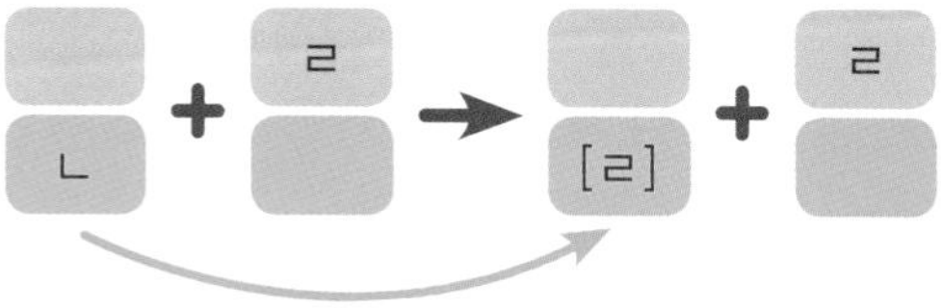

예] 한라산[할라산]　　편리하다[펼리하다]　　연락처[열락처]

2. 'ㄴ'은 받침 'ㄹ' 뒤에서 [ㄹ]로 발음됩니다.
初聲「ㄴ」若出現於終聲「ㄹ」之後，也會發成「ㄹ」的音。

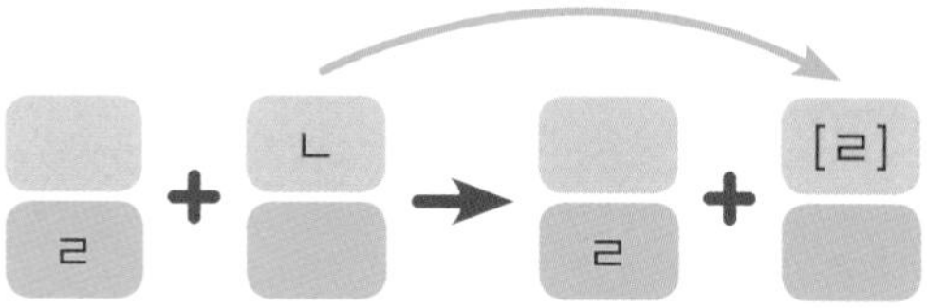

예] 실내[실래]　　끓는 물[끌른물]　　일 년[일련]

연습 'ㄴ'을 [ㄹ]로 발음해야 되는 곳에 주의하면서 읽어 보세요. 55
練習 注意「ㄴ」改發為「ㄹ」音的地方，並試著唸唸看。

1) 설날에 고향에 다녀왔어요?
2) 잃는 게 있어야 얻는 것도 있지요.
3) 연락처 좀 적어 주세요.
4) 지하철이 버스보다 편리해요.
5) 이 사진 잘 나왔네.

자기 평가 自我評量

1. 아는 단어에 √ 하세요.
你學會了哪些單字，請打√。

- ☐ 활기차다
- ☐ 평화롭다
- ☐ 채소를 심다
- ☐ 상상이 안 되다
- ☐ 따분하다
- ☐ 정원을 가꾸다
- ☐ 물고기를 잡다
- ☐ 변하다
- ☐ 편의 시설
- ☐ 잔디를 깎다
- ☐ 농사를 짓다
- ☐ 몰라보다

2. 알맞은 것을 골라 대화를 완성하세요.
選出適合的選項並完成對話。

하도 -아서/어서	-았던/었던
-아/어하다	-(으)면 -(으)ㄹ수록

1) A 언제 찍은 사진이에요?
   B 작년에 설악산에 갔을 때 ______________________ 사진이에요.

2) A 같은 영화를 세 번이나 봤어요?
   B 네, ______________________서 여러 번 봤어요.

3) A 한국어를 배운 지 오래 되었으니까 이제 공부하기가 쉽죠?
   B 외국어 공부는 ______________________ 더 어려운 것 같아요.

4) A 왜 아이에게 옷을 많이 입혔어요?
   B 아이가 ______________________서요.

3. 한국어로 할 수 있는 것에 √ 하세요.
你可以用韓文做哪些事情，請打√。

- ☐ 지역의 변화상을 묘사해서 말할 수 있다.
- ☐ 도시와 시골 생활을 비교해서 말할 수 있다.
- ☐ 전시회를 소개하는 뉴스를 듣고 이해할 수 있다.
- ☐ 속담에 얽힌 이야기를 읽고 상상해서 글을 쓸 수 있다.

標準答案
2. 1) 찍었던 2) 하도 재미있어 3) 하면 할수록 4) 추워해

課程資料夾

單字

여유가 있다	從容悠閒	정원(을) 가꾸다	修整庭園
여유가 없다	急迫繁忙	잔디(를) 깎다	割草地
활기차다	充滿活力	채소(를) 심다	種植蔬菜
평화롭다	祥和平靜	농사(를) 짓다	務農
공기가 맑다	空氣清新	가축(을) 키우다	畜養家畜
공해가 심하다	公害嚴重	물고기(를) 잡다	抓魚
따분하다	煩悶無聊	사라지다	消失
시간 가는 줄 모르다	不知時間流逝	생기다	產生
		변하다	改變
편의 시설이 잘되어 있다	便利設施完善	몰라보다	看不出來
		상상이 되다	可以想像
불편하다	不方便	상상이 안 되다	無法想像

會話翻譯 1

朱利安 爸爸，這裡就是之前和您說的清溪川。
爸爸 你說這裡是清溪川？實在是改變太大了，都不曉得哪裡是哪裡了。
朱利安 有變這麼多嗎？
爸爸 以前這裡可是行駛汽車的大馬路。
朱利安 您說這裡以前是馬路？真的令人難以想像。
對了，您之前說和媽媽第一次見面的地方，就是在這附近吧。
爸爸 嗯，那時候這裡周邊都是書店，現在商家都消失，應該也找不到了。
朱利安 我們要不要去那邊問一下呢？
爸爸 也好，每次來首爾都覺得這裡變化大到認不出來。

會話翻譯 2

朱利安 原來這裡就是爸爸一直很想念的故鄉老家啊。
爸爸 對啊，我和你爺爺一直在這裡住到高中。
朱利安 爺爺有務農嗎？
爸爸 嗯，他有種稻，也有養牛。
朱利安 這裡真的很安靜又祥和。時間步調也很慢的樣子。
爸爸 鄉下比起都市更為悠閒啊。
朱利安 但我比較喜歡充滿活力的都市。鄉村生活不覺得有點煩悶無聊嗎？
爸爸 這個嘛…我小時候常去抓魚游泳，玩到都不知道時間呢。
朱利安 即使如此，這裡沒什麼便利設施，應該很不方便。
爸爸 都市生活方便是方便，但年紀越大就越懷念故鄉啊。

15 전기를 아껴 쓰지 않으면 안 돼요
不能不節約用電

잘 듣고 이야기해 보세요. 56
仔細聽並說說看。

1. 여자는 왜 남자가 방에 있다고 생각했습니까?
   女生為什麼會認為男生在房裡？
2. 여자는 남자에게 어떻게 하라고 했습니까?
   女生要男生如何做呢？

학 습 목 표 學習目標

어 휘 字彙練習	• 주거 생활 居住生活
문법과 표현 1 文法與表現 1	• V- 게 하다 • A/V-(으)ㄹ걸(요)
말하기 1 會話 1	• 문제 해결하기 解決問題
문법과 표현 2 文法與表現 2	• A/V- 지 않으면 안 되다 • V- 는 길에
말하기 2 會話 2	• 불만 제기하기 提出不滿
듣고 말하기 聽力與會話	• 이웃 간에 불평하는 대화 듣기 聽聽鄰居之間抱怨的對話 • 집주인과 세입자의 대화 듣기 聽聽房東與房客的對話 • 집과 이웃에 대해 이야기하기 聊聊房子與鄰居
읽고 쓰기 閱讀與寫作	• 돈을 아끼는 방법에 대한 글 읽기 閱讀有關省錢方法的文章 • 절약 방법에 대해 글 쓰기 寫一篇有關節約方式的文章
과 제 課堂活動	• 갈등 해결하기 역할극 解決紛爭的角色扮演
문화 산책 文化漫步	• 한국의 이사 풍습 韓國的搬家習俗
발 음 發音	• 의문문의 억양 疑問句的聲調

어 휘 字彙練習

1. 집에 다음과 같은 문제가 생긴 적이 있어요? 그때 어떻게 했어요? [보기]와 같이 이야기해 보세요.

在你家中曾經發生過如下的問題嗎？當時你是如何處理的呢？跟著範例說說看。

수돗물이 안 나오다

전기가 나가다

변기가 막히다

물이 새다

소음이 심하다

난방이 안 되다

이상한 냄새가 나다

물이 안 내려가다

範例

저는 수도가 얼어서 수돗물이 안 나온 적이 있어요. 그래서 수리 기사를 불렀어요.

2. 집의 계약과 관리에 대해 [보기]와 같이 이야기해 보세요.
跟著範例說說看房子的契約與管理項目。

계약서	계약 기간	계약하다
보증금	공과금	연체료
포함되다	납부하다	밀리다

範例

방값에 전기 요금이 포함돼요?

계약 기간이 언제까지예요?

집을 계약할 때 누가 도와줬어요?

연체료를 낸 적이 있어요?

공과금을 어떻게 내요?

?

3. 생활비에 대해 [보기]와 같이 이야기해 보세요.
跟著範例說說看生活費用。

지출	수입	늘다	줄다
아끼다	절약하다	낭비하다	저축하다

範例

지난달보다 지출이 늘었어요? 줄었어요?

저축도 하고 있어요?

일상생활에서 아껴야 하는 것은 무엇입니까?

지출 중에서 더 절약할 수 있는 돈은 뭐예요?

돈을 낭비해서 후회한 적이 있습니까?

?

文法解說 p. 243、p.244

문법과 표현 1 文法與表現1

1. V-게 하다 使…、讓…

57

A 죄송하지만 아이들이 식당에서 뛰어다니지 못하게 해 주시겠어요?

B 미안해요. 그럴게요.

例
- 너무 바빠서 이사할 집을 동생에게 구하**게 했어요**.
- 선생님이 학생들에게 큰 소리로 책을 읽**게 하십니다**.
- 아버지가 짧은 치마를 못 입**게 하셔서** 속상해요.
- A : 아이가 피아노를 잘 치네요.
  B : 네, 하루에 한 시간씩 꼭 연습하**게 했어요**.

연습 [보기]와 같이 이야기해 보세요.
練習 跟著範例說說看。

1) 어렸을 때 부모님/선생님이 매일 무엇을 하게 했습니까?
2) 부모님/선생님이 절대로 못 하게 한 일이 있습니까?
3) 아이들에게 무엇을 배우게 하면 좋겠습니까?
4) 이웃집 앞에 쓰레기를 버린 사람에게 무엇을 하게 하면 좋겠습니까?

範例

어렸을 때 우리 엄마는 음식을
먹기 전에 항상 손을 씻게 하셨어요.

뛰어다니다 跑來跑去

2. A/V-(으)ㄹ걸(요) 應該…

58

A 전기 요금을 은행에 직접 가서 내야 할까?

B 자동이체를 하거나 인터넷으로 내도 될걸.

例

- 가죽옷 세탁은 세탁소에 맡기는 게 좋**을걸요**.
- 자취하면 집안일이 많아서 힘**들걸**.
- 하숙집에서 요리하려면 아주머니한테 미리 말해야 **할걸**.
- A : 관리비가 얼마나 나올까요?
  B : 한 달에 10만 원쯤 나**올걸요**.

연습 [보기]와 같이 이야기해 보세요.

練習 跟著範例說說看。

한국 지하철	대학교 기숙사	?
1) 전화를 받다 2) 강아지를 데리고 타다 3) 자전거를 가지고 타다 4) 물건을 팔다 5) 음식을 먹다	1) 친구를 데려오다 2) 노래하다 3) 요리하다 4) 술을 마시다 5) 담배를 피우다	

範例

지하철에서 전화를 받아도 될까?
괜찮을걸.
기숙사에 친구를 데려와도 될까요?
안 될걸요.

자동이체 自動轉帳　자취 自己煮飯生活　집안일 家事

말하기 1 會話1

59

켈 리 아주머니, 제 방에 전기가 안 들어와요.

아주머니 전기가 안 들어온다고요? 다른 방은 다 괜찮은데…….
혹시 전기 요금을 안 낸 거 아니에요?

켈 리 네? 전기 요금을 제가 내야 돼요?
전에 살던 집에서는 관리비에 포함됐는데요.

아주머니 여기선 따로 내야 돼요. 고지서 못 받았어요?

켈 리 잠시만요. 이거 말씀인가요? 몇 번 받았는데 무슨 내용인지 몰랐어요.

아주머니 이게 고지서예요. 전기 요금이 세 달이나 밀렸네요.

켈 리 그럼 전기가 다시 들어오게 하려면 어떻게 해야 돼요?

아주머니 밀린 요금을 빨리 내세요. 아마 연체료가 꽤 될걸요.

켈 리 네, 알겠습니다.

연습1 친구와 연습해 보세요.
練習1 和朋友練習看看。

1) 전기가 안 들어오다
전기 요금
전기가 다시 들어오다
연체료가 꽤 되다

2) 물이 안 나오다
수도 요금
물이 다시 나오다
연체료도 내야 하다

따로 另外　고지서 繳費通知單

연습2 하숙이나 자취를 할 때 생기는 문제에 대해 [보기]와 같이 이야기해 보세요.

練習2 跟著範例說說看在外租屋時所產生的問題。

範例

아주머니, 인터넷이 안 되는데요.
인터넷은 자기가 따로 설치해야 돼요.
네? 저는 관리비에 포함된 줄 알았는데요.
우리 집은 관리비에 인터넷 요금이 포함되지 않아요.
그럼 인터넷을 설치하려면 어떻게 해야 돼요?
________________.

	문제	해결 방법
인터넷	설치가 안 되어 있다.	인터넷 회사에 연락해서 따로 설치해야 한다.
화장실	하수구가 막혔다.	먼저 하수구를 청소해 보고 그래도 안 되면 수리 기사를 부른다.
보일러	난방이 안 되고 따뜻한 물도 안 나온다.	보일러 전원을 껐다가 켜 보고 그래도 안 되면 보일러 회사에 전화를 한다.
?		

설치하다 設置、安裝

文法解說 p. 245、p.246

문법과 표현 2 文法與表現2

1. A/V-지 않으면 안 되다 不能不…、必須…、一定…

60

A 내일 중요한 일이 있어서 이 양복을 입지 않으면 안 돼요.

B 그럼 저녁때까지 세탁해 놓을 테니까 시간 날 때 들르세요.

例

- 저는 침대가 편하**지 않으면 안 돼요**. 잠을 못 자거든요.
- 요즘 생활비가 모자라서 돈을 아끼**지 않으면 안 돼요**.
- 그 책은 내용이 어려워서 여러 번 읽**지 않으면 안 될 거예요**.
- 방을 구할 때에는 전기 요금이 월세에 포함되는지 물어보**지 않으면 안 됩니다**.

연습 안내문을 읽고 무엇을 하지 않으면 안 되는지 [보기]와 같이 말해 보세요.
練習 閱讀說明，並跟著範例說說看不能不做些什麼事情。

한국학과 수강 신청 안내
- 수강 신청 기간 : 2월 25일 오전 9시 ~2월 27일 오후 6시
- 인터넷으로만 신청할 수 있습니다.
- 1학년 신입생은 '한국사 개론'을 포함해서 반드시 3과목 이상을 신청해야 합니다.

쓰레기 분리 배출 안내
- 재활용 쓰레기는 꼭 종류별로 모아서 버려 주십시오.
- 매주 수요일에 배출해 주시기 바랍니다.
- 음식물 쓰레기는 음식물 쓰레기봉투에 담아서 버려 주십시오.

기말 보고서 제출 안내
- 주제 : 한국의 과거와 미래
- 제출 : 7월 10일(금) 오후 6시까지
- A4 용지 5페이지 이상 쓸 것

봄철 건강 관리 안내
- 과일이나 채소는 흐르는 물에 30초 이상 씻어서 먹어야 합니다.
- 황사가 심할 때에는 꼭 마스크를 써야 합니다.
- 외출 후에는 반드시 손을 씻도록 합시다.

範例

개강 전까지 수강 신청하면 되죠?

수강 신청은 2월 27일 오후 6시까지 하지 않으면 안 돼요.

한국사 개론 韓國史概論　과목 科目、課程　종류별로 按種類分類　제출 提交　A4 용지 A4用紙　봄철 春季
황사 沙塵暴　마스크 口罩

2. V-는 길에 …的路上

61

A 세탁이 끝나면 댁으로 배달해 드리겠습니다.

B 아니에요. 제가 운동 갔다 오는 길에 찾으러 올게요.

例

- 부산에 가**는 길에** 경주에 들러서 구경하려고 해요.
- 오늘이 켈리 씨 생일이라서 학교에 오**는 길에** 케이크를 샀어요.
- 귀국하**는 길에** 면세점에서 화장품 좀 사다 줄래요? 여기서 사면 비싸서 그래요.

연습 다음 단어를 사용해서 친구나 가족에게 [보기]와 같이 부탁해 보세요.

練習 使用以下單字跟著範例試著向朋友或家人進行請託。

나가다　외출하다　출근하다　들어오다　돌아오다　퇴근하다

음식물 쓰레기를 빨리 버려야 하는데…….
오늘까지 전기 요금을 내야 하는데…….
내일 아침에 먹을 빵하고 우유가 없네.
맛있는 커피를 마시고 싶은데 나가기 귀찮아.
경비실에서 택배를 찾아와야 하는데…….

範例

나 지금 나가는데 뭐 부탁할 거 없어요?

그럼 나가는 길에 음식물 쓰레기 좀 버려 줄래요?

면세점 免稅店　경비실 警衛室

말하기 2　會話2

會話翻譯 2 p. 153

62

줄리앙　이거 지난주에 맡겼던 양복인데, 소매에 이상한 얼룩이 생겼어요.

세탁소 주인　그래요? 맡기시기 전에는 문제가 없었어요?

줄리앙　네, 산 지 얼마 안 된 옷이에요. 몇 번 입지도 않았고요.

세탁소 주인　저희 직원이 실수한 모양이네요. 제가 확인했어야 했는데……. 정말 죄송합니다. 다시 세탁해 드리겠습니다.

줄리앙　저 내일 이 옷을 꼭 입지 않으면 안 돼요. 중요한 면접이 있거든요.

세탁소 주인　무슨 일이 있어도 오늘까지 해 놓을 테니까 저녁에 아무 때나 오세요.

줄리앙　그럼 8시쯤 운동 갔다 오는 길에 들를게요. 아끼는 옷이니까 잘 좀 부탁드립니다.

연습1　친구와 연습해 보세요.
練習1　和朋友練習看看。

1) 소매에 이상한 얼룩이 생겼다

다시 세탁하다

무슨 일이 있어도

운동 갔다 오다

2) 소매가 약간 찢어졌다

깨끗하게 수선하다

틀림없이

집에 돌아가다

수선하다 修繕、修補　무슨 일이 있어도 不管怎樣、不管有什麼事

연습2 [보기]와 같이 불만을 이야기하고 문제를 해결해 보세요.
練習2 跟著範例聊聊心中不滿，並試著解決問題。

範例

택배를 아직 못 받았어요.
정말 죄송합니다. 확인해 보겠습니다.
택배가 다른 곳으로 배송됐으면 어떡하죠?
택배 기사와 연락해 보겠습니다. 너무 걱정하지 마세요.
내일까지 보내 주시지 않으면 안 돼요. 내일 저녁에 그 물건을 꼭 써야 하거든요.
무슨 일이 있어도…….
고객센터

	불만	해결 방법
홈쇼핑	• 택배를 아직 못 받았다. • 다른 곳으로 배송됐을까 봐 걱정이다.	• 확인해 보겠다. • 택배 기사와 연락해 보겠다.
세탁소	• 단추가 떨어졌다. • 똑같은 단추가 없을까 봐 걱정이다.	• 단추를 다시 달아 주겠다. • 구할 수 있을 것이다.
과일 가게	• 주문한 과일이 상했다. • 또 상한 과일이 올까 봐 걱정이다.	• 싱싱한 과일을 다시 보내겠다. •
?		

단추를 달다 縫扣子 상하다 壞掉

듣고 말하기 聽力與會話

준비 집에 어떤 문제가 생기면 불편할까요?
暖身 家裡發生什麼樣的問題時，你會感到不方便呢？

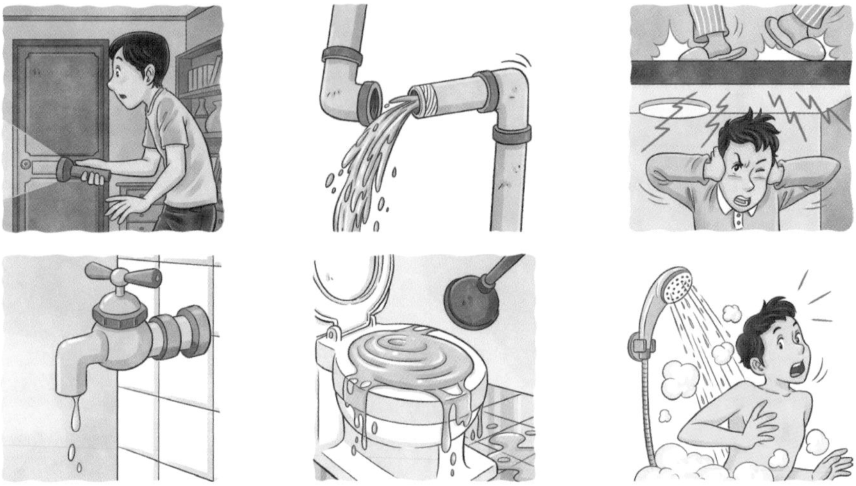

전기	수도	난방	소음

듣기1 잘 듣고 질문에 답하세요. 63
聽力1 仔細聽並回答問題。

1) 여자는 왜 윗집에 찾아왔습니까?
   ① 화장실 변기가 막혀서
   ② 화장실 천장에서 물이 새서
   ③ 화장실 물이 잘 안 내려가서

2) 남자는 앞으로 무엇을 할 것 같습니까?
   ① 수리 기사를 부른다.
   ② 직접 화장실을 수리한다.
   ③ 아랫집 화장실에 가 본다.

준비 계약 기간이 끝나기 전에 방을 빼려면 어떻게 해야 합니까?
暖身 合約到期之前若想要搬出去，應該怎麼做呢？

방을 빼다 搬出、空出房間

듣기2 잘 듣고 질문에 답하세요. 64
聽力2 仔細聽並回答問題。

1) 여자는 왜 남자를 찾아갔습니까?
① 방에 물이 새서
② 방을 일찍 빼려고
③ 귀국 인사를 하려고

2) 문제를 해결하기 위해 여자가 할 일은 무엇입니까?
① 집주인에게 잘 이야기한다.
② 부동산에 이사 갈 집을 알아본다.
③ 새로운 세입자를 구한다.

3) 여자가 문제를 해결하지 못하면 어떻게 됩니까?
① 이사하지 못한다.
② 귀국하지 못한다.
③ 방세를 계속 내야 한다.

말하기 다음에 대해 친구들과 함께 이야기해 보세요.
會話 針對下列事項和朋友來練習對話。

1. 집을 구할 때 제일 중요하게 생각하는 것은 무엇입니까?
2. 냉방비나 난방비를 절약할 수 있는 방법을 알고 있습니까?
3. 이사한 후 이웃에게 첫인사를 어떻게 합니까?
4. 지금까지 만난 이웃 중에서 제일 좋은/싫은 이웃은 어떤 사람이었습니까?

읽고 쓰기 閱讀與寫作

준비 여러분은 돈을 아끼기 위해 어떤 노력을 하고 있습니까?
暖身 為了省錢你做了哪些努力呢？

읽기 다음 글을 읽고 질문에 답하세요.
閱讀 閱讀以下文章並回答問題。

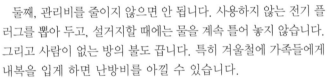

홈 | 사진 | 동영상 | 알림 | 방명록 검색

재테크 카페

카페 가입하기

- 가계부 쓰는 방법
- 생활비 절약하기
- 알뜰하게 쇼핑하기
- 자유 게시판

돈을 아끼는 방법

부자가 되려면 작은 돈부터 아껴 써야 합니다. '티끌 모아 태산'이라는 말도 있지요? 그럼 어떻게 해야 돈을 아낄 수 있을까요?

첫째, 영수증을 모으고 가계부를 씁니다. 어디에 어떻게 돈을 사용하고 있는지 알아야 돈을 절약할 수 있습니다.

둘째, 관리비를 줄이지 않으면 안 됩니다. 사용하지 않는 전기 플러그를 뽑아 두고, 설거지할 때에는 물을 계속 틀어 놓지 않습니다. 그리고 사람이 없는 방의 불도 끕니다. 특히 겨울철에 가족들에게 내복을 입게 하면 난방비를 아낄 수 있습니다.

셋째, 알뜰하게 쇼핑합니다. 퇴근하는 길에 마트에 들러서 세일하는 식품을 사면 식비를 절약할 수 있습니다. 직접 요리해서 먹으면 외식비도 아낄 수 있고 건강에도 좋습니다.

돈을 아끼는 방법, 모두가 알고 있는 쉬운 것들이지만 실천하기는 쉽지 않습니다. 미리 목표를 정하고 작은 것부터 실천합시다.

1) 왜 이 글을 썼습니까?

① 돈을 아끼는 방법을 알려 주려고

② 관리비 줄이는 방법을 가르쳐 주려고

③ 알뜰하게 쇼핑하는 방법을 배우고 싶어서

2) 생활비를 아끼기 위한 방법으로 맞는 것을 고르세요.

① 마트보다는 시장을 이용한다.

② 영수증을 모으고 가계부를 쓴다.

③ 신용 카드보다는 현금을 사용한다.

티끌 모아 태산 聚沙成塔 내복 保暖內衣 알뜰하다 精打細算 목표 目標

쓰기 1) 친구들에게 소개해 주고 싶은 '나만의 절약 방법'이 있습니까?
寫作 你有想要介紹給朋友的「獨門省錢秘方」嗎？

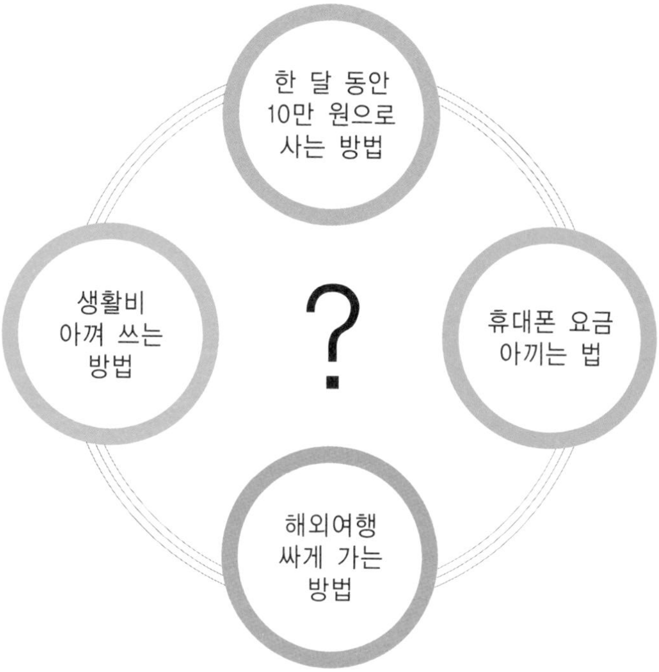

2) 위에서 이야기한 방법을 간단히 써 보세요.
簡單寫下上面你所說的方法。

첫째,

둘째,

셋째,

3) '나만의 절약 방법'이라는 주제로 글을 써 보세요.

試著以「獨門省錢秘方」為題，寫一篇文章。

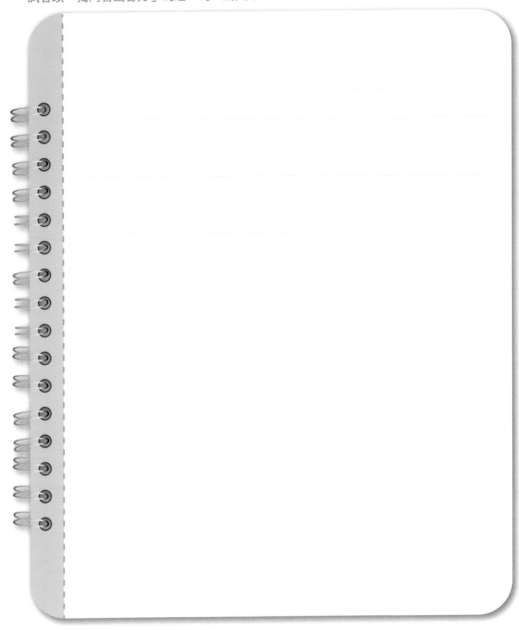

活動學習單 p.219

생활하면서 생긴 문제를 해결하는 역할극을 해 보세요.
試著演一齣解決生活問題的情境劇。

문제 카드를 하나씩 뽑으세요.
每人各抽一張「問題卡」。（請搭配活動學習單）

201 호 학생

내일 아침에 아주 중요한 시험이 있어서 지금 잠을 자지 않으면 안 된다. 그런데 옆집에서 파티를 하는 모양이다. 너무 시끄러워서 잠을 잘 수가 없다.

202 호 학생

같이 공부하던 친구가 내일 귀국한다. 친구와 헤어지는 게 너무 슬프다. 친구들과 우리 집에 모여서 막 송별회를 시작했는데 옆방 친구가 찾아왔다.

카드를 읽고 어떻게 문제를 해결할 수 있을지 생각해 보고 메모하세요.
閱讀卡片並思考看看該如何解決問題，同時記錄下來。

짝을 찾아 역할극을 해 보세요.
找尋伙伴一起來演情境劇。

저기요, 저 옆방 학생인데요.

잠깐만요. __________ 씨, 무슨 일이에요?

지금 밤 12 시가 넘었는데 소음이 너무 심해서…….

친한 친구가 내일 고향으로 돌아가게 되어서…….

내일 시험이 있어서 일찍 자지 않으면 안 되는데…….

어떡하죠? 파티를 이제 막 시작해서…….

막 剛

文化 Q&A p. 260

문화 산책 文化漫步

준비 이사한 후에 이웃에게 어떻게 첫인사를 했습니까?
暖身 搬好家之後，你初次是如何向鄰居致意的呢？

알아보기 "옆집에 이사 왔어요. 떡 좀 드세요."
認識韓國 「我是隔壁新搬來的，請吃糕。」

옛날에 한국 사람들은 붉은색이 나쁜 것을 막아 준다고 믿었습니다. 그래서 집에 중요한 일이 있을 때는 붉은 팥을 넣은 팥떡이나 팥죽을 만들어 먹었습니다.

이사 때도 붉은 팥을 넣은 떡을 만들어 먹고 이웃에도 돌렸습니다.

이웃들에게 떡을 나누어 주면서 이사 온 것을 알리고 인사하는 것이 한국의 이사 풍습이었습니다.

생각 나누기 여러분 나라의 이사 풍습에 대해 이야기해 보세요.
文化分享 說說看你們國家的搬家習俗。

이사 온 사람 집 앞에 과자를 갖다 놓아요.

이웃에게 국수를 나눠 줘요.

생활에 필요한 물건을 선물해요.

막다 阻擋　팥 紅豆　돌리다 分送　풍습 風俗習慣

발음 發音

준비 들어 보세요. (65)
暖身 先聽聽看！

1) 어디 갔다 와요?
2) 어디 갔다 와요?

규칙 1. 어떤 일이나 상태에 대해 필요한 정보를 물을 때는 의문사('어디', '누구' 등)를 높고 강하게 발음합니다.
規則 詢問某事或狀態的必要資訊時，發音會強調並提高疑問詞（어디、누구等）的聲調。

예] 지금 어디 가요? - 극장에 가요.

오늘 누구 만나요? - 고등학교 동창 만나요.

2. 어떤 일을 하는지, 안 하는지 물을 때는 동사를 높고 강하게 발음합니다.
詢問做或不做某事時，發音會強調並提高動詞的聲調。

예] 어디 가요? - 네, 잠깐 나갔다 올게요.

누구 만나요? - 네, 약속이 있어요.

연습 억양에 주의해서 다음 대화를 읽어 보세요. (66)
練習 注意聲調，並試著唸唸看以下對話。

1) A 우리 언제 만날까요?
B 좋아요. 시간 나면 전화하세요.

A 우리 언제 만날까요?
B 전 내일 오전이 좋아요.

2) A 뭐 마실까요?
B 그래요. 저기 커피숍이 있네요.

A 뭐 마실까요?
B 전 주스로 할래요.

3) A 누가 아직 안 왔어요?
B 아니요, 다 왔는데요.

A 누가 아직 안 왔어요?
B 다나카 씨가 안 왔어요.

자기 평가 自我評量

1. 아는 단어에 √ 하세요.
你學會了哪些單字，請打√。

☐ 전기가 나가다	☐ 보증금	☐ 납부하다	☐ 지출
☐ 물이 새다	☐ 공과금	☐ 밀리다	☐ 절약하다
☐ 소음이 심하다	☐ 연체료	☐ 수입	☐ 낭비하다

2. 알맞은 것을 골라 대화를 완성하세요.
選出適合的選項並完成對話。

-게 하다	-지 않으면 안 되다
-는 길에	-(으)ㄹ걸(요)

1) A 경주에 언제 가 봤어요?
   B 작년에 부산에 ______________________ 잠깐 들렀어요.

2) A 기분이 안 좋아 보이는데 무슨 일 있어요?
   B 친구들과 여행 가기로 했는데 엄마가 ______________________ 하시잖아요.

3) A 하루밖에 안 늦었는데 연체료를 내야 해요?
   B 고객님, 하루만 늦어도 연체료를 ______________________.

4) A 켈리 씨는 어디 갔어요?
   B ______________________. 오늘까지 관리비를 내야 한다고 했거든요.

3. 한국어로 할 수 있는 것에 √ 하세요.
你可以用韓文做哪些事情，請打√。

☐ 집과 관련된 문제를 해결할 수 있다.

☐ 생활하면서 생긴 불평이나 불만을 말할 수 있다.

☐ 집 계약에 관한 대화를 듣고 집과 이웃에 대해 말할 수 있다.

☐ 자신이 알고 있는 문제 해결 방법에 대해 읽고 쓸 수 있다.

標準答案

2. 1) 가는 길에 2) 못 가게 3) 내지 않으면 안 됩니다 4) 은행에 갔을걸요

課程資料夾

單字

수돗물이 안 나오다	無自來水	연체료	滯納金
전기가 나가다	停電	포함되다	包含
변기가 막히다	馬桶堵塞	납부하다	繳納
물이 새다	漏水	밀리다	拖欠
소음이 심하다	噪音嚴重	지출	支出
난방이 안 되다	暖氣故障	수입	收入
이상한 냄새가 나다	產生異味	늘다	增加
물이 안 내려가다	水下不去	줄다	減少
계약서	契約書	아끼다	愛惜
계약 기간	契約期間	절약하다	節約
계약하다	簽約	낭비하다	浪費
보증금	保證金	저축하다	儲蓄
공과금	水電費		

會話翻譯 1

凱莉 房東太太，我的房間沒有電了。
房東太太 妳說沒電？其他房間都很正常啊…。
該不會是妳沒繳電費吧？
凱莉 什麼？我要繳電費嗎？
之前住的房子，電費都包含在管理費裡了。
房東太太 這裡是要另外支付的。妳沒收到繳費通知單嗎？
凱莉 等一下，您是說這個嗎？我收過好幾次，但不清楚內容是什麼。
房東太太 這是繳費通知單，妳的電費已經積欠三個月了。
凱莉 那麼，若要使用電的話，應該怎麼做呢？
房東太太 趕快去繳清積欠的費用，滯納金應該會很可觀。
凱莉 好，我知道了。

會話翻譯 2

朱利安 這是上週送洗的西裝，袖子這邊出現了奇怪的斑點。
洗衣店老闆 這樣嗎？送洗前沒有這樣的問題嗎？
朱利安 是的，這件西裝買來沒多久，也沒穿過幾次。
洗衣店老闆 看來是我們員工的錯，我之前應該檢查一下的…。
真的很抱歉，我再幫您洗一次。
朱利安 我明天一定穿這件衣服，因為有個很重要的面試。
洗衣店老闆 不管怎樣今天前我一定會弄好，晚上您找個時間過來吧。
朱利安 那麼我8點左右運動完回來的路上，會順道過來一趟。
這是我很珍惜的衣服，萬事拜託了。

16 가야금이 사람 키만 해요

伽倻琴有一個人身高長

잘 듣고 이야기해 보세요. 67

仔細聽並說說看。

1. 여자는 이번 주말에 무엇을 합니까?
   女生這週末要做什麼事呢？
2. 남자가 낚시하러 가는 이유는 무엇입니까?
   男生要去釣魚的理由是什麼？

학 습 목 표 學習目標

어 휘
字彙練習
- 심리 상태 , 모양 묘사
  心理狀態、模樣描述

문법과 표현 1
文法與表現 1
- N 만 하다
- V-(으) ㄹ 생각도 못 하다

말하기 1
會話 1
- 악기 묘사하기
  描述樂器

문법과 표현 2
文法與表現 2
- V-(으) ㄹ 만하다
- A/V- 기로 유명하다 , N(으) 로 유명하다

말하기 2
會話 2
- 여가 활동 소개하기
  介紹休閒活動

듣고 말하기
聽力與會話
- 물건의 모양을 설명하는 전화 대화 듣기
  聽聽電話中說明物品樣貌的對話
- 연 만드는 방법 듣기
  聽聽製作風箏的方法
- 여가 활동에 대해 이야기하기
  聊聊休閒活動

읽고 쓰기
閱讀與寫作
- 야외 활동에 대한 신문 기사 읽기
  閱讀有關戶外活動的新聞報導
- 자기 나라의 장소나 활동 소개하는 글 쓰기
  寫一篇介紹自己國家地點或活動的文章

과 제
課堂活動
- 사물 묘사하기 게임
  描述事物的遊戲

문화 산책
文化漫步
- 한국의 조각보
  韓國的拼布

발 음
發音
- 연음
  連音

어 휘 字彙練習

1. 시간이 있을 때 무엇을 합니까? 왜 그 일을 하는지 이야기해 보세요.
有空的時候你會做什麼呢？說說看為什麼你會做那件事。

마음이 편안해지다	신이 나다	가슴이 뛰다
마음에 여유가 생기다	힘이 나다	마음이 설레다

저는 시간이 있으면 기타를 쳐요. 마음이 편안해지거든요.
저는 시간 날 때 캠핑을 가요. 캠핑을 갔다 오면 힘이 나거든요.

2. 악기 연주 방법을 소개해 보세요.
試著介紹演奏樂器的方法。

누르다	불다	튕기다	치다	켜다

피아노

바이올린

트럼펫

기타

드럼

피아노는 건반을 눌러서 연주합니다.

3. 다음 물건의 모양을 말해 보세요.
說說看以下物品的模樣。

세모	네모	동그라미	마름모

(　　　　　)　(　　　　　)　(　　　　　)　(　　　　　)

範例

이 텐트는 앞에서 보면 세모인데 옆에서 보면 네모예요.

4. 주위에 있는 물건의 모양과 느낌을 묘사해 보세요.
試著描述周圍物品的模樣與感覺。

둥글다	뾰족하다	딱딱하다	부드럽다
평평하다	울퉁불퉁하다	매끄럽다	거칠다

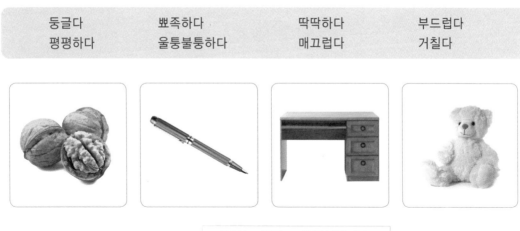

호두는 둥글고 울퉁불퉁해요.

문법과 표현 1 文法與表現1

文法解說 p. 246、p.247

1. N만 하다 和…一樣的程度

68

A 가야금이 생각보다 크군요.

B 네, 제 키만 하네요.

例
- 사과가 얼마나 큰지 몰라요. 수박**만 해요**.
- 동생도 저**만 해요**. 키가 별로 크지 않아요.
- 남자 친구가 사람**만 한** 곰 인형을 선물로 줬어요.

연습 그림을 보고 [보기]와 같이 이야기해 보세요.

練習 看圖跟著範例說說看。

1)  사람

2)  팔뚝

3) 

얼굴

4)  주먹

5)  배

6) 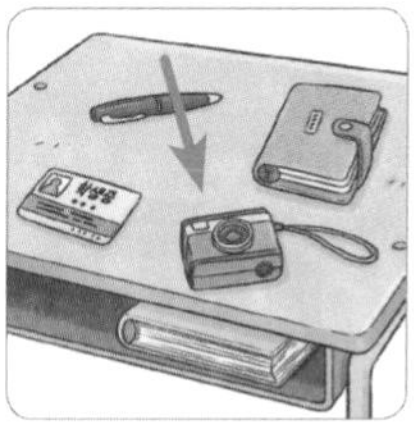 학생증

範例

눈사람이 정말 크네요.
네. 눈사람이 사람만 해요.

2. V-(으)ㄹ 생각도 못 하다 …連想都不敢想

69

A 요즘엔 캠핑 안 가요? 전에는 자주 갔잖아요.

B 요즘 일이 많아서 캠핑 갈 생각도 못 해요.

例
- 학비가 너무 비싸서 유학 **갈 생각도 못 해요**.
- 취직 준비 때문에 바빠서 여자 친구 만**날 생각도 못 해요**.
- 그 식당은 손님이 많아서 예약하지 않으면 **갈 생각도 못 해요**.

연습 그림을 보고 [보기]와 같이 이야기해 보세요.
練習 看圖跟著範例說說看。

1) 

2) 

3) 

4) 

5) 

6) 

範例

그 영화는 인기가 많아서 빨리 예매하지 않으면 볼 생각도 못 해요.
추석 연휴에는 고속 도로가 막혀서…….

말하기 1 會話1

會話翻譯 1 p. 175

70

알 리 줄리앙 씨는 주말에 보통 뭐 해요?
줄리앙 요즘 가야금 배우러 다니는데 무척 재미있어요.
알 리 가야금요? 그게 뭐예요?
줄리앙 한국 전통 악기예요. 긴 네모 모양 나무판 위에 줄이 12개 있어요.
알 리 아, 본 적이 있어요. 그거 크기가 꽤 큰 것 같던데…….
줄리앙 네, 사람 키만 해요.
알 리 그런데 연주는 어떻게 해요?
줄리앙 손가락으로 줄을 누르거나 튕겨서 소리를 내요.
소리가 참 좋은데 알리 씨도 배워 볼래요?
알 리 아유, 전 음치라서 악기는 배울 생각도 못 해요.

연습1 친구와 연습해 보세요.
練習1 和朋友練習看看。

1) 가야금

긴 네모 모양 나무판 위에
줄이 12개 있다

사람 키

손가락으로 줄을 누르거나 튕기다

2) 장구

모래시계 모양인데
둥근 부분이 가죽으로 되어 있다

이 둥근 탁자

둥근 부분을 채로 치다

가야금 伽倻琴 나무판 木板 음치 音痴 장구 長鼓 모래시계 沙漏 부분 部分 채 鼓槌

연습2 여러분 나라의 전통 악기나 여러분이 좋아하는 악기의 모양과 연주 방법에 대해 이야기해 보세요.

練習2　說說看你們國家的傳統樂器，或是你喜歡的樂器模樣與演奏方法。

몽골에는 '모린호르'라는 전통 악기가 있어요.
악기가 어떻게 생겼어요?
바이올린하고 비슷한데 모양은 좀 달라요. 둥글지 않고 네모 모양이에요. 목이 길고 줄은 두 개예요.
크기는 어느 정도 돼요?
크기는…….
어떻게 연주해요?

文法解說 p. 248、p.249

문법과 표현 2 文法與表現2

1. V-(으)ㄹ 만하다 值得…

71

A 진해 벚꽃 길은 정말 가 볼 만해요. 경치가 아주 아름다워요.

B 그래요? 한번 가 봐야겠네요.

例

- 남산에서 내려다본 야경이 정말 구경**할 만했어요**.
- 많이 걸어서 다리 아픈데 어디 **쉴 만한** 데가 없을까요?
- 주사 맞을 때 좀 아팠지만 참**을 만했어요**.
- 여자 친구가 처음 해 준 음식이 그럭저럭 먹**을 만했다**.

연습 [보기]와 같이 친구에게 한국의 명소를 추천해 보세요.

練習 跟著範例，試著向朋友推薦韓國的著名景點。

範例

춘천이 꼭 한번 가 볼 만해요. 서울에서 가깝고 경치도 아름다워요.
그래요? 음식은 뭐가 맛있어요?

장소	이유	음식	체험
춘천	서울에서 가깝고, 경치도 아름답다	닭갈비	카누 타기
안동	하회 마을도 구경할 수 있고, 탈춤도 볼 수 있다	찜닭	한옥에서 자기

야경 夜景　주사 打針　하회 마을 河回村

2. A/V- 기로 유명하다, N(으)로 유명하다 以…聞名、以…著名

72

A 한탄강 캠핑장은 시설이 좋기로 유명하대.

B 그럼 이번 캠핑은 거기로 갈까?

例

- 동대문시장은 옷이 싸**기로 유명하다**.
- 베토벤은 어렸을 때부터 피아노를 잘 치**기로 유명했다**.
- 동강은 래프팅**으로 유명하다**.
- 브라질은 축구**로 유명한** 나라이다.

연습 여러분 나라는 무엇으로 유명합니까? [보기]와 같이 이야기해 보세요.

練習 你們國家以什麼而聞名呢？跟著範例説説看。

範例

중국은 무엇으로 유명해요?

만리장성으로 유명해요.
만리장성은 길기로 유명해요.

이탈리아는 무엇으로 유명해요?

파스타로 유명해요. 파스타는 종류가 많기로 유명해요.

한탄강 漢灘江 캠핑장 露營區 베토벤 貝多芬 동강 東江 래프팅 泛舟 만리장성 萬里長城

會話翻譯 2 p. 175

말하기 2 會話2

73

정 우 이번 연휴에 내장산으로 등산 갈까?
스티븐 내장산은 처음 듣는데 서울 근처야?
정 우 아니, 전라도에 있는데 단풍이 아름답기로 유명해.
스티븐 등산도 좋지만 캠핑은 어때? 난 캠핑 생각만 해도 마음이 설레.
정 우 캠핑은 왠지 힘들 것 같아. 잠자리도 불편하고 준비할 것도 많잖아.
스티븐 그래도 자연 속에서 하룻밤을 보내면 마음이 얼마나 편안해지는데…….
고향에서는 여행할 때마다 텐트를 차에 싣고 다녔어.
정 우 너 진짜 캠핑 좋아하는구나. 캠핑장은 좀 알아봤어?
스티븐 당연하지. 한탄강 캠핑장이 좋다고 들었어.
래프팅도 정말 해 볼 만하대.

연습1 친구와 연습해 보세요.
練習1 和朋友練習看看。

1) 내장산

전라도 / 단풍이 아름답다

마음이 설레다

래프팅도 하다

2) 주왕산

경상도 / 폭포가 멋있다

신이 나다

산악 오토바이도 타다

내장산 內藏山 전라도 全羅道 잠자리 睡覺的地方 싣다 裝載 주왕산 周王山 경상도 慶尚道 폭포 瀑布
산악 오토바이 越野摩托車

연습2 자신의 특별한 여가 활동에 대해 [보기]와 같이 이야기해 보세요.

練習2 跟著範例說說看你的特別休閒活動。

範例

한국에서 수상 스키 타려면 어디로 가야 돼?
청평 호수가 수상 스키로 유명하다고 들었어. 근데 수상 스키는 왜?
고향에서는 시간이 있을 때마다 수상 스키를 탔거든. 요즘…….
가까운 한강에도 탈 수 있는 곳이 있다던데.
정말? 그럼 이번 주말에 나하고 같이…….
나는 친구들하고 암벽 등반하러 가기로 했는데, 수상 스키도 좋지만…….

	여가 활동	장소
	수상 스키	청평
	빙어 낚시	강원도
	스킨스쿠버	제주도
?		

수상 스키 滑水 청평 清平（地名，位於京畿道） 암벽 등반 攀岩 빙어 낚시 釣冰魚 스킨스쿠버 潛水

듣고 말하기 聽力與會話

준비 물건을 잃어버려서 그 물건의 모양에 대해 설명한 적이 있습니까? 그때 어떻게 말했습니까?

暖身 你是否曾經因為遺失物品，而有向他人描述該物品樣貌的經驗呢？當時你又是如何描述的呢？

듣기1 잘 듣고 질문에 답하세요. 74

聽力1 仔細聽並回答問題。

1) 남자는 왜 전화를 했습니까?

① 보고서를 끝내지 못해서

② 휴대폰을 안 가져와서

③ 보고서를 안 가져와서

2) 남자가 말하는 물건은 어떻게 생겼습니까?

①  ②  ③ 

3) 남자는 전화를 끊고 나서 어떻게 해야 할까요?

① 집으로 간다.

② 어머니를 기다린다.

③ 어머니의 메일을 기다린다.

준비 여러분 나라에서도 연날리기를 합니까? 그 연은 어떤 모양입니까?

暖身 在你的國家也會放風箏嗎？那些風箏長什麼樣子呢？

1)  2)  3) 

듣기2 잘 듣고 질문에 답하세요. 75
聽力2 仔細聽並回答問題。

1) 남자와 여자는 지금 무엇을 하고 있습니까?

① 연을 날리고 있다.

② 연을 만들고 있다.

③ 연날리기를 구경하고 있다.

2) 남자가 만든 연은 다음 중 어느 것일까요?

①
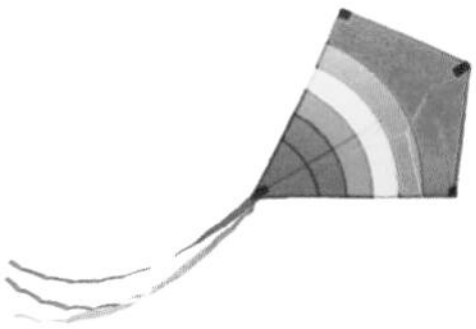

②
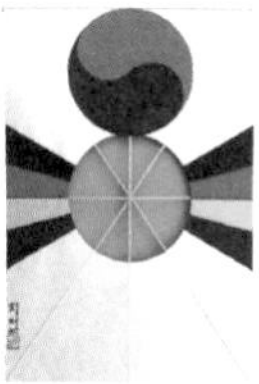

③
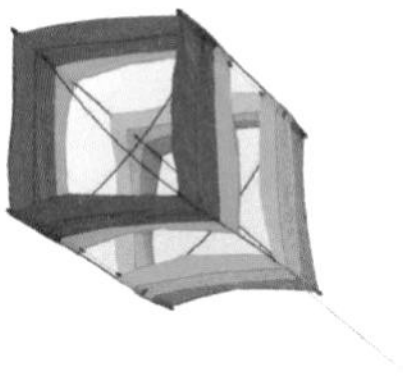

3) 들은 내용과 맞는 것을 고르세요.

① 남자는 어렸을 때 연을 잘 날렸다.

② 남자는 한강공원에서 연날리기를 해 본 적이 있다.

③ 두 사람은 연날리기를 하러 한강공원에 갈 것이다.

말하기 다음에 대해 친구들과 함께 이야기해 보세요.
會話 針對下列事項和朋友來練習對話。

1. 여러분 나라에서 가장 인기 있는 여가 활동은 무엇입니까?

2. 여러분은 실내 활동과 야외 활동 중 어느 것을 더 좋아합니까?
왜 그렇습니까?

3. 꼭 해 보고 싶은 여가 활동이 있습니까?

4. 특별한 취미를 가진 사람에 대해 이야기해 보세요.

읽고 쓰기 閱讀與寫作

준비 여가 활동을 위해 사람들이 자주 가는 장소가 어디입니까? 거기서 무엇을 합니까?
暖身 人們通常會去哪些地方從事休閒活動呢？在那邊又會做些什麼呢？

산 바다 공원

읽기 다음을 읽고 질문에 답하세요.
閱讀 閱讀以下文章，並回答問題。

한강공원의 숨은 재미를 찾아서!

서울 시민의 산책 장소로 유명한 한강공원이 야외 활동의 천국이라는 사실을 아는 사람은 많지 않다. 도시에서는 생각도 못 했던 활동들을 한강에서는 즐길 수 있다. 서울시는 이번 봄에 한강공원에서 즐길 수 있는 특별한 활동을 추천하고 있다.

먼저 뚝섬 한강공원에 가면 높이가 다른 네모 모양의 울퉁불퉁한 벽을 볼 수 있는데 그게 바로 인공 암벽장이다. 인공 암벽장은 누구나 무료로 이용할 수 있고 암벽 등반도 무료로 배울 수 있다. 이용 시간은 성수기(3~11월)에는 오전 9시부터 오후 9시까지, 비수기(12~2월)에는 오전 9시부터 오후 5시까지이다.

광나루 한강공원에서는 자전거와 레일바이크를 즐길 수 있다. 자전거 이용 요금은 20분에 1,000원이고, 만 6세 미만 어린이는 무료다. 레일바이크는 약 10분 동안 탈 수 있는 길이인데 2인용 좌석 사이에 작은 의자가 있어서 어린이와 함께 온 가족도 이용할 만하다. 총 10대가 마련돼 있으며 이용 요금은 2,000원이다.

1) 한강에서 즐길 수 있는 야외 활동에 무엇 무엇이 있습니까?

(① ② ③)

천국 天堂　인공 암벽장 人工攀岩場　성수기 旺季　비수기 淡季　레일바이크 鐵道腳踏車　미만 未滿

2) 이 글의 내용과 같은 것은 무엇입니까?

① 레일바이크는 2인용 좌석으로 되어 있다

② 5세 어린이는 자전거 이용 요금이 무료다.

③ 서울 시민만 한강공원에서 암벽 등반을 할 수 있다.

쓰기 다른 사람들이 잘 모르는 특별한 장소와 활동을 소개하는 글을 써 보세요.

寫作 寫一篇文章來介紹別人不太會知道的特別地方與活動。

1) 잘 알려지지 않았지만 고향 사람들이 자주 가는 곳이 있습니까? 거기서 보통 뭘 합니까?

有沒有不太為人所知，但家鄉人們常去的地方呢？人們通常在那邊做什麼？

장소		
활동		
먹을거리		

2) 그곳에서 특별하게 할 수 있는 활동이 있습니까?

在那裡可以做什麼樣的特別活動呢？

- ☐ 번지 점프
- ☐ 수상 스키
- ☐ 스카이다이빙
- ☐ ______________
- ☐ 공예품 만들기
- ☐ 농사 체험
- ☐ 요리 배우기
- ☐ ______________

3) 친구들에게 소개하고 싶은 특별한 장소나 활동이 있습니까? 간단하게 소개해 보세요.

你有沒有特別的地方或活動想介紹給朋友呢？簡單來介紹一下吧。

____

____

____

공예품 工藝品

4) 위에서 정리한 내용을 좀 더 자세히 써 보세요.

試著更詳細地寫下前頁所整理的內容。

과제 課堂活動

活動學習單 p.220

친구들과 사물 묘사하기 게임을 해 보세요.

試著和朋友玩描述物品樣貌的遊戲。

세 명이 한 팀이 되어 주변에 있는 물건을 설명하고 맞혀 보세요.
以3人為1組，試著說明周邊的物品並猜猜看。（請搭配活動學習單）

한 사람이 마음속으로 사물 카드를 정하면 두 사람은 그 사물의 모양과 크기, 느낌에 대해 질문합니다. 답은 '네, 아니요'로만 할 수 있습니다. 답을 맞힌 사람이 카드를 가져갑니다.
1人先在內心決定要挑選的物品卡片，另外2人針對該物品的模樣、大小與感覺來提問。回應時僅能用「是」與「不是」，猜對的人就可以把卡片拿走。

카드를 많이 가진 사람이 이깁니다. 누가 이겼는지 점수를 매겨 보세요.
拿走最多卡片的人獲得勝利。試著計算分數看看誰獲勝。

문화 산책 文化漫步

文化 Q&A p. 260

준비 暖身

다음은 어떤 모양입니까? 이것을 보면 어떤 느낌이 듭니까?
底下是何種樣式呢？看到這些東西你有什麼感覺？

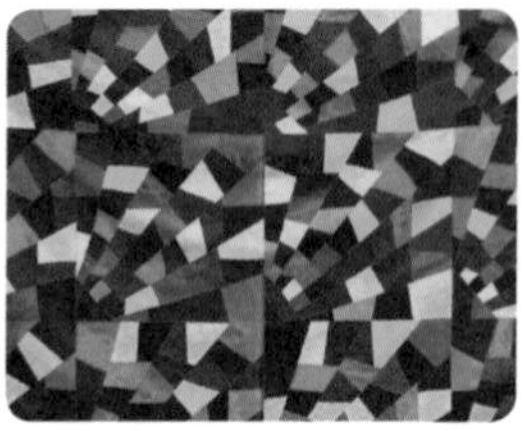

알아보기 認識韓國

한국의 조각보
韓國的拼布

용도	조각보는 주로 물건을 싸거나 선물을 포장할 때 썼지만, 음식을 덮어 두거나 창문에 걸어 햇빛을 가리는 등 다양하게 사용되었습니다. 조각보는 물건의 모양이나 크기에 관계없이 쓸 수 있고 보관도 쉽다는 장점이 있습니다.
모양	천 조각을 이어서 예쁜 조각보를 만들었습니다. 옷을 만들고 남은 천을 사용했기 때문에 자연스럽게 세모, 네모, 마름모 무늬가 만들어졌습니다. 그 아름다운 색깔과 모양 때문에 조각보는 현재까지도 뛰어난 예술품으로 사랑받고 있습니다.

생각나누기 文化分享

여러분 나라에도 조각을 이어서 만드는 물건이 있습니까?
你的國家裡也有用碎片形狀拼貼出來的東西嗎？

?

포장하다 包裝 햇빛을 가리다 遮陽 보관 保管 뛰어나다 卓越突出 예술품 藝術品

발음 發音

준비 들어 보세요.
暖身 先聽聽看！

1) 떡볶이가 맛있네요.
2) 값을 깎아 드릴 테니까 다음에 또 오세요.

규칙 1. 받침 뒤에 모음으로 시작되는 조사나 어미가 오면 받침은 뒤 음절 첫소리로 옮겨 발음됩니다.
規則 終聲後若接以母音為首的助詞或語尾時，則應將終聲直接連到後面音節的初聲位置來發音。

예] 옷이[오시] 꽃이[꼬치] 밭에서[바테서]
깎으니까[까끄니까] 앉아서[안자서] 젊어요[절머요]
생년월일[생녀눠릴]

2. 앞 단어 뒤에 모음으로 시작되는 단어가 오면, 앞 단어의 받침이 [ㅂ, ㄷ, ㄱ]으로 바뀐 후 뒷 단어의 첫소리로 발음됩니다.
前面單字後若接以母音為首的單字，則前面單字的終聲應變換成「ㅂ、ㄷ、ㄱ」後，再連到後面單字的初聲位置來發音。

예] 겉옷[거돋] 맛없어요[마덥써요] 앞 아파트[아바바트]
부엌 앞에[부어가페]

연습 다음을 읽고 연음 현상이 일어나는 곳에 주의해서 읽어 보세요.
練習 試著閱讀以下文章，並注意會產生連音現象的地方。

오늘은 내 생일이었다. 하지만 친구들은 내 생일이 몇 월 며칠인지 모르는 것 같아서 슬펐다. 아침에 따뜻한 겉옷을 입고 나왔는데도 날씨가 더 춥게 느껴졌다.
그런데 같은 반 친구가 수업 후에 자기 집에서 저녁을 먹자고 했다. 한국에서 친구 집에 가는 것이 처음이라서 학교 앞에서 꽃을 사 갔다. 그 집에 들어가자 갑자기 불이 켜지고 친구들이 큰 소리로 생일 축하 노래를 불러 주었다.
친구들은 나를 위해서 선물을 준비하고 내가 좋아하는 닭을 튀기고 떡볶이도 만드느라 오후 내내 바빴다고 했다. 친구들은 음식이 맛없을까 봐 걱정했지만 나는 태어나서 가장 멋있는 생일상을 받았다. 앉아 있는데 너무 행복해서 눈물이 나왔다. 친구들아, 정말 고마워!

자기 평가 自我評量

1. 아는 단어에 √ 하세요.
你學會了哪些單字，請打√。

□ 신이 나다	□ 누르다	□ 세모	□ 평평하다
□ 가슴이 뛰다	□ 튕기다	□ 네모	□ 울퉁불퉁하다
□ 마음에 여유가 생기다	□ 치다	□ 동그라미	□ 매끄럽다
□ 마음이 설레다	□ 켜다	□ 마름모	□ 뾰족하다

2. 알맞은 것을 골라 대화를 완성하세요.
選出適合的選項並完成對話。

-(으)ㄹ 생각도 못 하다	만 하다
-(으)ㄹ 만하다	-기로 유명하다, (으)로 유명하다

1) A 요즘도 매주 주말농장에 가요?
   B 하도 바빠서 ______________________.

2) A 혹시 여기 있던 ______________________만 한 수첩 봤어요?
   B 아니요, 못 봤는데요.

3) A 이 식당은 뭐가 맛있어요?
   B 해물탕이 정말 ______________________.

4) A 부산에 여행 갈 건데 어디를 구경하면 좋을까요?
   B 부산은 바다가 ______________________ 해운대에 가 보세요.

3. 한국어로 할 수 있는 것에 √ 하세요.
你可以用韓文做哪些事情，請打√。

□ 악기의 모양과 연주 방법을 설명할 수 있다.

□ 여가 활동 방법을 소개할 수 있다.

□ 사물의 모양에 대한 설명을 듣고 이해할 수 있다.

□ 여가 활동에 대한 글을 읽고 여가 활동을 소개하는 글을 쓸 수 있다.

標準答案
2. 1) 갈 생각도 못 해요 2) 손바닥 3) 먹을 만해요 4) 아름답기로 유명합니다

課程資料夾

單字

마음이 편안해지다	心情舒坦	네모	四角形
신이 나다	開心	동그라미	圓形
가슴이 뛰다	心怦怦跳	마름모	菱形
마음에 여유가 생기다	內心悠閒	둥글다	圓的
힘이 나다	充滿力量	뾰족하다	尖的
마음이 설레다	內心興奮	딱딱하다	硬的
누르다	按	부드럽다	軟的
불다	吹	평평하다	平坦的
튕기다	拉彈	울퉁불퉁하다	凹凸不平的
치다	敲打	매끄럽다	滑的
켜다	拉	거칠다	粗的
세모	三角形		

會話翻譯 1

阿里	朱利安你週末通常都在做些什麼呢？
朱利安	我最近在學伽倻琴，非常有趣喔。
阿里	伽倻琴？那是什麼？
朱利安	那是韓國傳統的樂器。長長四方形的木板上有12條弦。
阿里	啊，我有看過。印象中它的尺寸相當長。
朱利安	對啊，大概像一個人的身高一樣。
阿里	但那要怎麼演奏呢？
朱利安	要用手指頭去壓或拉彈弦以發出聲音。 聲音蠻好聽的，阿里你要不要也來學呢？
阿里	唉呀，我是個音痴，學習樂器我連想都沒想過。

會話翻譯 2

正宇	這次連假要不要一起去內藏山爬山呢？
史提芬	我第一次聽到內藏山，是在首爾附近嗎？
正宇	不是，它在全羅道，以美麗的楓樹而聞名。
史提芬	爬山是不錯啦，但要不要露營呢？我只要一想到露營，內心就很興奮。
正宇	露營不曉得為什麼就覺得很累。 睡覺的地方也不舒服，要準備的東西也很多不是嗎？
史提芬	雖說如此，但若能在大自然中度過一晚，內心不曉得會有多麼舒坦。 我在故鄉旅行的時候，一定都會把帳棚放在車上。
正宇	你真的非常喜歡露營啊。你有稍微打聽過露營區了嗎？
史提芬	那當然！我聽說漢灘江露營區很不錯。 而且聽說泛舟相當值得一試。

17 두 사람이 연인 사이라니요

你說他們兩人是情侶？

잘 듣고 이야기해 보세요. 78

仔細聽並說說看。

1. 두 사람은 무엇에 대해 이야기하고 있습니까?
   兩人正在聊些什麼事情？
2. 그 소문은 사실입니까?
   那個傳聞是真的嗎？

학습목표 學習目標

어휘 字彙練習	• 소문 傳聞
문법과 표현 1 文法與表現 1	• V-고 보니 A-(으)ㄴ/V-는 척하다
말하기 1 會話 1	• 소문 전달하기 傳遞傳聞
문법과 표현 2 文法與表現 2	• A/V-다니(요), N(이)라니(요) • N(이)라고(해서) 다 A(으)ㄴ/V-는 것은 아니다
말하기 2 會話 2	• 오해 정정하기 澄清誤會
듣고 말하기 聽力與會話	• 편견에 대한 뉴스 듣기 聽聽有關偏見的新聞 • 건강에 대한 상담 듣기 聽聽有關健康的諮詢 • 편견과 오해에 대해 말하기 聊聊偏見與誤會
읽고 쓰기 閱讀與寫作	• 서동요에 대한 글 읽기 閱讀有關「薯童謠」的文章 • 들은 소문에 대한 글 쓰기 就聽來的傳聞寫一篇文章
과제 課堂活動	• 잘못된 상식 바로 잡기 게임 導正錯誤常識的遊戲
문화 산책 文化漫步	• 소문에 대한 한국 속담 有關傳聞的韓國諺語
발음 發音	• 낭독 연습 朗讀練習

어 휘 字彙練習

1. 최근에 들은 소문에 대해 [보기]와 같이 이야기해 보세요.
跟著範例說說看最近聽到的傳聞。

소문이 나다	소문을 내다	소문이 퍼지다	소문을 퍼뜨리다

範例

아키라 씨가 굉장한 부자라는 소문이 났던데요.
누가 그런 소문을 냈을까요? 아키라 씨가 열심히 일해서 돈을 좀 모았지만 큰 부자는 아니에요.

2. 친구의 이야기를 듣고 [보기]와 같이 이야기해 보세요.
聽朋友所說的話，並跟著範例說說看。

그럴 리가 없다	믿어지지 않다	그럴 수 있다	틀림없다

範例

배우 조빈과 유민이 결혼 발표를 했대.
그럴 리가 없어. 얼마 전에 헤어졌다는 얘길 들었거든.

3. 다음 표현을 사용해서 [보기]와 같이 이야기해 보세요.
使用以下的字彙，跟著範例說說看。

우연히	자세히	분명히	솔직히

範例

우연히 들었는데 우리 학교 화장실에 귀신이 있대요.

어디서 그런 얘길 들었어요? 좀 자세히 얘기해 봐요.

수지 씨가 흰옷 입은 여자 귀신을 분명히 봤다던데요.

글쎄요, 잘못 본 거겠지요. 솔직히 말해서 저는 귀신 같은 거 안 믿어요.

4. 알맞은 단어를 찾아 쓰고 [보기]와 같이 이야기해 보세요.
找出合適的單字填入空格中，並跟著範例說說看。

실망하다	다투다	오해하다	오해를 풀다	화해하다

남자 친구한테 다른 여자가 생긴 건 아닐까?
내 남자 친구가 이럴 줄 정말 몰랐어.
너 나한테 어떻게 이럴 수가 있어?
아하! 내가 잘못 알았구나.
정말 미안해. 다시 사이좋게 지내자.

( ) ( ) ( ) ( ) ( )

範例

친구한테 실망한 적이 있었어요?
네, 믿었던 친구가 거짓말을 해서 너무 실망했어요.

文法解說 p. 249、p.251

문법과 표현 1 文法與表現1

1. V-고 보니 做…之後，發現…

A 저 배우가 김주현 아나운서의 동생이래요.

B 그래요? 듣고 보니 둘이 많이 닮았네요.

例

- 버스에 타**고 보니** 잘못 타서 얼른 다시 내렸어요.
- 처음엔 몰랐는데 알**고 보니** 저분이 지연 씨 아버지시래요.
- 이야기를 듣**고 보니** 네가 화내는 이유를 알겠어. 미안해.

연습 생각한 것과 달랐거나 오해했던 일에 대해 [보기]와 같이 말해 보세요.

練習 跟著範例說說看與原先設想不同，或有所誤會之事。

1) 알고 보니

2) 듣고 보니

3) 만나고 보니

4) ?

範例

친구들이 나만 빼고 쇼핑을 가서
기분이 나빴는데 알고 보니 내 생일
선물을 사러 간 거였어요.

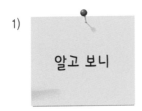

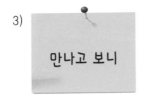

2. A-(으)ㄴ /V-는 척하다 假裝…

80

A 두 사람이 정말 사귀어요?

B 네, 사랑하는 사이인데 그동안 사귀지 않는 척했대요.

例

- 마음에 안 드는 남자가 만나자고 해서 바**쁜 척했어요**.
- 동생의 이야기를 듣고 재미있**는 척했지만** 사실은 그저 그랬어요.
- 길에서 전에 사귀던 사람을 만났는데 그냥 모**른 척했어요**.
- 학교에 가**는 척하고** 친구들과 여행 간 적이 있어요.

연습 다음 질문에 대답해 보세요.

練習 試著回答以下問題。

1) 목욕탕에서 선생님을 만난다면? — 못 본 척하겠어요.

2) 소개팅으로 만난 사람이 마음에 안 든다면? — ?

3) 지각을 자주 해서 혼났는데 오늘 또 지각했다면? — ?

4) 헤어진 애인을 길에서 우연히 만난다면? — ?

5) 산에서 곰을 만난다면? — ?

6) ? — ?

⋮

말하기 1 會話1

會話翻譯 1 p. 197

81 마리코 저 남자 주인공 정말 멋있지 않아요? 신인인데 연기도 잘하고요.

지 연 저 사람이 김주현 아나운서 동생이잖아요.
우연히 누나를 만나러 방송국에 갔다가 감독한테 캐스팅됐대요.

마리코 그래요? 듣고 보니 김주현 아나운서하고 많이 닮았네요.

지 연 그리고 드라마에 함께 나오는 여배우하고 실제로 연인 사이래요.

마리코 네? 둘이 연인 사이라고요?

지 연 네, 사귄 지 꽤 됐는데 인기가 떨어질까 봐 아닌 척하고 있대요.

마리코 그게 정말이에요? 믿어지지 않아요.

지 연 틀림없어요. 벌써 인터넷에 소문이 쫙 나서 모르는 사람이 없어요.

마리코 어쩐지 두 사람의 연기가 너무나 자연스러웠어요.

연습1 친구와 연습해 보세요.
練習1 和朋友練習看看。

1)	2)
누나를 만나러 방송국에 갔다	방송국 앞을 지나가다
듣고 보니	그러고 보니
아니다	안 그렇다
소문이 쫙 나다	소문이 퍼지다

신인 新人 연기를 잘하다 演技很好 캐스팅되다 （選角）被選上 실제로 實際上 인기가 떨어지다 人氣下滑
어쩐지 難怪

연습2 여러분이 들은 소문에 대해 이야기해 보세요.
練習2 試著說說看你所聽到的傳聞。

가수 유민하고 배우 조빈이 사귄대요.
두 사람이 사귀는 사이라고요?
인기가 떨어질까 봐 그동안 사귀지 않는 척한 거래요.
그게 정말이에요?
네, 인터넷에 소문이 쫙 퍼져서 모르는 사람이 없는걸요.
?

소문	가수 유민과 배우 조빈이 사귄다.
	유진과 스티븐이 헤어졌다.
	?

文法解說 p. 252、p.253

문법과 표현 2 文法與表現2

1. A/V- 다니(요), N(이)라니(요) 怎麼會…?

A 전 매운 김치를 못 먹어요.

B 김치를 못 먹다니요? 한국 사람은 누구나 김치를 좋아하는 줄 알았는데요.

例
- 지하철역에서 가까운데 방값이 이렇게 싸**다니요**?
- 민수 씨 결혼식에 못 가**다니요**? 민수 씨가 많이 실망할 텐데…….
- 두 사람이 헤어지**다니**, 믿을 수 없어요.
- 출발 시간이 오전 6시**라니**, 너무 이르지 않아요?

연습 그림을 보고 [보기]와 같이 이야기해 보세요.
練習 看圖跟著範例說說看。

範例

지연 씨 동생이 서울대학교에 합격했대요.

서울대학교에 합격하다니, 정말 기쁘겠네요.

1) 

2) 

3) 

4) 

5) 

6) 

2. N(이)라고 (해서) 다 A(으)ㄴ/V-는 것은 아니다 並不是(因為)說…就…

(83)

A 한국 사람은 누구나 매운 음식을 좋아하지요?

B 한국 사람이라고 다 매운 음식을 좋아하는 건 아니에요.

例
- 시장**이라고 다** 백화점보다 **싼 것은 아니다.**
- 겨울**이라고 다** 추운 **것은 아니에요.**
- 부자**라고 다** 돈을 잘 쓰**는 건 아니에요.**
- 키 큰 사람**이라고 다** 농구를 잘하**는 건 아니에요.**

연습 [보기]와 같이 이야기해 보세요.
練習 跟著範例說說看。

範例

한국 여자는 누구나 김치를 담글 수 있지요?
아니에요. 한국 여자라고 다 김치를 담글 수 있는 건 아니에요. 요즘은 김치를 사 먹는 사람도 많아요.

1) 한국 여자	김치를 담글 수 있다
2) 서울	집값이 비싸다
3) 남대문시장	물건값이 싸다
4) 남자	
5) 영화배우	
6) 운동선수	
7) ?	

번中 會話翻譯 2 p. 197

말하기 2 會話2

84

알리 김치가 아주 맛있는데 왜 안 먹어요?

정우 실은 제가 매운 걸 못 먹어서요. 김치는 안 매운 것만 먹어요.

알리 매운 걸 못 먹다니요? 한국 사람은 누구나 매운 음식을 좋아하지 않아요?

정우 한국 사람이라고 다 매운 음식을 좋아하는 건 아니에요.

알리 그런데 김치는 다 맵지 않아요? 안 매운 것도 있어요?

정우 그럼요. 동치미나 백김치는 하나도 안 매워요.

알리 제가 먹어 본 김치가 다 매워서 매운 음식이라고만 생각했어요.

정우 외국 사람들은 대부분 그렇게 생각해요. 하지만 안 매운 김치도 많아요. 김치 종류가 200가지가 넘어요.

알리 그렇군요. 한국 문화는 알면 알수록 흥미로워요.

연습1 친구와 연습해 보세요.
練習1 和朋友練習看看。

1) 김치

동치미나 백김치

안 매운 김치도 많다 /
김치 종류가 200가지가 넘다

알다

2) 떡볶이

궁중 떡볶이

간장과 고기를 넣어 만든 떡볶이도 있다 /
원래 궁중에서 왕이 먹던 음식이다

배우다

동치미 水蘿蔔泡菜　흥미롭다 有趣　궁중 宮廷

연습2 친구가 잘못 알고 있는 여러분 나라의 문화에 대해 [보기]와 같이 이야기해 보세요.

練習2 跟著範例說說看，同學對你們國家的文化有哪些誤解的地方。

範例

일본 사람은 누구나 생선회를 좋아하지요?
일본 사람이라고 다 생선회를 좋아하는 건 아니에요. 전 오키나와 출신이라서…….
생선회를 많이 안 먹다니요? 저는 일본은 어디에서나…….
오키나와는 너무 덥기 때문에……. 오히려…….

친구 이름	나라	내 생각	알게 된 것
하나코	일본	일본 사람은 누구나 생선회를 좋아한다.	

출신 出身

듣고 말하기 聽力與會話

준비 남자와 여자는 운전할 때 어떻게 다릅니까?
暖身 男生和女生開車的時候有哪裡不同呢？

듣기1 잘 듣고 질문에 답하세요. 85
聽力1 仔細聽並回答問題。

1) 무엇에 대해서 이야기하고 있습니까?
   ① 여성 운전자에 대한 사람들의 오해
   ② 여성 운전자가 주차를 잘 못 하는 이유
   ③ 여성 운전자가 교통사고를 많이 내는 이유

2) 교통사고가 일어나는 이유로 맞지 않는 것을 고르세요.
   ① 속도를 높여서
   ② 신호를 지키지 않아서
   ③ 너무 느리게 운전해서

3) 들은 내용과 맞는 것은 무엇입니까?
   ① 잘못된 운전 습관 때문에 교통사고가 일어난다.
   ② 주차하는 방법을 잘 배우면 누구나 운전을 잘할 수 있다.
   ③ 운전이 서툰 여성이 남성보다 사고를 자주 낸다.

준비 여러분이 알고 있는 건강 상식에 대해 이야기해 보세요.
暖身 說說看你所知道的健康常識吧。

1) 물을 많이 마시면 마실수록 좋다?

2) 낮잠을 자는 것이 건강에 좋다?

3) 초콜릿은 건강에 나쁘다?

서툴다 生疏、不熟練

듣기2 잘 듣고 질문에 답하세요. (86)
聽力2 仔細聽並回答問題。

1) 남자가 질문한 이유는 무엇입니까?
① 친구의 건강이 걱정돼서
② 퀴즈의 정답을 맞히고 상품을 타고 싶어서
③ 자신이 알고 있던 건강 상식이 맞는지 확인하고 싶어서

2) 남자의 눈 건강이 나빠진 이유는 무엇입니까?
① 너무 밝은 곳에서 책을 읽었기 때문에
② 어두운 곳에서 텔레비전을 봤기 때문에
③ 컴퓨터와 스마트폰을 자주 사용했기 때문에

3) 들은 내용과 맞는 것은 무엇입니까?
① 물을 많이 마시면 누구나 다 건강해질 수 있다.
② 커피를 하루에 2~3잔 정도 마시면 암을 예방할 수도 있다.
③ 커피를 많이 마시면 소화가 잘 안되거나 배탈이 날 수 있다.

말하기 다음에 대해 함께 이야기해 보세요.
會話 針對下列事項來練習對話。

1. 최근에 들은 소문 중에 가장 놀라운 이야기는 무엇입니까?
2. 오랫동안 사실이라고 믿었는데 알고 보니 사실이 아니라서 놀란 적이 있습니까?
3. 다른 사람에게 오해받은 적이 있습니까?
4. 오해 때문에 친구와 다툰 적이 있습니까?
그때 오해를 어떻게 풀었습니까?

상식 常識 암 癌症

읽고 쓰기 閱讀與寫作

준비 여러분은 소문을 쉽게 믿는 편입니까?
暖身 你算是個容易相信傳聞的人嗎？

읽기 다음 글을 읽고 질문에 답하세요.
閱讀 閱讀以下文章並回答問題。

서동요(서동의 노래)

옛날 백제에 서동이라는 가난하지만 똑똑한 청년이 있었다. 서동은 이웃 나라 신라의 선화 공주가 아름답다는 소문을 듣고 신라에 가서 이런 노래를 퍼뜨렸다.

선화 공주는
몰래 시집을 가서
밤마다 서동을 찾아간대요.

신라의 아이들은 뜻도 모르고 이 노래를 부르며 돌아다녔다. 이 노래는 왕의 귀에까지 들어가게 되었고, 화가 난 왕은 나쁜 소문이 난 공주를 궁에서 내쫓았다.
얼굴도 모르는 서동과의 소문 때문에 궁을 나온 공주는 먼 시골에서 한 남자를 만났다. 그 남자는 공주가 편하게 지낼 수 있도록 도와주었고, 두 사람은 사랑에 빠져서 결혼했다. 선화 공주는 소문을 퍼뜨린 사람이 바로 자신의 남편이라는 사실을 알고 깜짝 놀랐지만 서동에 대한 마음은 변하지 않았다. 선화 공주의 도움으로 공부도 하고 돈도 많이 모은 서동은 후에 백제의 왕이 되었다. 그가 바로 백제를 크게 발전시킨 '무왕'(?~641)이다.

1) 이 글의 내용과 같은 것은 무엇입니까?
① 서동은 왕이 되기 위해서 공주와 결혼했다.
② 선화 공주는 서동이 만든 노래 때문에 궁에서 쫓겨났다.
③ 서동은 공주와의 사랑을 알리기 위해 노래를 만들었다.

2) 이 글을 읽고 알 수 있는 것은 무엇입니까?
① 소문의 힘
② 공주와 결혼하는 법
③ 사랑하는 사람의 마음을 얻는 법

3) 만일 서동이 현대 사회에서 이런 일을 했다면 어떻게 되었을까요?

백제 百濟　청년 青年　신라 新羅　내쫓다 趕出去、攆出去　발전시키다 促進發展

쓰기 1) 여러분을 놀라게 한 소문은 어떤 것이었습니까?
寫作 什麼樣的傳聞曾讓你大吃一驚呢？

- 얼마 전 고향 친구가 ________________________ 다는 소문을 들었다.
- 내가 좋아하는 배우가 ____________________ 라는 소문을 듣고 놀랐다.
- 1년 전 고향에 _______________________ 다는 소문이 퍼진 적이 있다.

2) 그 소문을 믿었습니까, 믿지 않았습니까? 그 이유는 무엇입니까?
你是相信還是不相信那個傳聞呢？理由是什麼？

- 나는 그 소문이 맞는다고 생각했다. 왜냐하면 ___________________ 기 때문이다.
- 그 소문을 듣고 그럴 리가 없다고 생각했다. 그 이유는 _____________ 기 때문이다.

3) 그 소문의 결과는 어땠습니까? 결과를 안 뒤 어떤 생각을 했습니까?
那傳聞造成的結果是什麼呢？知道結果之後，你有什麼樣的想法？

- 하지만/그런데 _______________________________________.
- 역시 ____.
- 마침내 ____.

마침내 終於

4) 위에서 정리한 이야기를 글로 써 보세요.
試著將前面所整理的內容寫成文章。

活動學習單 p.221

과제 課堂活動

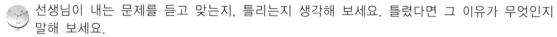

잘못된 상식을 바로잡는 게임을 해 봅시다.

玩一玩導正錯誤常識的遊戲。

선생님이 내는 문제를 듣고 맞는지, 틀리는지 생각해 보세요. 틀렸다면 그 이유가 무엇인지 말해 보세요.

先聽老師出題，並想一想是否正確。若你覺得不正確的話，請說說理由為何。

（請搭配活動學習單）

교실 앞에 O, X 자리가 있습니다. 맞는다고 생각하면 'O' 자리에, 틀린다고 생각하면 'X' 자리에 서세요.

教室前方位置標示著○與╳，如果你認為正確的話，請站在○的位置；如果你認為不正確的話，請站在╳的位置。

"춥다고 감기에 걸리는 것은 아니다." 맞을까요, 틀릴까요?
춥다고 감기에 걸리는 게 아니라니요? 추우면 감기에 걸려요.
춥다고 언제나 감기에 걸리는 것은 아니지요. 감기는 바이러스 때문에 걸려요.
추우면 감기에 걸린다

마지막까지 남은 사람이 이깁니다. 가장 많은 사람이 잘못 알고 있었던 것은 무엇이었습니까?

留到最後的人就是贏家。最多人誤解的題目又是什麼呢？

바로잡다 導正

文化 Q&A p. 261

문화 산책 文化漫步

준비 소문에 대한 속담을 알고 있습니까?
暖身 你知道哪些有關傳聞的諺語呢？

알아보기 소문에 대한 한국 속담
認識韓國 有關傳聞的韓國諺語。

발 없는 말이 천 리 간다

소문은 멀리까지 퍼진다는 뜻으로, 말을 조심해야 한다는 속담이다.

아니 땐 굴뚝에 연기 날까

그럴 만한 이유가 있기 때문에 소문이 났을 거라는 뜻으로 쓰인다.

낮말은 새가 듣고 밤말은 쥐가 듣는다

비밀로 한 말이라도 반드시 다른 사람이 알게 된다는 뜻으로, 항상 말조심해야 한다는 속담이다.

생각 나누기 여러분 나라에도 소문에 대한 속담이 있습니까?
文化分享 你的國家也有關於傳聞的諺語嗎？

천 리 千里　때다 生火　굴뚝 煙囪　낮말 白天說的話　밤말 夜晚說的話　쥐 老鼠　말조심 說話小心、言辭謹慎

발음 發音

낭독 연습
朗讀練習

밑줄 친 부분의 발음에 주의하면서 읽어 보세요.
注意畫底線字詞的發音，並試著唸唸看。

87

일기 예보
氣象預報

오늘은 전국적으로/ 가을비가 내리겠습니다. 현재 서울과 경기에는/ 약한 비가 내리거나/ 빗방울이 떨어지고 있습니다. 바람까지 강하게 불어/ 올가을 들어 가장 춥겠습니다. 현재 내리고 있는 비의 양은 많지 않으나/ 하루 종일 오겠고/ 밤늦게 그칠 것으로 예상됩니다. 비가 그친 후에는/ 기온이 뚝 떨어져/ 매우 쌀쌀하겠습니다. 강원 북부 지방에는/ 비가 눈으로 바뀌면서/ 첫눈이 내릴 가능성도 있습니다. 오늘 서울 최고 기온은 13도로/ 어제보다 5도 정도 낮고/ 대구 15도, 광주 17도 등으로 예상됩니다. 다음 주부터는/ 기온이 더 떨어져/ 한 자릿수를 나타내겠습니다. 건강 관리에 특히 신경 쓰셔야겠습니다. 지금까지 인터넷으로 알아보는 날씨 정보였습니다.

수상 소감
得獎感言

먼저 저를 축하해 주기 위해서/ 이 자리에 참석하신 많은 분들에게/ 감사의 인사를 전하고 싶습니다. 처음 팀에서 야구를 시작했을 때/ 성적이 별로 좋지 않아서/ 많이 힘들었습니다. 그때마다 잘될 거라고 격려하고 위로해 주신 감독님 덕분에 지금의 제가 있을 수 있었다고 생각합니다. 그리고 부상으로 운동을 포기하고 싶을 때/ 용기를 낼 수 있도록 응원해 준 부모님께도 정말 감사드립니다. 마지막으로/ 항상 즐겁게 운동할 수 있도록/ 힘이 되어 주는 선후배 여러분,/ 진심으로 고맙습니다. 사실 저보다 훌륭한 분들이 많은데/ 제가 우수 선수상을 받게 돼서 죄송한 마음입니다. 내년에도 우리 팀이 꼭 우승해서/ 이 자리에 다시 설 수 있었으면 좋겠습니다. 감사합니다.

자기 평가 自我評量

1. 아는 단어에 ✓ 하세요.
你學會了哪些單字，請打✓。

- ☐ 소문이 나다
- ☐ 그럴 리가 없다
- ☐ 다투다
- ☐ 우연히
- ☐ 소문이 퍼지다
- ☐ 믿어지지 않다
- ☐ 오해를 풀다
- ☐ 분명히
- ☐ 소문을 퍼뜨리다
- ☐ 틀림없다
- ☐ 화해하다
- ☐ 솔직히

2. 알맞은 것을 골라 대화를 완성하세요.
選出適合的選項並完成對話。

-다니(요)	-고 보니
-는 척하다	-다고 (해서) 다 -는 것은 아니다

1) A 약속이 취소됐어요.
   B 네? 약속이 ______________________________?

2) A 마이클 씨하고 싸웠다던데 이제 화해했어요?
   B 네, 마이클 씨 말을 ______________________________.

3) A 여자 친구가 해 준 음식이 맛있었어요?
   B 아니요, 하지만 ______________________________.

4) A 한국 사람은 매일 밥을 먹지요?
   B 아니요, ______________________________.

3. 한국어로 할 수 있는 것에 ✓ 하세요.
你可以用韓文做哪些事情，請打✓。

- ☐ 소문을 반박할 수 있다.
- ☐ 오해를 바로잡을 수 있다.
- ☐ 편견과 오해에 대해 듣고 말할 수 있다.
- ☐ 서동요를 이해하고 들은 소문에 대해 쓸 수 있다.

標準答案

2. 1) 취소되다니요 2) 듣고 보니 이해가 됐어요 3) 맛있는 척했어요
4) 한국 사람이라고 해서 다 매일 밥을 먹는 것은 아니에요

課程資料夾

單字

소문이 나다	消息出來
소문을 내다	放出消息
소문이 퍼지다	消息傳開
소문을 퍼뜨리다	散播消息
그럴 리가 없다	沒有那樣的道理
믿어지지 않다	難以置信
그럴 수 있다	有可能如此
틀림없다	沒錯
우연히	偶然
자세히	仔細
분명히	明明
솔직히	其實
실망하다	失望
다투다	爭吵
오해하다	誤會
오해를 풀다	化解誤會
화해하다	和好

會話翻譯 1

麻里子　你不覺得那男主角很帥嗎？他是個新人，演技也不錯。
智　妍　他不是金珠賢播報員的弟弟嗎？
　　　　聽說他是偶然間到電視台去找姐姐，結果就被導演相中了。
麻里子　這樣啊？聽妳這麼一說，他還真的和金珠賢播報員蠻像的。
智　妍　還有聽說他和電視劇中的女演員是真的男女朋友。
麻里子　什麼？妳說他們兩人是情侶？
智　妍　對啊，聽說交往很久了，但是擔心人氣會下滑，所以假裝不是。
麻里子　那是真的嗎？真令人難以置信。
智　妍　絕對沒錯，這個消息早已經在網路上瘋傳了，沒有人不知道。
麻里子　難怪兩人的演技會如此自然。

會話翻譯 2

阿里　泡菜非常好吃，你怎麼不吃呢？
正宇　其實是因為我不敢吃辣的。我只吃不辣的泡菜。
阿里　你怎麼會不敢吃辣的呢？韓國人不都是很喜歡辣的食物嗎？
正宇　並非只要是韓國人都喜歡辣的食物。
阿里　但泡菜不都是辣的嗎？還有不辣的啊？
正宇　當然，像水蘿蔔泡菜或白泡菜就一點都不辣。
阿里　我吃過的泡菜都是辣的，所以我以為就只有辣的。
正宇　大部分外國人都是這樣認為的，然而還有很多不辣的泡菜。
　　　泡菜的種類超過200種。
阿里　原來如此，韓國文化真的是越了解越有趣。

18 거울이 깨지고 말았어요
鏡子最後破掉了

잘 듣고 이야기해 보세요. 88
仔細聽並說說看。

1. 두 사람은 어떤 자리에 앉았습니까?
   兩人坐在什麼位置上呢？
2. 두 사람은 이 연극에 대해 어떤 이야기를 들었습니까?
   兩人聽到人們是如何談論這齣話劇的呢？

학 습 목 표 學習目標

어 휘 字彙練習	• 연극 , 연기 話劇、演技
문법과 표현 文法與表現	• A- 다니까 (요) V- ㄴ다니까 (요)/ 는다니까 (요) N(이) 라니까 (요) • V- 고 말다
읽고 말하기 閱讀與會話	• 연극 대본 읽기 閱讀話劇劇本 • 대본에 따라 역할극 하기 依劇本進行話劇表演
과 제 課堂活動	• 연극하기 演話劇

어 휘 字彙練習

1. 연극에 대해 이야기해 보세요.
試著聊聊話劇。

연극

무대

관객

대본

대사

고등학교 때 '햄릿'이라는 연극에서 주인공을 맡은 적이 있어요.

"죽느냐 사느냐 그것이 문제다."라는 대사로 유명한 연극 말이죠?

2. 그림을 보고 연극의 내용을 생각해 보세요.
看圖並想想話劇的內容。

(거울을) 들여다보다

(거울을) 숨기다

(거울을) 빼앗다

(거울을) 깨뜨리다

농부가 거울을 들여다보면서 신기해해요.

3. 연극 대본의 지문이 나타내는 행동을 그림과 연결하고, 여러분은 언제 이런 행동을 하는지 이야기해 보세요.

將話劇劇本上的行動提示與正確的圖片進行連結，並說說看你什麼時候會做出這些動作。

- 아내: (자고 있던 아내가 ①**벌떡 일어나며**) 여보!

- 농부: (②**깜짝 놀라며**) 어! 아직 안 잤었어요?

- 아내: 당신 지금 뭐 하고 있어요?
- 농부: (③**고개를 가로저으며**) 아니, 아무것도 아니에요.

- 시어머니: (④**소리를 지르며**) 넌 누구냐? 얘야, 여기 늙은 여자가 하나 숨어 있구나.

- 시어머니: (⑤**뒤를 홱 돌아보며**) 여보, 당신 어떻게 된 일이에요?

- 농부: (천천히) 이건 세상 모든 것을 있는 그대로 보여 주는 거울이라는 거예요.
- 시아버지, 시어머니, 아내: (⑥**고개를 끄덕이며**) 우리는 그런 것도 모르고…….

친구의 말이 맞는다고 생각할 때 고개를 끄덕여요.

문법과 표현 1 文法與表現1

1. A-다니까(요), V-ㄴ다니까(요)/는다니까(요), N(이)라니까(요) 就跟你說…

89

A 이 거울에 보이는 사람이 저라고요?

B 그렇다니까요. 정말 신기하지요?

例

- A : 영화가 참 재미있네요.
  B : 그것 봐요, 재미있**다니까요**. 이 영화 보길 잘했지요?
- A : 알리 씨는 김치를 참 잘 먹네요.
  B : 네, 외국 사람인데도 김치를 정말 좋아**한다니까요**.
- A : 너하고 줄리앙하고 사귀는 거 맞지?
  B : 아니**라니까**.
- 내 동생은 게임을 너무 좋아해서 눈만 뜨면 게임을 **한다니까**.

연습 다음과 같이 이야기해 보세요.
練習 跟著以下範例說說看。

範例

손가락만 한 원숭이가 있대.

에이, 말도 안 돼.

여기 봐. 정말 있다니까.

1)

손가락만 한 원숭이가 있다.

2)

이 핸드백이 자동차보다 비싸다.

3)

2,000명 이상 먹을 수 있는 비빔밥이 있다.

4)

치타는 100미터를 3.2초에 달린다.

(눈을) 뜨다 睜開眼睛　치타 獵豹

2. V-고 말다 最後…、結果…

90

A 거울이 깨지고 말았으니 이제 아무것도 볼 수 없게 되었어요.

B 나는 그런 것도 모르고…….

例
- 윷놀이를 했는데 우리 팀이 지**고 말았어요**.
- 오늘 중요한 회의가 있었는데 지각하**고 말았어요**.
- 서둘러서 공항에 갔지만 결국 비행기를 놓치**고 말았다**.
- 아무리 기다려도 친구가 오지 않아서 그냥 돌아오**고 말았습니다**.

연습 [보기]와 같이 친구들과 이야기해 보세요.
練習 跟著範例和朋友說說看。

範例

두 사람은 언제 결혼한대요?
툭하면 싸우더니 결국 헤어지고 말았대요.

1) 동생은 시험에 합격했어요?

2) 요즘도 영어를 공부하고 있어요?

3) 경기에서 우리 팀이 이겼어요?

4) 어제 밤새도록 공부했어요?

5) ?

툭하면 動輒、動不動就…

거울

91

때	옛날
곳	서울의 시장, 시골집
나오는 사람	농부, 농부의 아내, 농부의 아버지, 농부의 어머니, 가게 주인

I. (집 마루, 밤) 농부와 농부 아내가 마루에 앉아 달을 보며 이야기하고 있다.

농부 아내	여보, 이번에 서울 가면 빗 좀 사다 주세요.
농　　부	빗? 어떻게 생긴 걸로 살까요?
농부 아내	저기 저 반달처럼 생긴 게 좋겠어요.
농　　부	알았어요. 일이 끝나면 시장에 가서 하나 사 올게요.

II. (집 마당, 아침)

농　　부	달, 달, 달 모양이라고 그랬지? 알았어요. 그럼 갔다 올게요.
농부 아내	조심해서 다녀오세요. (혼잣말로) 서울에는 예쁜 여자가 많다는데 우리 남편에게 아무 일도 없어야 할 텐데…….

마루 地板　빗 梳子　반달 偃月、半月

Ⅲ. (시장의 어떤 가게 앞) 하늘에는 보름달이 떠 있다.

농　　부　(혼잣말로) 달처럼 생긴 걸 사 오라고 했는데…….
아, 이게 달처럼 동그랗게 생겼네. 아저씨, 이 동그란 물건이 뭐예요? 여자들이 쓰는 거 맞아요?

가게 주인　아, 이거요? 거울이라는 건데 아주 신기해요.
(농부에게 거울을 보여 주며) 한번 보세요.

농　　부　거울요? 어디 좀 봐요. (거울을 들여다보자마자 깜짝 놀라며)
아니, 이 속에 웬 남자가 있네요. 이 사람이 누구예요?

가게 주인　그 사람이 바로 손님이에요.

농　　부　네? 이게 제 얼굴이란 말이에요?

가게 주인　그렇다니까요. 손님 얼굴이 그렇게 생겼어요.

농　　부　내가 이렇게 생겼다니……. 참 신기하네.
(이리저리 보며 재미있어한다.)

가게 주인　싸게 드릴 테니까 하나 사세요.

농　　부　그럼 하나 주세요. (돈을 내고 거울을 산다.)

가게 주인　깨지기 쉬우니까 조심해서 잘 가져가세요.

농　　부　네, 많이 파세요. (집으로 돌아간다.)

신기하다 神奇　웬 哪來的…　바로 就是

IV. (집 안방) 아내가 잠자고 있다. 농부는 아내가 자고 있는지 확인하고 장롱 속에 숨겨 둔 거울을 꺼내 들여다본다.

농부 이거 정말 신기하네. 내 얼굴을 볼 수 있다니. 며칠 후면 아내 생일이니까 선물로 줘야겠다. 그때까지 몰래 숨겨 둬야지.
(거울을 보며 혼자 웃는다.)

아내 (이때 아내가 벌떡 일어나며) 여보! 당신 지금 뭐하고 있어요? 당신은 내가 자는 줄 알았지요? 당신이 날마다 그걸 보고 혼자 좋아해서 오늘은 내가 자는 척하고 있었어요. 도대체 그게 뭐예요? 나도 좀 봐요. (아내는 거울을 빼앗으려 한다.)

농부 아니, 아니, 이거 아무것도 아니에요. 아무것도 아니라니까!

아내 (거울을 빼앗아 들여다보고) 아니, 이건 젊은 여자 아니에요? 당신이 서울에서 여자를 데리고 와서 이 속에 숨겨 놓았군요. 아이고, 이럴 수가!
(아내는 울면서 거울을 들고 시어머니 방으로 뛰어간다.)

V. (어머니 방)

아내 어머니! 글쎄, 저 사람이 지난번에 서울에 갔다가 젊은 여자를 데리고 왔어요. 그 여자가 바로 이 속에 숨어 있어요. 좀 보세요, 어머니.

장롱 衣櫃 도대체 到底、究竟 시어머니 婆婆

어머니 뭐라고? 젊은 여자라고? 어디 보자. (며느리에게서 거울을 빼앗아 본다.) 아니, 넌 누구냐? 어서 나오지 못해?
아이고, 이걸 어떡해! 얘야, 이건 네 남편이 데리고 온 여자가 아니라 네 시아버지의 여자구나.
(자고 있는 남편을 깨우며) 여보, 당신 어떻게 된 거예요?
언제 이 늙은 여자를 집에 데려다 놓았어요? 누구예요? 빨리 말해요!

아버지 뭐라고? 내가 늙은 여자를 데려왔다고? 어디 좀 봅시다. (거울을 본다.)
아니, 이건 늙은 영감 아니오? 당신 언제부터 나 몰래 이 영감을 만났소? 어떤 놈이오?

아 내 아니에요, 아버님! 그 속에는 젊은 여자가 있어요.

어머니 젊은 여자라니? 아니야, 늙은 여자가 나한테 소리를 질렀어.
(서로 거울을 빼앗으려고 하다가 바닥에 떨어뜨린다.)

농 부 아휴, 이걸 어쩌나…….
(천천히) 이건 세상 모든 것을 그대로 보여 주는 거울이라는 거예요.
아버지가 보면 아버지 얼굴, 어머니가 보면 어머니 얼굴,
그리고 당신이 보면 당신 얼굴이 보이는 신기한 물건이란 말이에요.
이제 깨뜨리고 말았으니 아무것도 볼 수 없게 되었어요.

모두들 (고개를 끄덕이며) 우리는 그런 것도 모르고…….

며느리 媳婦　영감 老先生　놈 傢伙　바닥 地面、地板

연습1 이야기를 읽고 질문에 대답해 보세요.
練習1 讀完故事後試著回答問題。

1) 아내는 무엇을 사다 달라고 했습니까? 그것은 어떤 모양입니까?
2) 농부는 시장에서 뭘 사 왔습니까? 그 물건은 어떤 물건입니까?
3) 아내가 사다 달라고 한 물건과 농부가 사 온 물건은 어떻게 다릅니까?
4) 농부는 왜 거울을 장롱 속에 숨겨 두었습니까?
5) 농부의 아내, 어머니, 아버지는 거울 속에 누가 있다고 생각했습니까?
6) 거울은 결국 어떻게 되었습니까?

연습2 대본을 보면서 연기하듯이 읽어 보세요.
練習2 邊看劇本，邊像演戲一樣唸唸看。

연습3 농부와 농부 아내, 농부와 가게 주인이 되어 역할극을 해 보세요.
練習3 試著扮演農夫與農夫太太、農夫與店家老闆，並演場情境劇。

연습4 다음 이야기를 완성해 보세요.

練習4　試著完成以下故事。

여보, 당신 지금 뭐 하고 있어요?
______________________.

이거 아무것도 아니에요. __________
______________________.

어머니, 이것 좀 보세요. 글쎄, ______
______________________.

아이구, 이걸 어떡해. 얘야, 이건 ____
______________________.

당신 이게 어떻게 된 일이에요?
______________________.

아니, 여보. 이건 웬 __________
______________________.

아니, 이게 웬일이야!
이건 세상 모든 것을 그대로 ______
______________________.

우리는 ______________________
______________________.

과제 課堂活動

친구들과 연극을 해 보세요.
試著和朋友一起來演話劇。

5명이 한 팀이 되어 역할을 정해 보세요.
5人為1組，並決定自己要扮演的角色。

가게 주인 농부 아내 어머니 아버지

대본을 외워서 연극 연습을 해 보세요.
背劇本並練習話劇演出內容。

무슨 상을 주면 좋을지 친구들과 정한 뒤, 연기를 제일 잘한 친구에게 상을 주세요.
和朋友決定要頒發什麼獎項之後，頒獎給演技最優秀的人。

무엇이든지 잘 파는 가게 주인 상	소리를 잘 지르는 시어머니 상	?	?

자기 평가 自我評量

1. 아는 단어에 √ 하세요.
你學會了哪些單字，請打√。

☐ 무대	☐ 소리를 지르다	☐ 들여다보다
☐ 대본	☐ 벌떡 일어나다	☐ 숨기다
☐ 대사	☐ 고개를 가로젓다	☐ 깨뜨리다
☐ 관객	☐ 고개를 끄덕이다	☐ 빼앗다

2. 알맞은 것을 골라 대화를 완성하세요.
選出適合的選項並完成對話。

–다니까(요),–ㄴ다니까(요)/ 는다니까(요)　　–고 말다

1) A 두 사람은 언제부터 사귀기 시작했어요?
　B 사귀는 사이가 ______________________. 우리는 그냥 친구 사이예요.

2) A 드라마가 어떻게 끝났어요? 두 사람이 결혼했지요?
　B 아니요, 두 사람이 부모님의 반대로 ______________________.

3. 한국어로 할 수 있는 것에 √ 하세요.
你可以用韓文做哪些事情，請打√。

☐ 한국어 연극 대본을 읽을 수 있다.

☐ 한국어로 연극을 할 수 있다.

☐ 연극을 보고 감상을 말하거나 평가할 수 있다.

標準答案

2. 1) 아니라니까요 2) 헤어지고 말았어요

課程資料夾

單字

연극	話劇	벌떡 일어나다	突然起身
무대	舞臺	깜짝 놀라다	大吃一驚
관객	觀眾	고개를 가로젓다	搖頭
대본	劇本	소리를 지르다	大喊
대사	臺詞	홱 돌아보다	往後一瞧
들여다보다	仔細看	고개를 끄덕이다	點頭
숨기다	隱藏		
빼앗다	搶奪		
깨뜨리다	摔破		

鏡子

時　　間：古時候
地　　點：首爾的市場、鄉下村舍
出場人物：農夫、農夫太太、農夫父親、農夫母親、店家老闆

Ⅰ（住家地板，夜晚）農夫與農夫太太坐在地板上看著月亮聊天。

農夫太太　老公，這次去到首爾幫我買個梳子。
農　　夫　梳子？要買什麼形狀的呢？
農夫太太　我要買像天邊那偃月一樣的梳子。
農　　夫　好，等辦完事後，我就去市場買一個回來給妳。

Ⅱ（住家院子，早晨）

農　　夫　月亮，月亮，妳說像月亮形狀的，對吧？我知道了。那我出門了。
農夫太太　一路上小心喔。
（自言自語）聽說首爾有很多漂亮的小姐，希望我老公不要有任何事情才好…。

Ⅲ（市場某家店前）天空掛著一輪明月

農　　夫　（自言自語）老婆叫我幫她買個長得像月亮的…。
啊，這個長得跟月亮一樣圓圓的。老闆，這圓圓的東西是什麼呢？這是女人用的東西嗎？
店家老闆　啊，這個啊？這叫鏡子，很神奇喔。
（給農夫看鏡子）您瞧瞧吧。
農　　夫　鏡子？我看一下。（往鏡子裡頭一看嚇了一跳）
唉呀，裡頭有個不知哪來的男人。這人是誰啊？
店家老闆　他就是客人您啊。

農　　夫　什麼？你說這是我的臉嗎？
店家老闆　沒錯啊，客人您的臉長得就是這個樣子。
農　　夫　我居然長這個樣子…真神奇啊。
（到處看來看去，覺得非常有趣）
店家老闆　我算您便宜一點，買一個吧。
農　　夫　好，那給我一個。（付錢買鏡子）
店家老闆　它容易摔壞，您要小心拿喔。
農　　夫　好，祝你生意興隆。（返家）

Ⅳ（住家臥房）太太正在睡覺，農夫確認太太是否在睡覺後，拿出原先藏在衣櫃裡面的鏡子仔細查看。

農　　夫　這個真的很神奇，居然可以看到我自己的臉。再過幾天就是太太的生日，到時候送給她當禮物。在這之前得藏好。
（一個人邊看鏡子邊笑）
太　　太　（這時候太太突然起身）老公，你在幹嘛？
你以為我在睡覺嗎？你每天都自己一個人開心地看著那個東西，所以我今天才假裝睡覺。
那到底是什麼東西？我也要看。（太太欲搶奪鏡子）
農　　夫　不、不，這沒什麼。就跟妳說這沒什麼了嘛。
太　　太　（奪下鏡子往裡頭一瞧）什麼，這不是個年輕小姐嗎？
你居然從首爾帶小姐回家，還把她藏在這裡面。
天啊，你怎麼可以這樣？
（太太邊哭邊拿著鏡子往婆婆房間跑去）

Ⅴ（母親的房間）

太　　太　媽媽！就是啊…他上次去趟首爾，帶了一個年輕小姐回來。那女人就躲在這裡面，媽媽您看看。
母　　親　什麼？妳說年輕小姐？讓我看看。（從媳婦那邊搶下鏡子觀看）
唉呀，妳是誰啊？還不趕快給我出來？
天啊，這該如何是好呀？孩子啊，這並不是妳老公帶回來的小姐，而是你公公的女人啊。
（把正在睡覺的老公叫醒）老公，你在搞什麼？
你什麼時候帶了這個老女人回到家裡來啊？她是誰？快點說！
父　　親　什麼？妳說我帶老女人回家？我來瞧瞧。（觀看鏡子）
啊，這不是個老頭兒嗎？妳什麼時候瞞著我跟這老頭兒見面了？這傢伙是誰？
太　　太　不是啊，爸爸！這裡面是個年輕的小姐啊。
母　　親　什麼年輕小姐？不是，是一個老女人，剛剛還對我吼叫。
（彼此搶奪鏡子，不小心把鏡子摔落地面）
農　　夫　唉，這該如何是好呢？
（慢慢地）這叫做鏡子，是個能夠如實反映世界上所有東西的物品。
父親您看的話，就是父親的臉；母親您看的話，就是母親的臉。
還有，如果是老婆妳看的話，就會是老婆的臉。它就是一個這麼神奇的東西。現在摔破了，什麼也看不到了。
全體人員　（點頭）我們連這個都不曉得…。

부록 附錄

활동지 活動學習單

第10課 課堂活動

[상황 카드]

1	놀이공원	카페	도서관	마트	길
	소개팅	동아리	버스	도서관	?
2	아르바이트 하다	춤을 추다	데이트하다	책을 읽다	운동하다
	커피를 마시다	넘어지다	교통사고가 나다	?	?
3	마음씨가 착하다	생각이 잘 통하다	인상이 좋다	매력이 있다	?
4	부모님의 반대	성격 차이	유학	동아리 선배/후배	?
5	회사	친구 결혼식장	지하철 안	선을 보다	?
6	작년 여름, 제주도에 여행 가서	새해, 해가 뜨는 것을 보면서	내 생일, 사람들이 많은 거리에서	크리스마스, 명동에서 만나서	?

第11課　課堂活動

[역할 카드]

회사 담당자 카드

회사 이름 :	
업　　무 :	
근무 조건	연　　봉 :
	근무 시간 :
	승진 기회 :
	휴　　가 :
	기　　타 :

지원자 카드

회사 이름	①	②	③	④	⑤
업　　무					
연　　봉					
근무 시간					
승진 기회					
휴　　가					
기　　타					

第12課　課堂活動

[자세 그림]

[활동 카드]

201호 학생

내일 아침에 아주 중요한 시험이 있어서 지금 잠을 자지 않으면 안 된다. 그런데 옆집에서 파티를 하는 모양이다. 너무 시끄러워서 잠을 잘 수가 없다.

202호 학생

같이 공부하던 친구가 내일 귀국한다.
친구와 헤어지는 게 너무 슬프다.
친구들과 우리 집에 모여서 막 송별회를 시작했는데 옆방 친구가 찾아왔다.

세탁소 손님

세탁소에 며칠 전에 맡겼던 셔츠를 찾아 왔다. 집에 와서 보니까 여기 저기 색깔이 변했다. 내가 제일 아끼는 옷이다. 내일 면접시험 보러 갈 때 입고 가려고 했는데 큰일이다.

세탁소 주인

아내가 아파서 빨리 병원에 데리고 가야 한다. 세탁소 문을 닫으려고 하는데 아까 옷을 찾아간 손님이 다시 와서 옷에 문제가 있다고 한다. 빨리 가야 하는데 큰일이다.

원룸에 사는 유학생 (403호)

나는 고양이를 키우고 있다. 유학 생활 하면서 너무 외로워서 가족처럼 아끼는 고양이다. 그런데 주인이 내가 고양이를 키우는 걸 알고 화가 많이 나서 찾아왔다.

원룸 주인

나는 고양이를 싫어한다. 그런데 오늘 4층에 사는 학생이 몰래 고양이를 키우고 있다는 것을 알았다. 만약 고양이를 키우는 것을 알았다면 방을 빌려주지 않았을 것이다.

편의점 손님

나는 돈을 아껴 쓰고 항상 가계부를 쓴다. 그런데 오늘 가계부를 쓰면서 계산해 보니까 돈이 5,000원이나 모자란다. 아까 편의점에서 물건을 샀는데 아무래도 편의점 직원이 거스름돈을 잘못 준 것 같다.

편의점 직원

나는 편의점에서 아르바이트를 한다. 성격이 꼼꼼해서 실수한 적이 없다. 그런데 아까 물건을 사 간 손님이 와서 내가 거스름돈을 잘못 줬다고 한다. 분명히 제대로 준 것 같은데…….

원룸에 사는 학생 (301호)

지금은 추운 겨울이다. 그런데 방 보일러가 고장 나서 난방도 안 되고 따뜻한 물도 안 나온다. 지난번에도 보일러에 문제가 있어서 고쳤는데 또 고장이 났다. 너무 춥고 샤워도 할 수 없어서 불편해 죽겠다.

원룸 주인

301호 보일러가 또 고장 났다. 다른 방은 아무 문제가 없는데 301호 학생이 보일러 관리를 잘 못했기 때문이다. 벌써 두 번이나 고쳐 줬기 때문에 이번에는 고쳐 줄 수 없다.

第16課 課堂活動

[사물 그림]

第17課 課堂活動

[퀴즈 문제]

1. 날씨가 추우면 감기에 걸린다. (X) (바이러스 때문이다.)
2. 하루에 8시간은 꼭 잠을 자야 한다. (X) (수면의 질이 중요하다.)
3. 술을 마시면 체온이 올라간다. (X) (오히려 떨어진다.)
4. 사막에서 물이 없어서 죽은 사람보다 물에 빠져 죽은 사람이 더 많다. (○) (사막의 폭우 때문에 죽은 사람이 더 많다.)
5. 고래 등에서 나오는 것은 바닷물이다. (X) (공기가 나와 액화된 것이다.)
6. 어두운 곳에서 글을 읽으면 눈이 나빠진다. (X) (직접 상관은 없다.)
7. 고양이는 가지고 놀기 위해서 쥐를 잡는다. (○) (메뚜기, 지렁이를 더 좋아한다.)
8. 임신 중에 커피를 마시면 아기에게 나쁘다. (X) (근거가 없다.)
9. 담배를 피우면 살이 빠진다. (X) (오히려 복부 비만이 생긴다.)
10. 술을 마시면 잠을 잘 잘 수 있다. (X) (깊은 잠을 잘 수 없다.)
11. 맥주를 마신다고 살이 찌는 것은 아니다. (○) (안주 때문에 살이 찐다.)
12. 스트레칭은 운동을 한 후에 하는 게 좋다. (○) (근육 결합 효과가 있다.)
13. 나이가 들수록 살이 찐다. (X) (운동 부족으로 살이 찐다.)
14. 과일은 많이 먹어도 살이 안 찐다. (X) (칼로리가 높다.)
15. 눈이 좋아지려면 당근을 많이 먹어야 한다. (X) (소량으로 충분하다.)

문법 해설 文法解說

第 10 課

1. A/V-던 （回想過去）的…

과거의 상태나 행동을 회상하여 말할 때 사용한다.
用於回想過去狀態或行動，並進行陳述時。

형용사, 동사와 결합한다.
與形容詞、動詞結合使用。

	終聲 X	終聲 O
形容詞	싸다 → 싸**던**	있다 → 있**던**
動詞	마시다 → 마시**던**	먹다 → 먹**던**

例 여름에는 싸**던** 과일이 겨울이 되니까 비싸졌다.
夏天很便宜的水果，一到冬天就變貴了。
지하철 역 앞에 있**던** 떡볶이 가게가 문을 닫았어요.
原本在地鐵站前的辣炒年糕店結束營業了。
유학 생활 하면서 자주 먹**던** 싸고 맛없는 음식도 지금 생각하니 그립다.
留學時候經常吃的那些便宜又難吃的食物，現在想起來還有點懷念。

과거의 행동이 완료되지 않고 중단되었다는 것을 나타낼 때 사용한다.
用以表現過去未完全結束即被中斷的行為。

例 어제 하**던** 이야기를 계속해 봐. 繼續昨天沒聊完的話題吧。
마시**던** 우유를 냉장고에 안 넣으면 어떡해? 怎麼沒把沒喝完的牛奶放到冰箱呢？
내가 쓰**던** 연필이 어디 있는지 아무리 찾아도 안 보이네요.
剛剛還在用的鉛筆不曉得放在哪裡，怎麼找都沒看到。

'V-던'과 'V-(으)ㄴ'(2급 2과)와의 비교
「V-던」與「V-(으)ㄴ」（2A第2課）的比較。

V-던	V-(으)ㄴ
• 과거에 시작했지만 완료되지 않은 행동을 나타낸다. 表示已經開始執行卻未完全結束的行動。 例 어제 먹던 수박을 냉장고에 넣었다. (어제 수박을 먹다가 남아서 냉장고에 넣었다.) 把昨天吃剩的西瓜放進冰箱。 （昨天西瓜吃到還有剩，於是放進冰箱。） • 과거에 자주 한 행동을 나타낸다. 表示過去經常做的行為。 例 어렸을 때 **먹던** 수박이 요즘 수박보다 더 맛있었다. (어렸을 때 수박을 여러 번 먹었는데 그 수박이 요즘 먹는 수박보다 더 맛있었다고 생각한다.) 小時候吃的西瓜，比最近吃的西瓜要來得好吃。 （小時候吃過好幾次西瓜，但覺得那時候的西瓜比最近吃的西瓜要來得好吃。）	• 과거에 완료된 행동을 나타낸다. 表示已經於過去完成的行動。 例 어제 내가 먹**은** 과일은 수박이다. (어제 나는 수박을 먹었다.) 昨天我吃的水果是西瓜。 （昨天我吃了西瓜。）

2. A/V-잖아(요) 不是…嗎？

듣는 사람이나 다른 사람들도 알고 있는 것을 확인하거나 상대방이 잘 기억하지 못하는 것을 알려 줄 때 사용한다.

此句型用於確認聽者或其他人已經知道的某事，或告知聽者他並不是記得很清楚的某事時。

형용사, 동사와 결합한다.

與形容詞、動詞結合使用。

	終聲 X	終聲 O
形容詞	싸다 → 싸**잖아요**	있다 → 있**잖아요**
動詞	마시다 → 마시**잖아요**	먹다 → 먹**잖아요**

例 부산에 갈 때는 KTX를 타고 가는 게 어때요? KTX가 빠르고 편하**잖아요**.

去釜山的時候，搭KTX（高鐵）去如何呢？KTX既快又方便不是嗎？

우산을 가지고 가세요. 비가 오**잖아요**. 帶雨傘去吧！現在不是在下雨嗎？

삼겹살은 안 돼요. 알리 씨는 돼지고기를 못 먹**잖아요**.

五花肉不行啊，阿里不是不能吃豬肉嗎？

민수 씨와 함께 가면 걱정 없어요. 전에 태권도 선수였**잖아요**.

和民秀一起去的話就不用擔心了，他以前是跆拳道選手不是嗎？

구어체 표현이다.

此句型為口語體表現。

일반적으로 친구 관계나 친한 사이에서 쓰거나 말하는 사람보다 아랫사람에게 쓴다. 윗사람에게 쓰면 가르치는 듯한 느낌을 줄 수 있으므로 조심해야 한다.

一般用於朋友、熟識之人或比話者年紀小、地位低的人。若對長輩使用的話，會讓人有類似在教育他人某事的語感，使用時應注意。

'A/V-잖아요' 와 'A/V-거든요'(3급 6과)의 비교

「A／V-잖아요」與「A／V-거든요」（3A第6課）的比較。

A/V-잖아요	A/V-거든요
• 상대방도 알고 있는 이유를 말할 때 사용한다. 用以陳述對方也已經知道的理由。 例 이번 달엔 생활비가 모자라요. 텔레비전이 고장 나서 새로 샀**잖아요**. 這個月生活費不夠。之前我們不是才因為電視機故障而買了一台新的嗎？	• 상대방은 모르고 나만 아는 이유를 말할 때 사용한다. 用以說明對方不知道，只有我才知道的理由。 例 내일은 공항에 가야 해요. 부모님이 오시**거든요**. 明天我得去機場，因為父母親要來。

3. V-(으)ㄹ 생각[계획, 예정]이다 打算（計畫、預定）…

앞으로의 생각이나 계획을 말할 때 쓴다.

用以說明未來的想法或計畫。

동사와 결합한다.

與動詞結合使用。

	終聲 X	終聲 O
動詞	결혼하다 → 결혼**할 생각이다**	읽다 → 읽**을 생각이다**

例 내 친구는 평생 결혼은 안 하고 연애만 **할 생각이라고** 한다.

我的朋友說他打算一輩子不結婚，只談戀愛。

유학을 마치고 고향에 돌아가면 취직을 **할 생각입니다**.

我打算留學結束後，回到家鄉工作。

건강이 나빠져서 앞으로는 몸에 좋은 음식만 먹**을 생각이다**.

因為身體變差，所以未來我打算只吃對身體有益的食物。

오늘은 속이 안 좋아서 회식 자리에서 술을 안 마**실 생각이에요**.

今天肚子有點不太舒服，所以我打算聚餐的時候不要喝酒。

'-(으)ㄹ 예정이다'는 이미 정해져서 구체화된 미래의 일에 대해 말할 때만 쓴다.
「-(으)ㄹ 예정이다」僅用來陳述已經決定且具體化的未來之事。

例 내년 3월부터 한국전자에 **다닐 예정이에요**. 我預定明年3月開始到韓國電子上班。

4. V-(으)려면 멀었다 要…的話還早呢

말하는 시점에서 앞으로 하려고 하는 어떤 일이 일어나기까지 많은 시간이 남았을 때 쓴다.
表示從說話當下到想執行的事情實現為止，還有很長久的時間。

동사와 결합한다.
與動詞結合使用。

	終聲 X	終聲 O
動詞	가다 → 가**려면 멀었다**	먹다 → 먹**으려면 멀었다**

例 남자 친구가 군대에 간 지 얼마 안 됐다. 제대하**려면** 아직 **멀었다**.
男朋友剛去當兵沒多久，要退伍的話還早呢。
내 꿈은 세계적으로 유명한 큰 회사를 만드는 것이다. 꿈이 이루어지**려면** 아직 **멀었다**.
我的夢想是創立一家世界知名的大公司，但要實現夢想的話還早呢。
내 동생은 아직 초등학생이다. 어른이 되**려면 멀었다**.
我弟弟還是個小學生，要變大人還早呢。
박사 과정 마지막 학기인데 논문 쓰기는 시작도 못 했다. 논문을 다 쓰**려면** 아직 **멀었다**.
現在是博士學程的最後一學期，但論文都還沒開始寫，要完成論文還早呢。

第 11 課

1. V-이/히/리/기/우-(사동) 使動詞

사동의 의미를 나타내며 주어가 목적어에 직접 어떤 행동을 할 때 사용한다.
具有「使動」的含意，用於主語直接對目的語進行某種行為動作時。

동사와 결합한다.
與動詞結合使用。

이	히	리	기	우
먹다 – 먹**이**다 죽다 – 죽**이**다 붙다 – 붙**이**다 끓다 – 끓**이**다 보다 – 보**이**다	읽다 – 읽**히**다 입다 – 입**히**다 앉다 – 앉**히**다 눕다 – 눕**히**다 맞다 – 맞**히**다	살다 – 살**리**다 알다 – 알**리**다 돌다 – 돌**리**다 울다 – 울**리**다	벗다 – 벗**기**다 신다 – 신**기**다 웃다 – 웃**기**다 맡다 – 맡**기**다 감다 – 감**기**다 씻다 – 씻**기**다	자다 – 재**우**다 서다 – 세**우**다 타다 – 태**우**다 쓰다 – 씌**우**다 깨다 – 깨**우**다

例 의사가 환자에게 약을 먹**였**어요. 醫生餵病患吃藥。
고양이가 쥐를 죽**였**어요. 貓殺死了老鼠。
선생님이 학생들에게 책을 읽**혔**어요. 老師讓學生們讀書。
엄마가 아이에게 따뜻한 옷을 입**혔**어요. 媽媽幫孩子穿上溫暖的衣服。
그 의사 선생님이 죽어가던 환자를 살**렸**어요. 那醫生救活了快死掉的病患。
선생님이 학생들에게 시험 결과를 알**려** 주셨어요. 老師告知學生考試結果。
제가 친구의 모자를 벗**겼**어요. 我脫掉朋友的帽子。
엄마가 아이에게 양말을 신**겼**어요. 媽媽幫孩子穿上襪子。
엄마가 아이를 재**워**요. 媽媽哄小孩睡覺。
경찰이 신호를 어긴 차를 세**웠**어요. 警察使違反號誌的車停了下來。

✚ 사동사는 다음과 같은 문장에서 쓰인다.

使動詞用於如下的句子中。

(1) N1이 N2를 V-이/히/리/기/우-	例 어제 제가 모기를 죽**였**어요. 昨天我殺了蚊子。 그 코미디언이 사람들을 잘 웃**겨**요. 那位搞笑演員擅長逗人發笑。 택시 기사가 (택시에) 손님을 태**워**요. 計程車司機（用計程車）載客人。
(2) N1이 N2에게 N3을 V-이/히/리/기/우-	例 동생이 고양이에게 우유를 먹**여**요. 弟弟餵貓喝牛奶。 간호사가 환자에게 환자복을 입**혔**어요. 護士幫病患換穿病人服。 엄마가 출근할 때 옆집 아주머니에게 아이를 맡**겨**요. 媽媽上班的時候，將孩子託放在隔壁大嬸家。
(3) N1이 N2의 N3을 V-이/히/리/기/우-	例 어머니가 아이의 손을 씻**겨**요. 媽媽幫孩子洗手。 누나가 동생의 신발을 벗**겼**어요. 姐姐脫下了弟弟的鞋。 미용사가 손님의 머리를 감**겨** 주었어요. 美容師幫客人洗頭髮。

사동사는 다른 사람에게 일을 시키는 것이므로 '-어 주다'를 덧붙여서 사용할 때가 많다.

使動詞因為是用來讓他人做某事的詞彙，所以常與「-어 주다」結合使用。

例 보**이**다 - 보**여 주다**　　먹**이**다 - 먹**여 주다**

태**우**다 - 태**워 주다**　　벗**기**다 - 벗**겨 주다**

여권을 보**여 주세요**. 請給我看一下護照。

제가 동생에게 우유를 먹**여 줬어요**. 我餵了弟弟喝牛奶。

자전거에 저를 좀 태**워 주세요**. 請用腳踏車載我一下。

어머니는 아침마다 제 머리를 빗**겨 주셨어요**. 媽媽每天早上都幫我梳頭髮。

동사에 '-이/히/리/기/우-'를 붙여서 모두 사동사를 만들 수 있는 것은 아니다. '-이/히/리/기/우-' 이외에도 'V-게 하다'를 붙여서 사동사를 만들 수 있다. (☞ 3급 17과 참고)

並非所有動詞都可以與「-이／히／리／기／우」結合變成使動詞，因此除了「-이／히／리／기／우」以外，動詞還可以使用「-게 하다」的文法來變成使動。（☞請參考3B第17課）

2. A-다면, V-ㄴ다면/는다면, N(이)라면 如果說…的話

어떠한 사실을 가정하여 그 조건에 따른 행위를 하거나 그러한 상태에 있음을 나타낼 때 쓴다.

用來假定某種事實，並根據假定條件來進行某種行動或呈現出某種狀態。

형용사, 동사, 명사와 결합한다.

與形容詞、動詞、名詞結合使用。

	終聲 X	終聲 ○
形容詞	착하다 → 착하**다면**	어렵다 → 어렵**다면**
動詞	오다 → **온다면**	먹다 → 먹**는다면**
名詞	부자 → 부자**라면**	방학 → 방학**이라면**

例 내가 돈이 많**다면** 어려운 사람들을 도와주겠어요.

如果說我有很多錢的話，我要援助那些有困難的人。

만약 아르바이트를 못 구한**다면** 휴학해야 할지도 몰라요.

萬一如果說我找不到打工的話，搞不好我就得休學。

만약에 내가 너**라면** 그 사람한테 좋아한다고 고백할 거야.

萬一如果說我是你的話，我就會向他告白說我喜歡他。

과거의 일을 가정할 때에는 '-았다면/었다면'을 쓴다.

若欲假設過去之事時，應使用「-았다면／었다면」。

例 여행 갔을 때 날씨가 **나빴다면** 재미있게 놀지 못했을 거예요.
那時候去旅行，如果說天氣不好的話，應該就沒辦法玩得很盡興。
만일 그때 그 여자랑 결혼**했다면** 지금쯤 아이가 초등학생이었을 텐데…….
如果說那時候我跟那個女生結婚的話，現在孩子應該已經上小學了吧。

'-다면' 앞에 '만약(에)' 또는 '만일(에)'를 함께 사용하면 의미가 강조된다.
「-다면」前若加「만약（에）」或「만일（에）」時，有強調之意。

例 **만약에** 이번에도 취직을 못 **한다면** 가족들이 많이 실망할 거예요.
萬一如果說我這次也沒找到工作的話，我的家人應該會很失望。

'-다면'과 '-(으)면'(1급 15과)의 비교
「-다면」與「-(으)면」（1B第15課）的比較。

-다면	-(으)면
• 실현 가능성이 낮거나 사실이 아닐 경우에 많이 쓴다. 常用於實現可能性低或非屬事實之情形。 例 하와이에 눈이 **온다면** 바닷가에서 눈사람을 만들겠어요. (○) 如果說夏威夷下雪的話，就可以在海邊堆雪人了。 봄이 **온다면** 꽃이 필 거예요. (X) 如果說春天來的話，花就會開。	• 실현 가능성이 높을 경우에 주로 쓴다. 主要用於實現可能性高之情形。 例 내일 눈이 **오면** 축구하지 말자. (○) 如果明天下雪的話，我們就不要踢足球吧。 하와이에 눈이 **오면** 축구하지 말자. (X) 如果夏威夷下雪的話，我們就不要踢足球吧。

3. 무엇이든(지), 무슨 N(이)든(지) 不管什麼、不論是…

여러 가지 중에서 어느 것을 선택해도 상관이 없음을 나타낼 때 쓴다.
表示在眾多事物中，選擇哪一個都無所謂。

명사와 결합한다.
與名詞結合使用。

	終聲 X	終聲 O
名詞	언제 → 언제**든지**	무슨 일 → **무슨** 일**이든지**

例 신입 사원 스도 마리코입니다. **무슨** 일**이든지** 시켜 주십시오.
我是新進員工須藤麻里子，不管什麼事情都可以吩咐我。
저는 **무엇이든지** 다 잘 먹으니까 유진 씨가 먹고 싶은 걸로 먹어요.
我什麼東西都能吃，所以就吃宥珍妳想吃的吧。
우리 어머니는 요리하는 걸 좋아해서 **무슨** 음식**이든지** 잘하세요.
我母親很喜歡烹飪，所以不管什麼食物都很擅長。

'무엇이든지' 외에 '언제든지', '어디든지', '누구든지', '얼마든지', '어디에서든지'로도 사용할 수 있다.

除了「무엇이든지」之外，還可使用「언제든지」、「어디든지」、「누구든지」、「얼마든지」與「어디에서든지」等。

例 이 책은 **어디에서든지** 살 수 있어요. 這本書不管在哪裡都可以買得到。

궁금한 게 있으면 **언제든지** 연락하세요. 如果你想知道些什麼，請隨時與我聯絡。

'어떤', '어느'와 결합한 형태로도 많이 사용하는데 그 쓰임이 제한적이다.

亦常與「어떤」或「어느」結合使用，但此種用法有其侷限性。

例 저는 **어떤** 영화**든지** 다 괜찮으니까 민수 씨가 보고 싶은 영화로 정하세요.

不管什麼類型的電影我都可以接受，所以就看民秀你想看的電影吧。

그 식당 음식은 **어느** 것이**든지** 다 맛있어서 인기가 많아요.

那家餐廳的食物不管哪一道都很好吃，所以很受歡迎。

第 12 課

1. V-았더니/었더니 做了…然後…

과거에 한 행동 다음에 일어난 상황이나 결과를 표현할 때 쓴다. 주로 선행절의 내용이 후행절의 원인이 된다.

用以表現做完某事之後所產生的情況或結果。前行句的內容通常為後行句的原因。

동사와 결합한다.

與動詞結合使用。

	ㅏ, ㅗ	하다	ㅓ, ㅜ, ㅣ……
動詞	가다 → **갔더니**	하다 → **했더니**	먹다 → 먹**었더니**

例 아침에 일찍 학교에 **갔더니** 아무도 없었다.

早上很早就去了學校，結果發現一個人也沒有。

겨울에 동물원에 **갔더니** 동물이 별로 없었다.

冬天的時候去了動物園，結果發現沒什麼動物。

바나나 껍질로 가죽점퍼를 닦**았더니** 얼룩이 생겼다.

用香蕉皮擦了皮製夾克，結果就產生了斑點。

딱딱한 의자에 오래 앉아 있**었더니** 허리가 아프다.

長時間坐在堅硬的椅子上，結果腰很不舒服。

몰래 언니 옷을 입고 나**갔더니** 언니가 화를 냈다.

偷穿姐姐的衣服出去，結果姐姐大發脾氣。

✚ 선행절과 후행절의 주어는 서로 다르다.
前行句與後行句的主詞互為不同。

例 (동생이) 머리가 아파서 병원에 **갔더니** (의사가) 귓속에 벌레가 들어가서 그런 거라고 했다. （弟弟）因為頭痛去了醫院，結果（醫生）說是耳朵有蟲子跑進去才會如此。

✚ 보통 선행절의 주어는 1인칭이 되는 경우가 많다.
前行句的主詞通常為第一人稱。

例 (내가) 교과서를 사러 **갔더니** (책이) 다 팔리고 없었다.
（我）去買教科書，結果發現（書）都賣完了。

✚ 자신의 상태를 나타낼 때는 후행절의 주어가 1인칭이 될 수 있다.
陳述自我狀態時，後行句的主詞可以是第一人稱。

例 (내가) 등산을 오래 **했더니** (내가) 피곤했다.
（我）爬了好久的山，（我）真累。

✚ '-았더니/었더니'와 '-더니(3급 7과)'와의 비교
「-았더니／었더니」與「-더니」（3A第7課）的比較。

-았더니/었더니	-더니
• 선행절에서 한 행동 다음에 오는 결과를 표현한다. 表示完成前行句行動後的結果。 例 요즘 밤에 많이 먹**었더니** 살이 많이 쪘다. 最近晚上吃得太多，變胖了不少。 • 대조의 의미로 사용하지 않는다. 不具有對照的含意。 例 어제는 기운이 없**었더니** 오늘은 기운이 넘치는구나. (X) 昨天無精打采，而今天顯得活力十足啊。 • 선행절의 주어는 주로 1인칭이다. 前行句的主詞通常為第一人稱。 例 (내가) 도서관에 **갔더니** 문이 닫혀 있었다. （我）去圖書館後，結果發現大門深鎖。 • 선행절과 후행절의 주어가 다르다. 前行句與後行句的主詞不同。 例 내가 선물을 주**었더니** 친구가 고맙다고 했다. 我給了禮物之後，朋友向我道謝。	• 과거 행동의 관찰 후 상황을 연결하여 말할 때 쓴다. 觀察過去某行為之後，連結該行為與其結果來進行陳述。 例 누나가 열심히 태권도를 배우**더니** 태권도 선수가 되었다. 姐姐努力學習跆拳道之後，變成了跆拳道選手。 • 대조의 의미로 사용한다. 具有對照含意。 例 어제는 기운이 없**더니** 오늘은 기운이 넘치는구나. 昨天無精打采，而今天顯得活力十足啊。 • 선행절의 주어는 주로 2인칭이나 3인칭이다. 前行句的主詞通常為第二人稱或第三人稱。 例 (내가, 아이가) 어제는 밥을 잘 먹**더니** 오늘은 밥을 잘 안 먹네. 小孩昨天飯吃得好好的，今天又不吃了。 • 선행절과 후행절의 주어가 같다. 前行句與後行句主詞一致。 例 동생이 열심히 공부하**더니** (동생이, 내가) 시험을 잘 봤다. 弟弟很用功念書，所以弟弟考試考得很好。

2. 얼마나 A-(으)ㄴ지 모르다/V-는지 모르다 都不知道有多⋯

어떤 상태나 행위를 강조하여 말할 때 쓴다.
用於強調某狀態或行為。

형용사, 동사와 결합한다.
與形容詞、動詞結合使用。

	終聲 X	終聲 O
形容詞	크다 → **얼마나 큰지**	작다 → **얼마나** 작**은지**
動詞	자다 → **얼마나** 많이 자**는지**	먹다 → **얼마나** 많이 먹**는지**

例 이 드라마가 **얼마나** 슬**픈지 몰라요**. 你都不曉得這部電視劇有多悲傷。
유학 생활을 오래 하면 **얼마나** 외로**운지 몰라요**.
留學這麼久，你都不曉得生活有多寂寞。
우리 부모님은 건강에 **얼마나** 신경을 많이 쓰시**는지 모릅니다**.
你都不曉得我父母親有多麼注意健康。
내 동생은 5살이지만 **얼마나** 많이 먹**는지 모릅니다**.
我弟弟雖然只有5歲，但你都不知道他有多麼會吃。

동사와 결합할 경우, 보통 부사가 함께 쓰인다.
與動詞結合使用時，常會添加副詞來修飾。

例 내 동생은 밥을 **얼마나** 많이 먹**는지 모른다**.
你都不曉得我弟弟有多麼會吃飯。

말할 때는 '-(으)ㄴ데요'의 형태로 자주 쓴다.
講話時，常與「-(으)ㄴ데요」結合使用。

例 제주도가 **얼마나** 경치가 좋**은데요**. 你都不曉得濟州島的風景有多麼棒。

3. A-(으)ㄴ 모양이다, V-는 모양이다, N인 모양이다 似乎⋯、好像⋯

어떠한 근거를 바탕으로 일어나고 있는 상황을 추측할 때 쓴다.
根據某事來推測某個正在發生的情況。

형용사, 동사, 명사와 결합한다.
與形容詞、動詞、名詞結合使用。

	終聲 X	終聲 O
形容詞	크다 → **큰 모양이다**	덥다 → 더**운 모양이다**
動詞	가다 → 가**는 모양이다**	듣다 → 듣**는 모양이다**
名詞	휴가 → 휴가**인 모양이다**	학생 → 학생**인 모양이다**

例 아이가 우는 걸 보니 배가 많이 고**픈 모양이에요**.

看孩子在哭的模樣，我想他應該是肚子很餓吧。

민수 씨가 집에 오자마자 자는 걸 보니 많이 피곤**한 모양이에요**.

看民秀一回到家就睡，似乎是很累的樣子

백화점에 사람이 많네요. 오늘부터 세일을 하**는 모양이에요**.

百貨公司人好多，似乎是從今天開始有特賣活動。

동생이 조용하네요. 방에서 책을 읽**는 모양이에요**.

弟弟很安靜，看來應該是在房裡讀書。

밖이 시끄럽네요. 쉬는 시간**인 모양이에요**.

外面好吵喔，看來應該是休息時間的樣子。

점심시간**인 모양이에요**. 사무실이 조용하네요.

現在應該是午餐時間吧，辦公室裡很安靜。

➕ 동사의 경우 현재, 과거, 미래 시제와 모두 결합할 수 있다.

若敘述語為動詞，則可與現在、過去、未來時制結合使用。

例 (우산을 쓰고 가는 사람들을 보고) 지금 비가 오**는 모양이에요**.

（看人們拿著雨傘）現在似乎正在下雨。

(비에 젖은 땅을 보고) 어젯밤에 비가 **온 모양이에요**.

（看著因雨而濕潤的土地）昨晚似乎下了雨。

(흐린 하늘을 보고) 이따가 비가 **올 모양이에요**.

（看著陰陰的天空）待會似乎要下雨了。

➕ '-(으)ㄴ/는 모양이다'는 주변 상황이나 분위기 등을 보고 그것을 통해 그럴 것이라고 짐작하는 경우에 쓴다. 그러므로 말하는 사람이 직접 경험한 사실을 표현할 때는 쓰지 않는다.

「-(으)ㄴ／는 모양이다」用來表示話者，透過周邊狀況或氛圍等來推測可能是某種情形，因此本句型不可用來表現話者所親身經歷的事情。

例 저 식당 앞에는 항상 사람들이 줄을 서 있어요. 음식이 정말 맛있**는 모양이에요**. (○)

那家餐廳前總是有人在排隊，那邊的食物似乎是真的很好吃。

새로 문을 연 식당에서 밥을 먹었는데 맛있**는 모양이에요**. (X)

我在新開的餐廳吃過飯，那邊的食物似乎很好吃。

'-(으)ㄴ/는 모양이다'와 '-(으)ㄴ가/나 보다'(3급 4과), '-(으)ㄴ/는 것 같다'(2급 4과)와의 비교

與「-(으)ㄴ/는 모양이다」、「-(으)ㄴ가/나 보다」(3A第4課)、「-(으)ㄴ/는 것 같다」(2A第4課)的比較。

<table>
<tr><th>-(으)ㄴ/는 모양이다</th><th>-(으)ㄴ가/나 보다</th><th>-(으)ㄴ/는 것 같다</th></tr>
<tr><td colspan="3">추측하거나 짐작할 때 쓴다.
用以推測或估量。</td></tr>
<tr><td>• 좀 더 공식적인 의미가 있어서 공식적인 상황이나 글에 더 적당하다.
具較正式的語感，適合用於正式的場合或文章中。
例 사장님께서 조금 늦으시는 모양입니다. 잠시만 더 기다려 주시기 바랍니다.
老闆好像會晚一點到，希望您能夠再稍候一下。</td><td>• 좀 더 비공식적인 의미가 있어서 말할 때 더 적당하다.
較不具正式的語感，適合用於口語中。
例 스티븐이 학교에 안 온 걸 보니 집에서 자고 있나 봐요.
史提芬沒來學校，看來應該是在家裡睡覺吧。</td><td>• 자신의 생각이나 의견을 표현할 때에도 쓴다.
亦可用於表達自身想法或意見時。
例 날씨가 많이 따뜻해진 것 같아요.
天氣好像變暖和許多。</td></tr>
<tr><td colspan="2">• 말하는 사람이 직접 경험 없이 간접 경험만으로 짐작할 때 쓴다.
僅能用來推測說話者未親身經歷，而以間接方式來感受之事。
(신발만 보고) "발이 큰가 봐요." (O)
(只看到鞋子)腳好像很大。
(발만 보고) "발이 큰가 봐요." (X)
(只看到腳)腳好像很大。</td><td>• 간접 경험 또는 직접 경험한 사실에 대해서 짐작할 때 모두 쓴다.
不管是透過間接感受或親身經歷之事，均可以進行推測。
(신발만 보고) "발이 큰 것 같아요." (O)
(只看到鞋子)腳好像很大。
(발만 보고) "발이 큰 것 같아요." (O)
(只看到腳)腳好像很大。</td></tr>
</table>

4. A/V-아야/어야, N이어야/여야 …才…

선행절의 행위나 상태가 후행절의 상황이 되기 위한 필수적인 조건임을 나타낼 때 쓴다.

前行句的行為或狀態為完成後行句情況的必要條件。

형용사, 동사, 명사와 결합한다.

與形容詞、動詞、名詞結合使用。

	ㅏ, ㅗ	하다	ㅓ, ㅜ, ㅣ……
形容詞	싸다 → **싸야**	조용하다 → 조용**해야**	멀다 → 멀**어야**
動詞	오다 → **와야**	운동하다 → 운동**해야**	먹다 → 먹**어야**

	終聲 X	終聲 O
名詞	휴가 → 휴가**여야**	학생 → 학생**이어야**

例 내일 날씨가 좋**아야** 보름달을 볼 수 있을 텐데요.
明天天氣得要好一點，才能夠看到滿月啊。
음식이 맵지 않**아야** 아이들이 먹을 수 있을 거예요.
食物必須不辣，孩子們才可以吃。
오늘 이 보고서를 다 **써야** 내일 회의에 참석할 수 있어요.
今天得把這報告完成，明天才可以參加會議。
불고기는 채소와 같이 먹**어야** 맛있고 건강에도 좋아요.
韓式烤肉得和蔬菜一起吃，才會好吃又有益健康。
키가 120cm 이상**이어야** 이 놀이 기구를 탈 수 있어요.
身高須滿120公分，才可以搭遊樂設施。

명사와 결합할 경우 '(이)라야'의 형태로도 쓴다.
與名詞結合使用時，亦可以「(이)라야」的樣態來呈現。

例 이 학교 학생**이라야** 도서관에서 책을 빌릴 수 있어요.
唯有這所學校的學生才可到圖書館借書。

'-아야/어야' 뒤에는 명령문과 청유문을 쓰지 않는다.
「-아야／어야」後不使用命令句與勸誘句。

例 커피를 마**셔야** 일을 시작할 수 있어요. (○) 我必須喝咖啡才可以開始工作。
커피를 마**셔야** 일을 시작하세요. (X) 請必須喝咖啡才開始工作。

의미를 강조하기 위해 조사 '만'과 결합된 '-아야만/어야만'의 형태로도 쓴다.
為強調其含意，亦可用與「만」結合使用的「-아야만／어야만」。

例 운동을 해**야만** 건강을 지킬 수 있다. 必須得運動才可以維持健康。

第 13 課

1. A/V-(으)ㄹ까 봐 恐怕…、害怕…

바라지 않는 일이 생길 것을 미리 걱정할 때 사용한다.
用於擔心會發生不期望出現之事時。

형용사, 동사와 결합한다.
與形容詞、動詞結合使用。

	終聲 X	終聲 O
形容詞	아프다 → 아**플까 봐**	춥다 → 추**울까 봐**
動詞	막히다 → 막**힐까 봐**	먹다 → 먹**을까 봐**

例 아이스크림을 많이 먹으면 배가 아**플까 봐** 조금만 먹었어요.

因為害怕吃太多冰淇淋會肚子痛，所以只吃了一點。

날씨가 추**울까 봐** 코트를 입고 왔는데 별로 안 춥네요.

因為擔心天氣冷，所以穿了大衣出門，結果根本不怎麼冷。

길이 막**힐까 봐** 일찍 출발했는데 하나도 안 막혀서 한 시간이나 일찍 도착했어.

因為怕塞車所以提早出發，結果一點都不塞，還提早一個小時抵達。

아이가 과자를 너무 많이 먹**을까 봐** 과자 상자를 숨겨 놓았어요.

因為怕孩子吃太多餅乾，所以把餅乾盒藏了起來。

➕ 후행절의 행동이나 걱정의 이유를 설명하는 표현이다. 보통 아직 일어나지 않은 일을 추측해서 걱정할 때 쓴다.

此句型用來說明為何從事後行句行為及擔心的理由，通常用來推測、擔憂尚未發生之事。

例 날씨가 추워서 옷을 많이 입었어요. 因為天氣冷所以穿了很多衣服。

- 날씨가 추**울까 봐** 옷을 많이 입었어요. 因為擔心天氣會冷，所以穿了很多衣服。

내일 여행 가는데 비가 많이 와서 걱정이에요.

明天要去旅行，但因為現在雨下很大，所以很令人擔心。

- 내일 여행 가는데 비가 많이 **올까 봐** 걱정이에요.

明天要去旅行，但很擔心明天會下大雨。

- 후행절에 미래 시제가 오지 않는다.

後行句不使用未來時制的句子。

例 졸업 못**할까 봐** 열심히 공부했어요. (○) 因為擔心無法畢業，所以我很努力念書。

졸업 못**할까 봐** 열심히 공부할 거예요. (X) 因為擔心無法畢業，所以我將會努力念書的。

2. V-고 있다 …著

상태의 계속, 유지를 의미하며 주로 옷차림이나 용모를 묘사할 때 사용한다.

用以表現狀態的持續，主要用來描述人們的穿著與外貌。

착용 동사와 결합한다.

與穿戴類的動詞結合使用。

V-고 있다	복장 服裝
입다 → 입**고 있다**	옷, 수영복, 잠옷, 교복, 앞치마 등　衣服、泳衣、睡衣、校服、圍裙等
신다 → 신**고 있다**	양말, 신발, 구두, 운동화 등　襪子、鞋子、皮鞋、運動鞋等
쓰다 → 쓰**고 있다**	모자, 안경, 우산 등　帽子、眼鏡、雨傘等
차다 → 차**고 있다**	시계, 팔찌 등　手錶、手環等
끼다 → 끼**고 있다**	장갑, 반지, 안경, 선글라스, 렌즈 등 手套、戒指、眼鏡、太陽眼鏡、隱形眼鏡等
매다 → 매**고 있다**	넥타이, 구두끈, 스카프 등　領帶、鞋帶、絲巾等
메다 → 메**고 있다**	가방, 배낭, 핸드백 등　包包、背包、手提包等
들다 → 들**고 있다**	가방, 우산, 지팡이 등　包包、雨傘、枴杖等
하다 → 하**고 있다**	머리띠, 허리띠, 귀걸이, 목걸이, 브로치 등 髮箍、皮帶、耳環、項鍊、胸針等

例 양복을 입고 우산을 들**고 있는** 사람이 우리 형이에요.

那個穿西裝拿雨傘的人就是我哥。

실내 수영장에서 사람들이 수영복을 입고 수영 모자를 쓰**고 있어요**.

在室內游泳池裡，人們穿著泳衣、戴著泳帽。

여행 갈 때 편한 옷과 큰 배낭을 메**고 가요**.

去旅行時，穿著輕便衣服和背著大背包去。

➕ 입다, 신다 등의 착용 동사가 '가다, 오다, 다니다, 들어가다, 자다, 일하다' 등의 동사와 함께 쓰일 때에는 연결 어미 '-고'를 써서 '입고 가다', '신고 다니다'가 된다.

「입다、신다」等穿戴類動詞與「가다、오다、다니다、들어가다、자다、일하다」等動詞結合使用時，應使用連結語尾「-고」，以形成「입고 가다」或「신고 다니다」的樣態。

例 학교에 교복을 입**고 다녀요**. 穿著校服上學。

실내 수영장에는 수영복을 입**고 들어가야** 합니다. 必須穿著泳衣進入室內游泳池。

잘 때 잠옷을 입**고 자지** 않으면 불편해요. 睡覺的時候不穿著睡衣的話，會不舒服。

➕ 두 개 이상의 복장에 대해 함께 묘사할 때는 'N에 N을/를 V-고 있다'로 표현할 수 있다.

想要描述兩種以上的穿著樣式時，可用「N에 N을／를 V-고 있다」的句型來表現。

例 분홍색 한복**에** 흰 고무신**을** 신**고 있는** 분이 제 어머니세요.

穿著粉紅色韓服跟白色膠鞋的人，就是我的母親。

내일은 모두 함께 축구장에 응원을 가니까 빨간색 티셔츠**에** 청바지**를** 입**고** 오세요.

明天所有的人都要一起去足球場加油，請記得穿紅色T恤加牛仔褲。

3. A/V-았어야/었어야 했는데 （本來）應該要…的

과거의 어떤 일이 일어났으면 좋았거나 일어나지 않았으면 좋았다고 가정해 보며 아쉬움을 나타낼 때 쓴다.

針對已經發生的事情進行假設，希望該事能夠發生或不要發生，並表達心中的惋惜之意。

형용사, 동사와 결합한다.

與形容詞、動詞結合使用。

	ㅏ, ㅗ	하다	ㅓ, ㅜ, ㅣ……
形容詞	좋다 → 좋**았어야 했는데**	따뜻하다 → 따뜻**했어야 했는데**	크다 → **컸어야 했는데**
動詞	가다 → **갔어야 했는데**	하다 → **했어야 했는데**	먹다 → 먹**었어야 했는데**

例 우리가 여행 갔을 때 날씨가 좋**았어야 했는데** 비가 와서 구경을 잘 못 했다.

我們去旅行的時候天氣應該要好一點的…因為下雨的關係，導致無法好好參觀。

여행에서 잠자리가 편**했어야 했는데** 그렇지 못해서 고생을 많이 했다.

旅行的時候，睡覺的地方應該要舒服一點的…那時候因為睡鋪不舒服，讓大家都受苦了。

아침에 일찍 일어**났어야 했는데** 늦게 일어나서 지각했다.

早上應該要早點起床的…因為睡過頭所以遲到了。

저녁을 많이 먹었더니 배가 아프다. 적당히 먹**었어야 했는데**…….

晚上吃太多肚子好痛，應該適量吃就好的…。

명사와도 결합할 수는 있으나 쓰임이 매우 제한적이다.

此句型儘管也可以和名詞結合使用，但使用上有其侷限性。

例 네 첫사랑이 나**였어야 했는데**…….

你的初戀應該要是我才對啊…。

4. V-도록 使…、讓…

뒤에 오는 행동의 목적이나 이유를 나타낼 때 쓴다.

表現後面行動的目的或理由。

주로 동사와 결합한다.

主要與動詞結合使用。

	終聲 X	終聲 O
動詞	지나가다 → 지나가**도록**	읽다 → 읽**도록**

例 구급차가 지나가**도록** 옆으로 비켜 주세요.

請往旁邊讓開，好讓救護車可以過去。

누구나 볼 수 있**도록** 글씨를 크게 써 주세요.

請把字寫大一點，好讓大家都可以看得到。

아이들이 집중해서 책을 읽**도록** 텔레비전을 꺼 주세요.

請關掉電視，好讓孩子們可以專心讀書。

고장이 나지 않**도록** 물건을 조심해서 사용해야 합니다.

我們應該小心使用物品以免故障。

의자가 흔들리지 않**도록** 꽉 잡아 주세요.

請抓緊以防椅子晃動。

➕ '-도록'을 '-게'로 바꿔 써도 큰 의미 차이가 없다.

「-도록」可替換成「-게」，意思上並無太大差異。

例 구급차가 지나가**도록** 옆으로 비켜 주세요.

→ 구급차가 지나가**게** 옆으로 비켜 주세요.

請往旁邊讓開，好讓救護車可以過去。

누구나 볼 수 있**도록** 글씨를 크게 써 주세요.

→ 누구나 볼 수 있**게** 글씨를 크게 써 주세요.

請把字寫大一點，好讓大家都可以看得到。

➕ 시간을 나타내는 말과 함께 쓰이면 '그 시간이 될 때까지'라는 의미를 갖는다.

與表現時間的語彙結合使用時，表示「到該時間為止」之意。

例 친구를 만나서 12시가 되**도록** 즐겁게 이야기했어요.

和朋友見面，開心聊到12點。

동생이 여행을 떠난 지 한 달이 넘**도록** 소식이 없어서 걱정이 돼요.

弟弟去旅行都已經超過1個月了還沒有消息，真令人擔心。

➕ '-도록'과 '-도록 하다'(3급 7과)와의 비교

「-도록」與「-도록 하다」（3A第7課）的比較。

-도록	-도록 하다
• 선행절에는 목적이나 이유가 오고 후행절에는 그에 따른 행동이 온다. 前行句表示目的或理由，後行句則是依據前行句所付諸的行動。 例 잘 들리**도록** 크게 말씀해 주세요. 請說大聲一點，好讓大家可以聽到。 재료가 모자라지 않**도록** 충분히 준비했어요. 為避免材料不足，所以進行了充分的準備。 • 주로 동사 뒤에 붙지만 일부 형용사와 결합할 때도 있다. 主要接於動詞之後，另也跟部分形容詞結合使用。 例 재료가 부족하지 않**도록** 충분히 준비하세요. 請好好準備，以免材料不足。	• 다른 사람에게 어떤 행위를 하게 시키거나 허락할 때 또는 내가 어떤 행위를 하겠다고 의지를 표현할 때 사용한다. 表現使喚或同意他人進行某種行為，或表現話者欲執行某項行動的意志。 例 이 약을 하루에 세 번 먹**도록** 하세요. 這藥請一天吃三次。 앞으로 조심하**도록** 하겠습니다. 未來我會小心的。 • 형용사와는 결합하지 않는다. 不與形容詞結合使用。 例 설명이 쉽도록 하세요. (X) 請讓說明簡單點。

第 14 課

1. 하도 A/V-아서/어서 實在是太…所以…

어떠한 결과에 대한 이유를 강조해서 표현하고자 할 때 쓴다.

用於想要強調造成某結果的原因時。

형용사, 동사와 결합한다.

與形容詞、動詞結合使用。

	終聲 X	終聲 O
形容詞	비싸다 → **하도** 비**싸서**	춥다 → **하도** 추**워서**
動詞	생각을 하다 → **하도** 생각을 **해서**	읽다 → **하도** 읽**어서**

例 **하도** 피곤**해서** 10시간 넘게 잤어요. 實在是太累了，所以睡超過10個鐘頭。

머리가 **하도** 아**파서** 일찍 퇴근했어요. 頭實在是很痛，所以提早下班了。

하도 길이 막**혀서** 요즘 대중교통을 이용하고 있어요.

塞車實在是塞得太嚴重了，所以最近利用大眾交通工具。

어제 저녁에 **하도** 많이 먹**어서** 아직까지 배가 불러요.

昨天晚上實在是吃得太多，到現在肚子還是很飽。

'하도'는 항상 '-아서/어서'와 함께 쓴다.

「하도」總是與「-아서／어서」一起使用。

• 동사와 결합할 때에는 '많이, 오래, 열심히' 등의 부사어와 함께 쓰는 것이 자연스럽다.
與動詞結合時，加上「많이、오래、열심히」等副詞一起使用會比較自然。

例 **하도 오래 걸어서** 다리가 아파요. 實在是走太久，所以腿很不舒服。

2. A/V-았던/었던 （回想）…的

이미 완료된 과거 상황을 회상할 때 쓴다.
用於回想過去已經完成的狀況時。

형용사, 동사와 결합한다.
與形容詞、動詞結合使用。

	終聲 X	終聲 O
形容詞	예쁘다 → 예**뻤던**	맑다 → 맑**았던**
動詞	가다 → **갔던**	입다 → 입**었던**

例 아침까지 맑**았던** 하늘이 흐려졌어요. 到早上都還很晴朗的天空轉陰了。
여기는 제가 어렸을 때 가족들과 놀러 **왔던** 곳이에요.
這裡曾是我小時候和家人一起來玩樂的地方。
지난번 여행 갔을 때 먹**었던** 음식을 다시 먹고 싶어요.
好想再吃一次上次去旅行時所吃的食物。
이 옷은 제가 언니 결혼식에서 입**었던** 옷이에요.
這衣服是我在姐姐結婚典禮上所穿的衣服。

과거의 사실이 현재와 단절된 것, 이미 끝나거나 지나 버린 것임을 나타낼 때 쓴다.
用以表現過往事實早已結束或完成，和現在完全斷絕之意。

例 말하기 대회에서 받**았던** 상을 잃어버려서 속상해요.
我好難過我搞丟了演講比賽所獲得的獎座。

'-(으)ㄴ'은 단순한 과거 사실을 나타낼 때 쓰는 데 반해 '-았던/었던'은 과거의 일이 일어난 때를 회상하는 느낌이 있다.
「-(으)ㄴ」單純用來表現過去的事實，而「-았던／었던」則是用來回想過去之事發生之時。

例 이 옷은 내가 지난주에 입**은** 옷이에요. 這件衣服是我上週穿的衣服。
이 옷은 언니하고 여행 갔을 때 입**었던** 옷이에요. 그때 태국에 갔는데 정말 재미있었어요. 這件衣服是和姐姐去旅行時所穿的衣服。那時候去泰國真的好好玩。

'-았던/었던'과 '-던(3급 10과)'의 비교

「-았던／었던」與「-던」（3B第10課）的比較。

-았던/었던	-던
• 과거 한두 번 경험한 일을 회상할 때 쓴다. 用於回想過去經歷過一兩次的事情。 例 명동은 내가 한국에 와서 처음 **갔던** 곳이다. (○) 明洞是我來韓國後第一個去的地方。 명동은 내가 한국에 와서 처음 가**던** 곳이다. (X) 明洞是我來韓國後第一次常去的地方。	• 과거에 지속적으로 했다는 것을 나타낼 때 쓰며 '자주, 항상' 등의 시간을 나타내는 부사와 주로 어울려 쓰인다. 用於表現過去持續進行的某事，主要與「자주、항상」等表示時間的副詞一起使用。 例 명동은 내가 한국에 살 때 **자주** 가**던** 곳이다. 明洞是我住在韓國的時候經常去的地方。

형용사에 '-았던/었던'이 결합하면 과거의 의미를 나타낸다.

形容詞與「-았던／었던」結合的話，有表示過去的含意。

例 어렸을 때는 키가 작**았던** 아이가 지금은 동창 중에 제일 크다.

小時候個子矮小的孩子，現在是同學中最高的。

3. A-아/어하다 （形容詞變動詞）

다른 사람의 심리 상태나 느낌에 대해 말할 때 사용한다.

用以表現他人的心理狀態或感覺。

형용사와 결합한다.

與形容詞結合使用。

	ㅏ, ㅗ	하다	ㅓ, ㅜ, ㅣ……
形容詞	좋다 → 좋**아하다**	피곤하다 → 피곤**해하다**	힘들다 → 힘들**어하다**

例 내 동생은 혼자 있는 것보다 친구들과 어울리는 것을 더 좋**아한다**.

比起一個人獨處，我弟弟更喜歡和朋友們聚在一起。

등산을 갔는데 친구가 너무 피곤**해해서** 중간에 그냥 돌아왔어요.

我們去爬山，朋友因為太累的關係，爬到中途就回來了。

요즘 지연 씨가 아이들 때문에 너무 힘들**어해서** 가끔 도와주고 있어요.

最近智妍因為孩子的關係非常疲累，所以有時候我會幫她。

심리 상태나 느낌을 표현하는 형용사와 결합한다.

與表現心理狀態或感覺的形容詞結合使用。

例 나는 딸기가 좋아요. → 나는 딸기를 좋**아해요**. (○)

我喜歡草莓。

그 가게는 딸기가 비싸요. → 그 가게는 딸기를 비**싸해요**. (X)

那家店草莓很貴。

다른 사람의 느낌이나 심리 상태를 표현할 때 주로 사용한다.

主要用來表現他人的感覺或心理狀態。

例 마리코 씨는 개를 무서**워해요**. (○).

마리코 씨는 개가 무서**워요**. (X)

麻里子很怕狗。

어머니가 나를 보고 싶**어 하세요**. (○)

어머니가 나를 보고 싶**어요**. (X)

媽媽想我。

주관적인 느낌을 객관화하여 표현할 경우 주어가 1인칭일 때도 쓸 수 있다.

若將主觀感覺「客觀化」時，則主詞可以是第一人稱。

例 나는 개가 무**서워요**. (○)

나는 개를 무서**워해요**. (○)

我很怕狗。

4. A/V-(으)면 A/V-(으)ㄹ수록 越…越…

행동이 반복되거나 정도가 심해짐을 표현할 때 쓴다.

用以表示反覆執行某種行動或狀態程度的加深。

형용사, 동사와 결합한다.

與形容詞、動詞結合使用。

	終聲 X	終聲 O
形容詞	친하다 → 친하**면** 친**할수록**	많다 → 많**으면** 많**을수록**
動詞	생각하다 → 생각하**면** 생각**할수록**	읽다 → 읽**으면** 읽**을수록**

例 친하**면** 친**할수록** 예의를 지켜야 해요. 關係越是親近，越要維持禮貌。

돈이 많**으면** 많**을수록** 걱정도 많아져요. 錢越多煩惱也越多。

네가 나한테 어떻게 이럴 수가 있어? 생각하**면** 생각**할수록** 더 화가 나.

你怎麼可以對我這樣？我越想越氣。

이 책은 읽**으면** 읽**을수록** 더 어려워지는 것 같아요. 這本書越讀越覺得困難。

선행절의 상황이나 정도가 더 심해지면 후행절의 결과나 상황도 비례해서 더하거나 덜하게 됨을 나타낸다. 따라서 후행절에는 '-아지다/어지다', '-게 되다'처럼 상태의 변화를 나타내는 표현이 많이 온다.

隨著前行句狀態或程度加深，後行句的結果或狀態也依比例地增加或減少，因此後行句常接「-아지다／어지다」與「-게 되다」等，表示狀態變化的句型。

例 민수 씨는 만나**면** 만**날수록** 더 좋아지는 사람이에요.
民秀是一個越認識就會越喜歡他的人。
여행을 하**면** **할수록** 세상에 대해 더 많이 알게 될 거예요.
越常旅行就會對世界有越多的瞭解。

'-(으)ㄹ수록'의 형태로도 쓴다.

亦可用「-(으)ㄹ수록」來表現。

例 **갈수록** 태산이다. 處境越來越艱難。
지하철역이 가까**울수록** 집값이 더 비싸요. 越接近地鐵站，房屋價格越貴。

'N일수록'의 형태로 명사와 결합하면 그 명사를 강조하는 의미를 나타낸다.

以「N일수록」的型態來與名詞結合使用時，表示強調該名詞之意。

例 부자**일수록** 돈을 더 아끼는 것 같아요. 錢越多的人，越愛惜金錢。
급한 일**일수록** 천천히 하는 게 좋아요. 越是緊急之事，越要放慢處理比較好。

第 15 課

1. V-게 하다 使…、讓…

사동의 의미를 나타내며 주어가 목적어에 간접적으로 어떤 행동을 하게 할 때 사용한다.

表示使動之意，用於主語間接使目的語進行某種動作時。

동사와 결합한다.

與動詞結合使用。

	終聲 X	終聲 O
動詞	가다 → 가**게 하다**	먹다 → 먹**게 하다**

例 어머니가 동생에게 방을 청소하**게 했어요**. 媽媽讓弟弟去打掃房間。
형이 동생에게 컴퓨터를 못 쓰**게 했다**. 哥哥讓弟弟無法使用電腦。
황사가 심하니까 아이들을 밖에 못 나가**게 하세요**.
沙塵暴很嚴重，請不要讓孩子們到外面去。

선생님이 수업 시간에 학생들을 떠들지 못하**게 했어요**.

老師不讓學生們在上課時間吵鬧。

사동 표현에서 '-이/히/리/기/우-' 는 주어가 직접 그 행동을 하는데 반해 '-게 하다' 는 간접 행동을 나타낸다.

使動的表現中，「-이／히／리／기／우-」為主詞直接從事該行動，而「-게 하다」則表現了主詞的間接行動。

例 어머니가 아이에게 우유를 먹**인다**. 媽媽餵小孩喝牛奶。

어머니가 아이에게 우유를 먹**게 한다**. 媽媽讓小孩子喝牛奶。

2. A/V-(으)ㄹ걸(요) 應該…

어떤 사실을 추측하면서 가볍게 반박하거나 감탄할 때 쓴다.

推測某事實的同時，進行輕微的反駁或感嘆。

형용사, 동사와 결합한다.

與形容詞、動詞結合使用。

	終聲 X	終聲 O
形容詞	나쁘다 → 나**쁠걸(요)**	좋다 → 좋**을걸(요)**
動詞	가다 → **갈걸(요)**	먹다 → 먹**을걸(요)**

例 한국 소설책은 외국 학생이 읽기에 좀 어려**울걸요**.

要外國學生來閱讀韓國小說，應該會有點困難吧。

지금 시험 기간이라서 도서관에 자리가 없**을걸요**.

現在是考試期間，圖書館應該沒有位置吧。

책을 늦게 반납하면 연체료를 내야 **할걸**.

太晚還書的話，應該要繳交逾期未還的罰金吧。

여름에 해산물을 익히지 않고 먹으면 안 **될걸**.

夏天應該不能吃沒熟的海鮮吧。

오피스텔은 관리비가 원룸보다 더 많이 나**올걸요**.

住商兩用辦公室的管理費應該要比套房來得高吧。

부모님께 허락받지 않고 여행 가면 야단맞**을걸**.

沒獲得父母親同意就去旅行的話，應該會被罵吧。

지금 시간이 5시니까 벌써 은행이 문을 닫았**을걸**.

現在時間已經5點了，銀行應該已經關門了吧。

'-을걸'의 억양은 문장 끝을 올려 읽는다.

讀「-을걸」時，應該提高句子結尾的聲調。

例 지하철에서 음식을 먹으면 안 **될걸요**.

應該不可以在地鐵裡吃東西吧。

3. A/V-지 않으면 안 되다 不能不…、必須…、一定…

어떠한 일을 할 의무나 필요가 있거나 어떠한 상태일 필요가 있음을 나타낼 때 사용한다.

用以表示有執行某事的義務或需要，或有維持某狀態的必要性。

형용사, 동사와 결합한다.

與形容詞、動詞結合使用。

	終聲 X	終聲 O
形容詞	크다 → 크**지 않으면 안 되다**	많다 → 많**지 않으면 안 되다**
動詞	가다 → 가**지 않으면 안 되다**	먹다 → 먹**지 않으면 안 되다**

例 놀이동산에서 아르바이트를 하려면 목소리가 크**지 않으면 안 됩니다**.

如果想要在遊樂園工作的話，嗓門不大一點是不行的。

건강하게 살기 위해서 운동을 하**지 않으면 안 됩니다**.

為了活得健康，不運動是不行的。

공연 30분 전까지 공연장에 입장하**지 않으면 안 됩니다**.

我們必須在表演開始前30分鐘進入表演場。

요즘 휴가 기간이라서 공항에 일찍 가**지 않으면 안 됩니다**.

最近因為是休假期間，所以一定要早點出發到機場去。

공식적인 상황이나 글에서는 '-지 않으면 안 되다'를 쓰고 말하기에서는 '안 -(으)면 안 되다'로 쓰는 것이 자연스럽다.

在正式場合或文句裡，使用「-지 않으면 안 되다」為宜；而口語中則使用「안 -(으)면 안 되다」會比較自然。

例 오전에 중요한 회의가 있어서 오늘 회의 준비를 **안** 하**면 안 돼요**.

上午有個重要會議，所以今天不做會議準備不行。

점심을 **안** 먹**으면 안 되니**까 근처 식당에서 좀 쉬었다가 가는 게 좋겠어요.

因為不能不吃中餐，所以到附近餐廳稍作休息再去會比較好。

'안 -(으)면 안 되다'의 경우 '-하다'형의 용언과 결합하면 어색하다.

若為「안 -(으)면 안 되다」，則不適合與「-하다」類的語彙結合使用。

例 내일 집들이를 해서 집이 **안** 깨끗하**면 안 돼요**. (X).
明天要辦喬遷宴，家裡不乾淨點不行。

이중 부정으로 긍정의 뜻을 강조할 때 쓴다.
以「雙重否定」的方式來強調肯定的含意。

4. V-는 길에 …的路上

다른 일이 목적이었는데 그 일을 하는 기회에 다른 일을 한다는 뜻으로 쓴다.
表示執行某事為目的，然而利用做該事的機會，順便去做另一件事情。

동사와 결합한다.
與動詞結合使用。

動詞
가다 → 가**는 길에**

例 나가**는 길에** 은행에 가서 환전을 했어요. 出去的路上順便去了銀行換錢。
출근하**는 길에** 이 쓰레기를 좀 버려 주세요. 上班的路上順便幫我丟了這垃圾。
퇴근하**는 길에** 아이들을 차에 태우고 왔어요. 下班路上順便去載孩子回來。
한국으로 돌아오**는 길에** 제주도에 들러서 쉴까 해요.
我在考慮回韓國的時候，要不要順道去濟州島休息一下。
집에 오**는 길에** 마트에 들러서 장을 봐야 할 것 같아요.
看來回家的路上得順道去趟超市買點東西了。

이동의 의미를 나타내는 '가다, 오다, 나가다, 퇴근하다' 등의 동사와 주로 쓴다.
主要與具有移動含意的「가다、오다、나가다、퇴근하다」等動詞結合使用。

例 밖에 나가**는 길에** 물 좀 사 오세요. 出去的時候，順便幫我買水回來。

第 16 課

1. N만 하다 和…一樣的程度

크기를 묘사하면서 비슷한 크기의 다른 것에 비교하여 설명할 때 쓴다.
以相似大小的其他物品來比較，並說明某物體的尺寸。

명사와 결합한다.
與名詞結合使用。

	終聲 X	終聲 O
名詞	아버지 → 아버지**만 하다**	주먹 → 주먹**만 하다**

例 아들이 키가 많이 커서 이제 아버지**만 하네요**.
兒子身高長很高，現在已經和他父親差不多了。
그 배우를 실제로 보니까 얼굴이 작아서 주먹**만 하던데요**.
實際看了那演員後發現她臉蛋超小，有如拳頭這麼大。
우리 회사는 쥐꼬리**만 한** 월급을 주면서 일은 많이 시켜요.
公司僅給我們一丁點的月薪，卻要我們做很多事。
그 식당은 아주 작아서 크기가 이 방**만 한**데 항상 손님이 많아요.
那家餐廳很小，大小有如這間房，但客人卻總是很多。

실제보다 크게, 혹은 작게 과장할 때 사용하기도 한다.
誇張描述實際物品的大小時，亦可以使用此句型。

例 집채**만 한** 파도가 밀려오고 있다. 像一幢房子大的波浪洶湧而來。
말도 안 돼. 이렇게 손바닥**만 한** 방에서 어떻게 10명이 자?
太扯了，這像手掌般大小的房間怎麼能夠睡10個人。

2. V-(으)ㄹ 생각도 못 하다 …連想都不敢想

선행절의 이유로 인해 어떤 일이 불가능함을 나타낼 때 쓴다.
用以表示因前行句的關係，而不可能去執行某事。

동사와 결합한다.
與動詞結合使用。

	終聲 X	終聲 O
動詞	가다 → **갈 생각도 못 하다**	먹다 → 먹**을 생각도 못 하다**

例 너무 힘들어서 등산은 **할 생각도 못 하겠어요**. 그냥 산 아래에서 놀다 가요.
爬山太累了，我連想都不敢想。我們就在山下玩一下就好。
이가 아파서 딱딱한 음식은 먹**을 생각도 못 해요**.
因為牙齒痛，所以吃硬的東西連想都不敢想。
명절에는 미리 표를 사놓지 않으면 고향에 **갈 생각도 못 해요**.
遇上節日若沒有事先買票，就別想要回家鄉了。

선행절에는 보통 이유의 연결 어미 '-아서/어서', '-기 때문에' 등이 온다.

前行句通常與「-아서／어서」、「-기 때문에」等表示原因的連結語尾結合使用。

例 너무 더**워서** 밖에 나가 운동**할 생각도 못 하겠어요**.

因為太熱了，所以根本不敢想說要去外面運動。

휴가철에는 항공 요금이 너무 비싸**기 때문에** 해외여행은 **갈 생각도 못 해요**.

休假季節的機票非常貴，因此海外旅行連想都不敢想。

선행절에 조건의 연결 어미 '-(으)면'을 쓰면 '-아야/어야 -을 수 있다'와 같은 뜻이 된다.

前行句若使用表示條件的連結語尾「-(으)면」的話，那麼意思就等同於「-아야／어야 -을 수 있다」。

例 표를 예매하지 않**으면** 그 영화를 **볼 생각도 못 해요**.

如果沒有先預購票券的話，就別想看那部電影。

= 표를 예매**해야** 그 영화를 **볼 수 있어요**. 必須先預購票券，才可以看到那部電影。

그 친구가 도와주지 않**으면** 문제를 해결**할 생각도 못 해요**.

如果沒有那位朋友的幫忙，就別想要解決問題。

= 그 친구가 도와주**어야** 문제를 해결**할 수 있다**. 那位朋友必須幫忙，問題才可以解決。

3. V-(으)ㄹ 만하다 值得…

어떤 것이 그렇게 할 만큼의 가치가 있음을 나타낸다.

表示某件事情具有去執行的價值。

동사와 결합한다.

與動詞結合使用。

	終聲 X	終聲 O
動詞	가다 → **갈 만하다**	먹다 → 먹**을 만하다**

例 타지마할은 크고 웅장해서 정말 가 **볼 만해요**.

泰姬瑪哈陵既大又雄偉，真的值得一去。

파리는 한번 가 **볼 만해요**. 아주 낭만적인 도시예요.

巴黎很值得一去，是個很浪漫的都市。

주말에 아이를 데리고 **갈 만한** 식당을 좀 추천해 주세요.

請推薦一下適合週末帶小孩子去的餐廳。

환자들이 먹**을 만한** 음식이 있을까요?

有沒有適合病患吃的食物呢？

앞에 오는 상황에 따라 '좋지는 않지만 괜찮은 정도'의 의미로도 쓸 수 있다.

根據前行句內容的不同，亦可做為「雖然不是很好，但還可以接受的程度」的解釋。

例 지하철 안의 공기가 나쁘지만 참**을 만하다**. 地鐵裡的空氣雖然差，但還可以忍受。

추천의 의미로 말할 때 쓰는 경우가 많다.

常用於推薦進行某事的情況。

例 이탈리아 베네치아는 정말 아름다워요. 배를 타고 여러 섬을 구경할 수 있어서 정말 가 **볼 만해요**. 義大利威尼斯真的很美麗。可以搭船參觀好多島嶼，真的很值得一去。

4. A/V-기로 유명하다, N(으)로 유명하다 以…聞名、以…著名

많은 사람들이 알 정도로 이름이 널리 알려져 있음을 나타낸다.

表示名聲已經遠播到許多人都已經知道的程度。

형용사, 동사, 명사와 결합한다.

與形容詞、動詞、名詞結合使用。

	終聲 X	終聲 O
形容詞	나쁘다 → 나쁘**기로 유명하다**	좋다 → 좋**기로 유명하다**
動詞	잘하다 → 잘하**기로 유명하다**	먹다 → 먹**기로 유명하다**
名詞	축구 → 축구**로 유명하다**	음식 → 음식**으로 유명하다**

例 호주의 멜버른은 살기 좋**기로 유명해요**. 澳洲墨爾本以適合居住而聞名。

한국 사람들은 일을 빨리 하**기로 유명하다고** 들었어요. 聽說韓國人以做事迅速有名。

제주도의 섭지코지는 드라마 촬영지**로 유명한** 곳이래요.

聽說濟州島的「涉地可支」是以電視劇拍攝地而聞名。

동대문시장은 새벽 시장**으로 유명해서** 새벽에 아주 붐빈다.

東大門市場以凌晨市場聞名，凌晨還相當熱鬧。

第 17 課

1. V-고 보니 做…之後，發現…

행동을 하기 전에는 몰랐는데 하고 나서 후행절의 내용을 깨닫게 되었음을 나타낸다.

表示從事某行動之前並不曉得，做了之後才知道後行句的內容。

동사와 결합한다.

與動詞結合使用。

	終聲 X	終聲 O
動詞	사다 → 사**고 보니**	듣다 → 듣**고 보니**

例 옷이 마음에 들어서 샀는데 사**고 보니** 친구 옷이랑 똑같은 옷이었다.

因為很喜歡才買了這件衣服，買了之後才發現和朋友的衣服一樣。

친구가 약속을 어겨서 화가 많이 났는데 이유를 듣**고 보니** 화가 풀렸다.

因為朋友違反約定而勃然大怒，但聽了理由後氣就消了。

소개팅한 남자가 알**고 보니** 전 남자 친구의 사촌형이었다.

一對一聯誼認識的那個男生，後來才發現他是前男友的堂哥。

그 행동을 한 후 알게 되거나 깨닫게 된 내용을 받아들이고 인정한다는 뜻으로 많이 쓰인다.

常用來表示接受與認同做完某事後才知道或了解的內容。

例 처음에는 그 친구가 화를 내는 이유를 알 수 없었지만 말을 듣**고 보니** 이해가 되었다.

剛開始無法了解那朋友發脾氣的理由，聽了他的話後才理解。

대기업에 취직하**고 보니** 큰 회사가 다 좋은 것은 아닌 것 같다. 일도 힘들고 경쟁도 너무 심하다.

在大企業上班後才知道並非大公司都好，工作累競爭又激烈。

'V-고 보니'과 'V-아/어 보니(까)(3급 4과)'와의 비교

「V-고 보니」與「V-아／어 보니(까)」（3A第4課）的比較。

V-고 보니	V-아/어 보니(까)
• 행동하기 전에는 그런 결과를 전혀 예상하지 못했는데 행동을 한 후에야 뒤에 나오는 내용을 새삼 알게 되었을 경우에 쓴다. 表示從事某行動之前完全沒預料到，而是在完成該行動後，才對後面出現的內容有新的認識。 例 지하철을 타**고 보니** 반대 방향으로 가는 열차였다. 搭了地鐵之後才發現是開往反方向的列車。 불고기를 다 만들**고 보니** 간장을 너무 많이 넣어서 짜다. 都做好韓式烤肉後才發現醬油放太多好鹹。	• 판단을 하기 위해 시도를 해 보는 경우에 쓴다. 행동하기 전에 결과에 대한 약간의 예상을 할 수 있다. 表示為辨別判斷而嘗試去做某事。從事某行動之前已經可以些微預料到結果。 例 한국에서 지하철을 **타 보니** 빠르고 편리했다. 在韓國搭了地鐵後發現它既快又便利。 불고기를 만들**어 보니** 생각보다 쉬웠다. 做了韓式烤肉後發現比想像中簡單。

2. A-(으)ㄴ/V-는 척하다 假裝…

어떤 행동을 거짓으로 그럴듯하게 꾸밈을 나타낼 때 쓴다.

以虛假來掩飾某行動、狀態，讓人誤以為真的如此。

형용사, 동사와 결합한다.

與形容詞、動詞結合使用。

	終聲 X	終聲 O
形容詞	예쁘다 → 예쁜 **척하다**	어렵다 → 어려운 **척하다**
動詞	자다 → 자는 **척하다**	먹다 → 먹는 **척하다**

例 어렸을 때 학교에 가기 싫어서 아픈 **척했어요**.

小時候因為討厭上學所以假裝生病。

친구가 만들어 준 요리가 맛없었지만 맛있는 **척했어요**.

儘管朋友為我所做的食物很難吃，但我還是假裝很好吃。

오늘 회사에서 계속 인터넷을 하면서 일하는 **척했어요**.

今天在公司一直上網假裝是在工作。

친구가 운동을 잘한다고 하도 잘난 척을 해서 저도 잘하는 **척했어요**.

朋友非常自以為是地說自己很擅長運動，所以我也假裝自己很厲害。

'-(으)ㄴ 척하다'를 사용해서 과거형으로도 쓴다.

「-(으)ㄴ 척하다」亦可用來表現過去時態。

例 전에 사귀던 남자 친구와 마주쳤는데 보고도 못 **본 척했어요**.

遇到之前交往過的男友，但即便見到面也裝作沒看見。

어렸을 때 약을 먹기 싫어서 먹은 **척하고** 거짓말을 했어요.

小時候因為不喜歡吃藥，所以騙說已經吃過藥了。

명사와 결합해서 'N인 척하다'의 형태로 쓸 수 있다.

可與名詞結合使用，變成「N인 척하다」的形態。

例 고등학교 때 대학생**인 척하고** 미팅을 한 적이 있어요.

高中時我曾經假裝成大學生參加聯誼。

그 도둑이 직원**인 척하고** 회사에 들어가서 물건을 훔쳤대요.

聽說小偷假裝成員工進入公司偷了東西。

3. A/V-다니(요), N(이)라니(요) 怎麼會⋯？

어떤 사실에 대해 놀람이나 감탄 혹은 믿을 수 없음을 나타낼 때 쓴다.
表達對某事感到驚訝、感嘆或無法置信。

형용사, 동사, 명사와 결합한다.
與形容詞、動詞、名詞結合使用。

	終聲 X	終聲 O
形容詞	비싸다 → 비싸**다니**	넓다 → 넓**다니**
動詞	가다 → 가**다니**	먹다 → 먹**다니**
名詞	형제 → 형제**라니**	학생 → 학생이**라니**

例 아직 봄인데 이렇게 덥**다니요**. 現在還是春天，怎麼會這麼熱。
열심히 공부했는데 성적이 떨어지**다니요**. 말도 안 돼요.
這麼認真讀書，成績怎麼還會下滑，真不像話。
오늘 오기로 해 놓고 안 오**다니** 정말 실망했어요.
約好今天要來結果又沒來，真令人失望。
두 사람이 쌍둥이**라니요**. 외모도 성격도 모두 다른데요.
他們兩人怎麼會是雙胞胎，不管是外貌還是個性都很不同。
두 사람이 사귄다는 소문이 사실**이라니** 믿을 수 없어요.
兩人交往的傳聞怎麼會是事實，真令人難以相信。

과거형으로도 쓴다.
亦可與過去時制語尾結合使用。

例 히엔 씨가 이렇게 예**뻤다니**. 왜 전에는 몰랐을까?
小賢以前居然如此美麗，我怎麼從來都不曉得？
작별 인사도 제대로 못 했는데 알리 씨가 벌써 고향에 돌아**갔다니**.
都還沒好好道別，阿里居然就已經回家鄉去了。

'-다니' 뒤에 말하는 사람의 생각이나 감정을 나타내는 문장을 쓰기도 한다.
「-다니」後也可以接表達話者想法或感情的句子。

例 약속 시간이 지났는데 방금 집에서 나오**다니** 정말 너무한 것 같아요.
約定的時間都已經過了，居然剛剛才從家裡出門，真的是太過份了。
매일 지각하던 사람이 새벽 5시에 일어나**다니** 믿을 수가 없네요.
每天都遲到的人居然在凌晨5點起床，真令人無法置信。

4. N(이)라고 (해서) 다 A(으)ㄴ/V-는 것은 아니다 並不是（因為）說…就…

일반적인 생각과 달리 예외가 있음을 나타낼 때 쓴다.
用以表達存在著與一般性想法不同的例外。

형용사, 동사, 명사와 결합한다.
與形容詞、動詞、名詞結合使用。

形容詞	키가 크**다고 다** 건강**한 것은 아니다**.
動詞	열심히 일한**다고 다** 돈을 많이 버**는 것은 아니다**.
名詞	박사**라고** 모든 것을 **다** 아**는 것은 아니다**.

例 비싸**다고 다** 품질이 좋은 **것은 아니에요**. 並不是說價格貴，品質就一定很好。
밤늦게까지 공부한**다고 다** 시험을 잘 보**는 것은 아니다**.
並不是說讀書讀到很晚，考試就一定考得很好。
기숙사**라고 다** 좋**은 것은 아니다**. 생활비는 적게 드는데 불편한 게 많다.
並不是說宿舍就一定好。儘管生活花費少，但也有很多不便之處。

'-다고/-(이)라고'는 '-다고/-(이)라고 해서'의 준말이나 말하기에서는 보통 '해서'를 생략한다.
「-다고／-(이)라고」為「-다고／-(이)라고 해서」的縮略形，口語中常省略掉「해서」。

例 비싸**다고 (해서) 다** 품질이 좋**은 것은 아닌 것** 같아요.
好像並不是價格貴，品質就一定很好。
기숙사**라고 (해서) 다** 편**한 것은 아니다**.
並不是宿舍就一定很方便。

'누구나, 언제나, 어디나, 무엇이나' 등과 같이 써서 뜻을 강조할 수 있다.
與「누구나、언제나、어디나、무엇이나」等一起使用時，有強調之意。

例 백화점**이라고 해서 무엇이나 다** 비**싼 것은 아니다**.
百貨公司並不是說什麼東西都很貴。
잘생기고 똑똑하**다고 해서 누구나 다** 좋아하**는 것은 아니다**.
並不是說長得帥又聰明就每個人都會很喜歡他。

1. A-다니까(요), V-ㄴ다니까(요)/는다니까(요), N(이)라니까(요)

就跟你說…

앞에서 말한 내용을 다시 확인하여 말할 때 쓴다.

用來再次向對方確認強調前面已經說過的內容。

형용사, 동사, 명사와 결합한다.

與形容詞、動詞、名詞結合使用。

	終聲 X	終聲 O
形容詞	비싸다 → 비싸**다니까(요)**	많다 → 많**다니까(요)**
動詞	가다 → **간다니까(요)**	먹다 → 먹**는다니까(요)**
名詞	친구 → 친구**라니까(요)**	애인 → 애인**이라니까(요)**

例 엄마, 병원에 안 갈래요. 정말 안 아프**다니까요**.

媽，我不要去醫院，就說我真的不會不舒服啊。

저는 술을 끊었어요. 정말 안 마**신다니까요**.

我已經戒酒了，就說我真的不會再喝了。

지금 보는 드라마만 보고 숙제할 거**라니까요**.

就說我看完現在這部電視劇就會去寫作業了。

우리 둘이 사귀지 않**는다니까요**. 그냥 친구 사이**라니까요**.

就說我們沒有在交往啊，就真的只是朋友而已。

제가 공부를 안 한 게 아니라 시험 문제가 너무 어려웠**다니까요**.

就說不是我沒讀書，而是考試題目太難了。

'-라니까(요), -자니까(요), -(으)냐니까(요)'는 명령, 권유, 질문을 다시 할 때 쓴다.

若想要再次進行命令、勸誘或提問時，則可分別使用「-라니까(요)、-자니까(요)、-(으)냐니까(요)」。

例 민수야, 아직도 안 일어났어? 빨리 일어나**라니까**.

民秀，還沒起床啊？就叫你快點起來啊。

여보, 동창 모임에 같이 가**자니까**. 부부 동반 모임이야.

老公，就跟你說一起去參加同學會啊。那是要「夫婦同行」的聚會。

밤늦게까지 어디에서 뭘 했**느냐니까**. 빨리 말해 봐.

就問你大半夜在哪裡做了什麼，快點說。

주장이나 어떤 사실이 맞다는 것을 강하게 말하고자 할 때 쓴다.
用於想要以強烈口吻來陳述自我主張或某事實正確無誤的時候。

例 저 사람이 범인**이라니까요**. 제가 틀림없이 봤**다니까요**.
就說那個人是犯人，我確確實實看到了。

앞에서 말한 내용을 거듭 확인할 때 쓰므로 어조가 강해서 윗사람한테 쓰면 무례하게 느껴진다.
此句型因為是用來再次確認強調前面已經說過的內容，語氣較強，所以對長輩使用的話會讓人感到失禮。

例 과장 : 김 대리, 또 지각인가? 일찍 좀 **다니라니까**.
課長：金代理，又遲到啊？就叫你早點出門嘛。
김 대리 : 알았**다니까요**.
金代理：我就說我知道了啊。

2. V-고 말다 最後…、結果…

어떤 일이 의도하지 않은 상태에서 일어났거나 어떤 일을 힘들게 이루어냄을 나타낼 때 쓴다.
表示某事在未設想到的狀態中發生，或某事在艱困過程中完成。

동사와 결합한다.
與動詞結合使用。

	終聲 X	終聲 O
動詞	일어나다 → 일어나**고 말다**	입다 → 입**고 말다**

例 그 남자는 결국 사랑하던 여자와 헤어지**고 말았습니다**.
那個男生最終還是和相愛的女生分手了。
옷을 얇게 입고 외출했더니 감기에 걸리**고 말았어요**.
衣服穿太少就出門，結果就感冒了。
얼마 전까지 다니던 회사가 망해서 문을 닫**고 말았어요**.
不久之前我還在上班的公司因事業失敗，結果關門大吉了。

어떤 일을 이루고자 하는 강한 의지를 나타낼 때에는 '-고(야) 말겠다'를 쓴다. 이 경우 말하는 사람 자신이 주어가 된다.
欲表達想要完成某事的強烈意志時，可使用「-고(야) 말겠다」的句型，此時話者本身即為主詞。

例 (나는) 이번 시험에서 꼭 1등을 하**고(야) 말겠다**.

(我)這次考試一定要拿第一名。

(나는) 저 산에 꼭 올라가**고(야) 말겠어**.

(我)一定要爬上那座山。

‘-고 말다’와 ‘-아/어 버리다(2급 8과)’의 비교

「-고 말다」與「-아／어 버리다」(2A第8課)的比較。

-고 말다	-아/어 버리다
• 원하지 않은 일이 발생한 것에 대한 안타까운 마음을 나타낼 때 쓴다. 針對發生了之前沒料到的事情，表達心中的惋惜之意。 例 친한 친구가 교통사고가 나서 크게 다치**고 말았다**. (○) 好朋友發生車禍，結果傷得很嚴重。 책을 다 읽**고 말았어요**. (X) 結果書都讀完了。	• 어떤 행위를 다 끝내서 부담을 덜게 되었을 때 사용한다. 表示完成某件事情，而減輕了心中的負擔。 例 친한 친구가 교통사고가 나서 크게 다**쳐 버렸다**. (X) 好朋友發生車禍，很嚴重地受傷掉。 책을 다 읽**어 버렸어요**. (○) 書終於都讀完了。

第10課 한국의 시 '고백' 韓國的詩「고백（告白）」

Q 김남조 시인에 대해서 더 알고 싶어요.

我想要更進一步認識金南祚詩人。

A 김남조 시인(1927년 생)은 한국을 대표하는 '사랑의 시인'으로 불리며 생명, 사랑과 행복에 대한 시를 많이 썼습니다. 그의 시는 과장되지 않고 따뜻하게 사랑을 이야기하고 있으며 한국의 대표 여류 시인으로서 현재까지 활발한 활동을 하고 있습니다. 김남조 시인의 유명한 시로는 〈설일〉, 〈가고 오지 않는 사람〉, 〈겨울 바다〉, 〈그대 있음에〉 등이 있습니다.

金南祚詩人（1927年生）以代表韓國的「愛情詩人」著稱，她寫了很多有關愛情與幸福的詩句。身為具韓國代表性的女性詩人，她所寫的詩詞熱情闡述愛情，毫不誇大，迄今仍活躍於文壇上。金南祚詩人著名的詩有〈雪日〉、〈一去不返之人〉、〈冬海〉、〈因為有你〉等。

Q '고백'은 어떤 시입니까?

「고백（告白）」是首什麼樣的詩？

A '고백'은 사랑하는 연인이 주고받는 대화 형식의 시입니다. 숫자를 세며 고백을 재촉하는 사람과 고백을 해야 하는 상황에서 부끄러워하는 사람, 이 두 연인의 순수한 모습에서 사랑스럽고 귀여운 느낌을 받을 수 있습니다.

這是一首以情人「一來一往」的對話方式所寫成的詩。一個是邊倒數邊催促著對方告白的人，一個處於必須告白的情況下而感到害羞的人。從兩個純真戀人的模樣中，我們可以感受到他們討人喜歡與可愛之處。

第11課 한국의 직장 문화 韓國的職場文化

Q 한국의 직장 생활은 어떤 특징이 있습니까?

韓國的職場生活有什麼樣的特徵呢？

A 한국의 직장에서는 개인보다 전체의 화합을 중요하게 생각합니다. 그래서 자기가 맡은 일 외에도 직장 동료의 일을 함께 도와서 하는 일을 미덕으로 여기는 편입니다. 그리고 근무 시간이 끝나도 일이 남아 있으면 늦게까지 야근을 하는 일이 많습니다. 또한 일이 끝난 후에도 가끔 회식을 하면서 직장 생활을 원만하게 하려고 노력합니다. 이런 모임은 직장의 분위기에 도움이 되는 점도 있지만 개인의 생활이 존중되지 못하는 측면도 있습니다. 요즘은 과거에는 당연시되던 전체를 중시하는 분위기가 조금씩 달라지고 있고 개인의 생활도 존중되어야 한다는 의견도 있습니다. 그러나 아직도 개인보다는 전체를 중시하는 태도에 큰 변화는 없는 편입니다. 그래서 외국인들이 한국에서 직장 생활을 하게 되면 이런 문화에 적응하는 것에 어려움을 느끼게 됩니다.

在韓國職場上，團體的融洽優於個人利益，所以除了自己所負責的業務之外，能協助處理公司同事的業務算是項美德。如果過了上班時間還有事情沒做完的話，很多時候就必須留下來加班。有時候即便完成工作，下班後還得參加公司聚餐，為職場生活上的和諧而努力。這樣的聚會儘管對公司的工作氛圍有所幫助，但亦有不夠尊重個人生活的看法。過去被視為理所當然的團體優先風氣最近正逐漸地在改變，也產生個人生活應該被尊重的意見。但是到目前為止，人們對於團體優於個人的態度並無太大的變化。所以如果外國人在韓國工作的話，應該會難以適應這樣的文化。

第 12 課　한국의 등산 문화　韓國的登山文化

Q 한국에서는 등산복을 입은 사람들을 자주 볼 수 있어요. 한국 사람들은 등산을 많이 하나요?

在韓國經常可以看到穿登山服的人，韓國人常登山嗎？

A 산림청의 조사(2008년)에 따르면 한국에는 1,735개의 산에 4,290개의 등산로가 있고 한 달에 한 번 이상 산에 가는 사람은 1,560만 명, 두 달에 한 번 이상 등산을 하는 사람은 1,886만 명이라고 합니다. 18세부터 69세까지의 인구 3,670만 명 중 반 이상이 등산을 하는 셈입니다. 한국에는 산이 많지만 사람들이 올라가기 힘든 높은 산은 별로 없고 대부분 낮은 숲이나 계곡으로 이루어져 있습니다. 그래서 누구든지, 언제든지 갈 수 있는 장소이기 때문에 많은 사람들이 쉽게 산에 오를 수 있습니다. 따라서 한국 사람들에게 등산은 힘든 활동이 아니고 야산이나 언덕을 가볍게 걷는 하이킹입니다. 또한 한국에는 옛날부터 산에 올라가서 신체를 단련하고 정신을 수련하는 전통이 있었습니다. 최근에 경제가 발전하고 사람들이 건강에 관심을 많이 가지게 되면서 이러한 전통이 이어져 더욱 등산 인구가 많아졌습니다. 이제 등산은 아름다운 자연 속에서 스트레스도 풀고 삶의 여유와 건강을 함께 찾을 수 있게 해 주는 온 국민의 운동이 되었습니다.

根據韓國山林廳的調查（2008年），韓國1,735座山中，有4,290條登山道，而且一個月登一次山以上的人有1,560萬人；兩個月登一次山以上的人則達1,886萬人。可以說從18到69歲3,670萬人口當中，有一半以上的人都在登山。儘管韓國有很多山，但那種讓人無法攀登的高山並不多，大部分都是由低矮樹林與溪谷構成的山，所以山就變成了不管是誰，而且不管什麼時候都可以去的地方。許多人都可以很輕易地就登上山頂。因此對於韓國人來說，登山並不是項艱困的活動，而是可以輕鬆踏於山坡與山崗上的漫步。而且韓國自古以來就有上山鍛鍊身體、修養心性的傳統。近來隨著經濟的發展，人們多注意自身健康，也因為這項傳統的延續，使得登山人口逐漸變多。現在登山已經變成全韓國人在美麗的自然環境中消除壓力，尋求悠閒生活與健康的運動。

第 13 課　한국의 관혼상제　韓國的「冠婚喪祭」

Q 한국의 '관혼상제'에 대해 더 알려 주세요.

請多告訴我一點有關韓國的「冠婚喪祭」。

A 오래전부터 한국 사람들은 태어나서 어른이 되고 결혼을 하는 등 누구나 경험하게 되는 일을 '관혼상제'라고 불렀습니다. 그리고 기쁜 일이나 슬픈 일이 있으면 함께 축하해 주고 위로해 주면서 서로 도왔습니다. 시대가 변화함에 따라 전통적인 모습이 사라지거나 간소화되고 있는 것도 사실이지만 '관혼상제'는 지금도 한국 사람들의 생활에 큰 영향을 끼치고 있습니다.

從許久以前開始，韓國人就將出生、長大成人、結婚等不管是誰都會經歷的事情稱為「冠婚喪祭」，而且當遇到開心的事情或哀傷的事情時，大家就會彼此祝賀、安慰，相互幫忙。不可否認地，隨著時代的變遷，傳統的樣貌早已消失或簡化，但「冠婚喪祭」今日仍舊大大影響著韓國人的日常生活。

Q 한국 사람들이 '관혼상제'처럼 중요하게 여기는 가정의례가 또 있습니까?

還有沒有如同「冠婚喪祭」一樣是韓國人認為很重要的家庭儀禮呢？

A 한국에서는 아이가 태어난 지 1년이 되는 날 아이에게 돌잔치를 열어 줍니다. 옛날에는 태어나자마자 목숨을 잃는 아이들이 많았는데 건강하게 오래 살기를 바라는 마음에서 가족과 친지들이 모여 아이의 첫돌을 축하해 주었습니다. 최근에는 가족끼리 보내는 경우가 많습니다. 만 60세가 되는 해에는 환갑잔치를 엽니다. 이날 가족과 친지, 친구들이 모두 모여 큰 잔치를 열어 줍니다. 하지만 최근 평균 수명이 높아지면서 환갑이 되는 해는 간소하게 지내고 대신 칠순 잔치나 팔순 잔치를 열어 축하하는 경우가 많습니다.

在韓國，小孩出生滿一年的日子裡，家人們會為孩子舉辦「周歲宴」。以前孩子一出生就死亡的情形很多，因此在滿周歲這一天，家人與親戚們會懷著希望孩子健康長大的心願，聚在一起共同慶祝孩子的第一個生日。最近則以家人自己慶祝的情形為多。
而在滿60歲的那一年，韓國人則會舉辦「花甲宴」。生日這天家人、親戚與朋友們全都會聚在一起，大規模地設宴慶祝。然而，近來隨著平均壽命的增長，滿60歲時常僅簡單地慶祝，反倒是舉辦「七旬壽宴」或「八旬壽宴」的情況變多了。

第 14 課　한국의 절기　韓國的節氣

Q '절기'는 무엇입니까?

節氣是什麼呢？

A 농사에서 중요한 태양의 움직임을 기준으로 한 해를 24개로 나누어서 계절을 구분한 것입니다. 농사지을 때는 해의 움직임과 날씨가 중요했기 때문에 24절기는 농사짓는 데 큰 도움이 됩니다. 농부들은 이 절기의 변화에 맞추어서 씨를 뿌리고 추수를 합니다.

節氣對於耕作來說相當重要，它是以太陽的運行為基準，將一年分成24個節氣，並以此來區分季節。耕作的時候，太陽的運行與天氣扮演著很重要的角色，因此了解24節氣對莊稼農事上會有很大的幫助。農夫也會配合節氣的變化來播種、收穫。

Q 어떤 절기가 있습니까?

一年當中有什麼樣的節氣呢？

A 봄, 여름, 가을, 겨울 모두 6개씩 24절기가 있습니다. 입춘부터 청명에는 농사를 시작할 준비를 하며 소만과 망종에는 모내기 준비 및 씨뿌리기를 합니다. 이때가 가장 바쁠 철입니다. 그리고 상강에 농사를 마무리합니다. 대부분 도시화된 한국에서 절기가 이전 만큼 중요하게 생각되지 않지만 '입춘대길' 쓰기, 동지에 팥죽 먹기 등이 풍속으로 남아 있습니다.

一年共有24個節氣，春夏秋冬各有6個。從立春到清明時開始準備耕作，小滿與芒種則做插秧準備並播種，這時候是最忙碌的季節。接下來於霜降時為農事做收尾工作。在現今大部分都已都市化的韓國，節氣早已不像以前一樣受到重視，但是今日仍留存著使用「立春大吉」語句或於冬至時吃紅豆粥等習俗。

第 15 課 이사 떡 搬家年糕

Q 이사를 하면 왜 이웃집에 떡을 돌리나요?

搬家為什麼要分送鄰居年糕呢？

A 익숙하지 않은 새로운 곳에서 잘 알지 못하는 사람들과 이웃해서 살게 되는 이사는 예나 지금이나 사람들에게 생활의 큰 변화이고 중요한 행사입니다. 그렇기 때문에 한국에서는 예로부터 이사할 때는 조심할 것이 많았습니다. 우선 좋은 날짜를 골라서 이사합니다. 요즘에는 날씨나 휴일 여부가 중요하지만 옛날에는 '손 없는 날'이라고 해서 운이 좋은 날이 더 중요했습니다. 그리고 이사할 때는 소금을 가장 나중에 가지고 나오고 새집으로 가서는 소금을 가장 먼저 가지고 들어갑니다. 소금은 더러운 것을 깨끗하게 만드는 힘이 있다고 믿었기 때문입니다. 그리고 팥떡을 해서 함께 가지고 갑니다. 팥의 붉은색이 액운을 막고 복을 불러들이기를 바랐기 때문입니다. 마지막으로 팥떡을 이웃집에 나누어 주면서 인사를 합니다. 이것을 '이사 떡을 돌린다.'고 하는데 이 풍습은 이웃과 서로 돕고 사는 관계를 소중히 여기는 한국인의 따뜻한 정을 보여 줍니다. 아파트가 대표적인 주거 형태로 자리 잡은 요즘에도 이사를 하면 이웃에 이사 떡을 돌리는 풍습은 사라지지 않고 많이 남아 있습니다. 또 새로 이사한 집에 손님들이 많이 와서 웃고 떠들면 그 소리에 놀라서 나쁜 귀신들이 도망을 가서 집안이 평안해진다고 믿었기 때문에 친척이나 친구들을 초대해 집들이를 하는데 보통 집들이에 초대받은 사람들은 비누나 휴지를 선물로 가져가서 행복과 평안을 빌어 줍니다. (1급 16과 문화 해설 참고)

不管是以前還是現在，到一個不熟悉的地方生活，與不認識的人當鄰居，搬家對人們來說都是生活上的大變化與重要之事，因此韓國從以前開始，只要遇到搬家就有很多要小心注意的事情。首先搬家要挑選好日子，近來人們較為重視天氣狀況或當天休假與否，以前則認為挑選一個「無太歲之日」的好運日更為重要。搬家的時候，鹽巴要放到最後才拿出來，進入新家時，鹽巴則要最先拿進去，這是因為韓國人相信鹽巴具有將髒東西變乾淨的力量。同時韓國人會製作紅豆年糕帶進新家，這是因為韓國人希望藉由紅豆的顏色阻擋厄運，招來福氣。之後新家主人會將紅豆年糕分送給鄰居並向他們打招呼，這就是「이사 떡을 돌린다（分送搬家年糕）」。從這樣的習俗中我們也可以看出韓國人的熱情，以及韓國人重視與鄰居彼此幫助、融洽相處的關係。即便在公寓做為韓國代表性居住形態的今日，人們還是留存著搬家就會分送年糕的習俗。韓國人也相信當客人來到新家歡笑、大聲喧嘩，這樣的聲音會嚇跑不好的鬼魅，讓家裡更為平安，因此韓國人會舉辦喬遷宴，邀請親戚或朋友來到家裡，受到邀請的人也會帶香皂或衛生紙做為禮物，為他們祈願幸福與平安。（可參考1B第16課的文化Q&A）

第 16 課 한국의 조각보 韓國的拼布

Q 조각보는 누가 만들었습니까?

誰來製作拼布呢？

A 조각보는 보자기의 한 종류로 옛날 한국 여인들의 중요한 취미 활동이었습니다. 한국의 여인들은 어릴 때부터 조각보 만들기를 하면서 바느질을 배웠습니다. 특히 조각보는 서로 다른 크기의 작은 천 조각들을 자유롭게 배치하여 만드는데 이러한 과정을 통해 아름다운 색감의 다채로운 디자인이 만들어졌습니다. 또한 천의 질감을 그대로 살려서 색다른

느낌을 주었습니다. 최근 이러한 디자인과 색깔이 많은 사람들의 사랑을 받고 있습니다. 조각보는 평범한 보자기가 아니라 만든 사람의 정성이 담긴 완벽한 예술품입니다.

拼布是布的種類之一，是以前韓國女性很重要的興趣活動。韓國女性從小就要製作拼布，並學習針織，尤其拼布是以許多不同尺寸的小布自由搭配所製成，透過這樣的過程，創作出具美麗顏色且多采多姿的設計，同時它也完整呈現出布的質感，給人與眾不同的感覺。最近這樣的設計與顏色受到人們的喜愛。拼布並不只是一塊平凡無奇的布料，而是蘊含創作者用心的完美藝術品。

Q 조각보가 서양의 퀼트와 다른 점은 무엇입니까?

韓國拼布與西洋拼布有什麼不同呢？

A 서양의 퀼트와 달리 한국의 조각보는 만들 때 주로 감침질을 사용합니다. 감침질로 조각을 이어 붙이면 세밀하고 정교한 느낌을 줄 뿐만 아니라 만드는 과정에서 많은 정성이 들어가기 때문에 조각보는 오랫동안 복을 기원하는 도구로도 사용되었습니다. 또한 곡선이 아닌 직선과 사선만으로 만들어진다는 것도 조각보만의 큰 특징입니다.

韓國拼布與西洋拼布不同的是，韓國拼布主要是以「捲邊縫」的方式來製作，以「捲邊縫」來連結拼布，不僅給人細緻精巧的感覺，也蘊含著製作過程中的用心，所以韓國拼布也被拿來當作是祈願能長久擁有福氣的物品。另外，韓國拼布主要以直線與斜線，而非以曲線來製作，這也是韓國拼布獨具的特點。

〈감침질하는 방법〉

〈捲邊縫的縫法〉

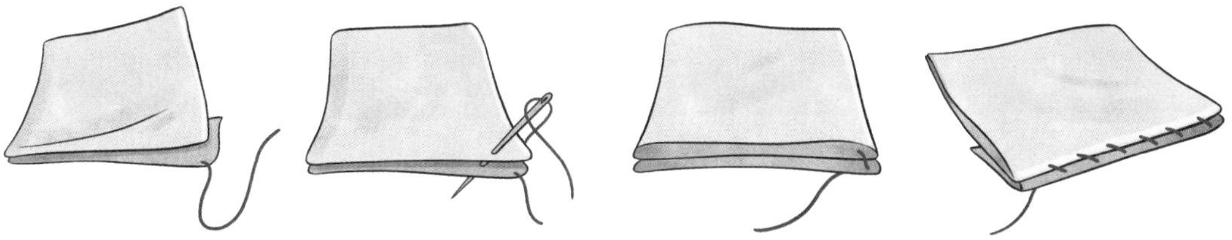

第 17 課 소문과 관련된 속담 有關傳聞的韓國諺語

Q 소문과 관련된 속담은 무엇이 있습니까?

韓文中有哪些有關傳聞的諺語呢？

A 말과 관련된 속담이 아주 많이 있습니다. 그중에서도 소문과 관련된 것들은 주로 소문의 속성을 강조하며 말조심을 해야 한다는 뜻으로 쓰는 것이 많습니다. '나쁜 소문은 날아가고 좋은 소문은 기어간다.'는 나쁜 소문일수록 더 빨리 퍼진다는 뜻으로 이런 속담에서도 알 수 있듯이 소문의 속성은 빨리 퍼지고 좋은 것보다는 나쁜 것을 좋아한다는 것을 알 수 있습니다. 또 '말은 할수록 늘고 되질은 할수록 준다', '음식은 갈수록 줄고 말은 할수록 는다'에서 보면 말은 할수록 보태어지고 물건은 갈수록 줄어든다는 뜻으로 소문이 원래의 말에서 더 커지는 속성을 잘 보여 줍니다. 또 '웃느라 한 말에 초상난다', '쌀은 쏟고 주워도 말은 쏟고 못 줍는다', '혀 아래 도끼 들었다'와 같은 속담은 모두 말조심을 해야 한다는 뜻을 담고 있습니다.

韓文中有很多與話語相關的諺語，其中有關傳聞的諺語，很多主要含有強調傳聞屬性及應該要注意自身言語的含意。「壞的傳聞用飛的，好的傳聞用爬的」代表的是越不好的傳聞散播得越快，從這樣的諺語中我們也可以了解傳聞的屬性是散播力快，而且比起好消息，人們更喜歡聽不好的傳聞。還有從以下2句諺語「話是越傳越多，東西是越量越少」、「食物是越搬越少，話語則是越傳越多」。我們可以看出話越說就越會加油添醋；而物品在移動的過程中則會越來越少，傳聞本身亦有從既有內容中越加越多的屬性。「玩笑話害死人」、「米灑了可以撿，話說出去就撿不回來了」、「舌頭底下藏著斧頭」等諺語，都告訴我們說話務必謹慎小心。

듣기 지문 聽力原文

10과 듣기

잘 듣고 이야기해 보세요. 02

여 어제 내가 소개해 준 친구 어땠어?
남 마음씨도 착하고 좋은 사람이던데.
여 그래? 그럼 다시 만날 생각 있어?
남 글쎄, 아직 잘 모르겠어.
여 정말 괜찮은 친구니까 몇 번 더 만나 봐. 그 친구는 네가 마음에 든대.
남 정말 고마운데 그 사람하고는 그냥 친구로 지내는 게 좋을 것 같아.
여 그러지 말고 다시 한 번 생각해 봐. 적어도 세 번은 만나 봐야지.
남 그래, 알았어.

듣기 1 09

여 안녕하세요? 박민호 씨. '올해의 선수상'을 받으신 것을 축하드립니다.
남 감사합니다. 야구를 사랑하시고 항상 응원해 주시는 팬 여러분의 덕분입니다.
여 그런데 박민호 씨, 좋은 소식이 들리던데요. 곧 결혼하신다고요?
남 네, 내년 1월에 결혼식을 할 예정입니다.
여 박민호 선수는 여성 팬들에게 인기가 많으신데 신부는 어떤 분일까요? 요즘 운동선수들이 배우나 가수하고 많이 결혼하시잖아요. 혹시 저희들도 아는 분인가요?
남 아닙니다. 저와 결혼할 사람은 그냥 보통 여자예요. 조용하고 마음씨가 착한 사람입니다.
여 그렇군요. 언제 그렇게 비밀 연애를 하셨어요?
남 하하, 제가 운동하느라 바빠서 연애는 못했고요. 저희는 선봐서 만났어요. 제가 허리를 다쳤을 때 치료를 해 주시던 의사 선생님의 조카입니다. 알고 보니 초등학교 후배여서 빨리 친해질 수 있었습니다.
여 아, 네. 그런데 그분의 어디가 마음에 드셔서 결혼을 결심하셨나요?
남 그 사람의 오빠도 운동선수라서 운동하는 사람의 생활을 잘 이해해 주는 점이 좋았어요. 전 외모나 조건보다 성격이 더 중요하다고 생각하는데 저와 성격이 잘 맞는 사람입니다.
여 인터뷰를 하면서 계속 웃고 계시네요. 정말 좋으신가 봐요. 다시 한 번 상 받으신 것, 결혼하시는 것 축하드리고 늘 행복하시기 바랍니다.

듣기 2 10

다음은 여러분의 사랑 이야기를 읽어 드리는 시간입니다.
오늘은 서초동에 사시는 이준서 님의 사연을 읽어 드리겠습니다.
저는 요리를 배우기 위해서 일본으로 유학을 갔는데 요리학교에서 그녀를 만났습니다. 저보다 3살이 많은 그녀는 일본어를 잘 못하던 저를 항상 누나처럼 친절하게 도와주었습니다. 저는 그녀가 좋았지만 졸업하자마자 한국으로 돌아올 생각이었기 때문에 고백하지 않았습니다.
그런데 귀국하기 전날 밤, 저는 교통사고를 당했습니다. 눈을 떠 보니 병원이었고 침대 옆에 그녀가 울면서 서 있었습니다. 그리고 세 달 동안이나 저를 잘 간호해 주었습니다. 병원에서 퇴원하던 날 저는 그녀에게 청혼했습니다. 그런데 양쪽 부모님이 우리의 결혼을 반대하셨습니다. 그녀의 부모님은 딸이 한국으로 시집가는 것을 반대하셨고 제 부모님은 연상의 외국 여자가 며느리로 들어오는 것을 싫어하셨습니다. 하지만 변하지 않는 우리의 사랑을 보시고 마침내 결혼을 허락해 주셨습니다. 저희는 세상에서 제일 맛있는 빵집을 만들 계획입니다. 그 꿈을 이루려면 아직 멀었지만 아무리 힘들어도 포기하지 않을 겁니다. 저희를 응원해 주세요.
네, 두 분의 결혼을 축하합니다. 노래 한 곡 들려 드립니다. '우리 서로 사랑하잖아.'

11과 듣기

잘 듣고 이야기해 보세요. 13

남 어제 면접 어땠어?

여 괜찮았어. 좀 긴장하긴 했지만 잘 본 것 같아.
남 면접관이 무슨 질문을 했어?
여 회사에 지원한 이유, 경력, 외국어 능력 등을 물어봤어.
남 넌 경력도 있고 외국어도 잘하잖아.
여 응. 그래서 자신 있게 대답할 수 있었어.
남 그 정도면 틀림없이 붙겠다.
여 나도 그렇게 되면 좋겠어.

듣기 1

19

남 안녕하세요?
여 어서 와요. 오늘은 첫날이니까 제가 하는 걸 보고 잘 따라하세요. 전에도 옷가게에서 일한 적이 있으니까 어렵지 않을 거예요.
남 네, 열심히 하겠습니다.
여 우선 마네킹이 입고 있는 옷을 벗기고 이 점퍼를 입혀 주세요.
남 네, 알겠습니다.
여 옷을 다 입히고 나서 이 모자도 좀 씌워 줄래요? 신발은 이 등산화로 갈아 신겨 주세요.
남 네, 알겠습니다.
여 다 했으면 이 포스터를 잘 보이는 데에 붙여 주세요.
남 가게 문 앞쪽에 붙일까요?
여 문보다는 저기 계산대 아래 붙이는 게 좋겠네요.
남 네.
여 저는 물건 가지러 창고에 좀 다녀올 테니까 무슨 일 생기면 연락하세요.
남 네, 걱정 마세요.

듣기 2

20

남 요즘 회사를 옮길까 말까 고민 중이야.
여 아니, 왜? 연봉이 높아서 좋다고 했잖아.
남 연봉은 마음에 드는데 너무 바빠서 내 생활이 없어.
지난 주말에도 늦게까지 회사에서 일하느라고 다른 일은 아무것도 못 했어.
여 많이 힘들겠다. 만약 회사를 옮긴다면 어떤 곳에서 일하고 싶은데?
남 연봉은 좀 낮아도 휴가가 길었으면 좋겠어. 또 야근도 없었으면 좋겠고.
여 어떤 회사든지 힘든 점은 있을 거야. 그리고 아무리 휴가가 길어도 월급이 적으면 좋아하는 일을 할 수 없잖아.
남 그 말도 맞네. 정말 어떻게 해야 할지 모르겠어.
여 지금 다니는 회사의 좋은 점을 한번 생각해 보는 건 어때? 무엇이든지 좋으니까 얘기해 봐.
남 우선 집에서 가깝고 무엇보다 함께 일하는 동료들이 마음에 들어. 그리고 새로 온 상사도 나한테 잘해 주고 사무실 분위기도 좋고.
여 이렇게 좋은 점이 많은데 옮길 수 있겠어?
남 그래, 다시 한 번 생각해 볼게. 고마워.

12과 듣기

잘 듣고 이야기해 보세요.

23

여 너 등 좀 펴고 다녀. 자세가 나쁘니까 키도 작아 보이잖아.
남 요즘 기운이 통 없어서 그래. 공부도 잘 안되고 밥맛도 없어.
여 병원에는 가 봤어? 어디 아픈 거 아니야?
남 병원에서는 아무 이상이 없대. 운동 부족인가 봐.
여 그런 모양이네. 가벼운 운동이라도 시작해 봐. 몸이 좋아지면 공부도 잘될 거야.

듣기 1

30

남 여러분 안녕하십니까? 건강 상담 시간입니다. 먼저 시청자 한 분의 고민을 들어 보겠습니다.
여 안녕하세요? 저는 인천에 사는 이민지라고 합니다. 백화점에서 판매 일을 하고 있는데요. 계속 서서 일을 했더니 몸이 안 좋아졌어요. 아침에 일어나면 다리가 퉁퉁 붓고 무릎이 아파서 계단을 올라가기도 힘들어요.
남 규칙적으로 운동은 하고 계십니까?
여 직장이 멀어서 집에 돌아오면 밤 10시가 넘어요. 운동할 시간이 없어요.
남 그래도 가장 좋은 방법은 운동입니다. 운동할 시간이 없다면 평소에 발목을 자주 움직여 주고 자기 전에는 누워서 다리를 위로 올리고 가볍게 스트레칭 하세요. 다리가 심하게 아플 때는 뜨거운 수건으로 마사지하는 것도 좋습니다.

여 감사합니다. 선생님, 굽이 높은 구두도 다리 건강에는 나쁘죠?

남 물론입니다. 하지만 굽이 너무 낮은 구두도 안 좋습니다. 3센티미터 정도가 적당합니다.

여 네, 잘 알겠습니다.

듣기 2 (31)

남 선생님이 가르쳐 주신 대로 운동했더니 요즘 몸이 많이 좋아졌어요.

여 정말 많이 좋아지셨네요. 그동안 운동을 열심히 하신 모양이네요.

남 네, 하루도 빠짐없이 달리기도 하고 근육 운동도 했더니 배도 많이 들어갔어요. 그래서 이번에는 더 열심히 해서 복근도 만들어 보려고요.

여 네, 지금까지 하던 대로 열심히 하시면 가능해요.

남 복근을 만들려면 역시 윗몸 일으키기를 많이 하는 게 좋겠죠?

여 보통 그렇게 생각하기 쉬운데 윗몸 일으키기만 하면 복근을 만들 수 없어요. 줄넘기나 옆구리 운동을 함께 해야 돼요. 그리고 중요한 건 음식이에요. 술이나 단 음식은 절대 먹으면 안 돼요.

남 그건 정말 곤란한데요. 제가 다니는 회사는 회식을 자주 해서요.

여 회식 때는 어쩔 수 없겠지만 그래도 한번 노력은 해 보세요. 몸이 좋아졌을 때 하면 효과를 더 빨리 얻을 수 있으니까요. 배에 복근이 생기면 얼마나 멋있는지 몰라요.

남 그건 그래요. 운동을 시작하고 나서 회사에서 인기도 많아졌어요. 그리고 몸도 가볍고 기분이 상쾌해져서 일도 더 잘하게 되었어요. 계속 많이 도와 주세요.

13과 듣기

잘 듣고 이야기해 보세요. (34)

여 양복 입었네. 오늘 어디 가?

남 회사 동료 결혼식에 초대받았어.

여 그렇구나. 양복 입고 넥타이도 매니까 전혀 다른 사람 같아.

남 양복을 자주 입어 보지 않아서 안 어울릴까 봐 걱정돼.

여 잘 어울리니까 걱정하지 마.

듣기 1 (41)

엄마 얘, 너 그거 결혼식 부케 아니니? 회사 체육 대회 간다고 하더니 왜 부케를 들고 들어와?

딸 엄마, 제가 저녁 때 고등학교 친구 결혼식에 간다고 했잖아요.

엄마 맞다. 집에 들렀다 간다더니 그냥 갔어?

딸 네, 체육 대회가 너무 늦게 끝나서 결혼식에 늦을까 봐 곧장 갔어요. 집에 와서 옷을 갈아입고 갔어야 했는데…….

엄마 그럼 너 그렇게 입고 결혼식에 간 거야? 청바지에 티셔츠 입고?

딸 네, 게다가 부케 받기로 한 친구가 갑자기 못 오게 돼서 제가 부케까지 받았어요.

엄마 세상에. 어쩌면 좋으니? 거기 온 손님들이 다 한마디씩 했겠다.

딸 그러게요. 하지만 저밖에 부케 받을 사람이 없다고 하잖아요. 다른 친구들은 다 결혼했고.

엄마 청바지에 티셔츠까지 입고 부케를 받았으니……. 쯧쯧.

딸 저도 얼마나 창피했는지 몰라요.

엄마 그거 봐라, 일이 재미있다고 결혼을 미루니까 그런 일도 생기잖니? 이제 부케까지 받았으니 빨리 결혼하도록 해. 부케 받고 6개월 안에 결혼 안 하면 평생 결혼 못 한다고 하더라.

딸 엄마! 결혼할 남자가 있어야 결혼을 하지요. 나도 속상해 죽겠는데 자꾸 왜 그래요?

듣기 2 (42)

앵커 다음은 파리에서 열린 '한국음식축제' 소식입니다. 이주연 리포터를 연결해 보겠습니다. 이주연 리포터.

리포터 네, 파리 한국문화원은 오늘 파리 서울공원에서 한국 음식을 알리는 음식 축제를 성공적으로 잘 마쳤습니다.

앵커 파리는 오늘 비가 왔다고 하던데 괜찮았나요?

리포터 네, 오전에 비가 약간 왔지만 큰 문제는 없었습니다. 불고기와 비빔밥이 인기가 좋아서 줄 서서 사 먹는 모습을 볼 수 있었습니다.

앵커 행사 준비 팀이 여러 가지로 신경을 써서 준비했다고 하던데요.

리포터 네, 그렇습니다. 행사 장소도 한국의 정원처럼 꾸몄고 한복을 입고 사진을 찍을 수 있는 코너도 마련해 놓았습니다.

앵커 김치 만들기 체험도 했다고 하는데 어땠습니까?

리포터 외국인들이 김치 냄새를 싫어할까 봐 걱정했는데 오히려 참가자가 너무 많아서 나중에는 재료가 부족했습니다. 재료를 충분히 준비했어야 했다는 생각이 들었습니다.

앵커 음식을 먹거나 구경만 하는 게 아니라 직접 만들어 보도록 한 것은 아주 좋은 생각이네요. 공연도 했다면서요?

리포터 네, 부엌에서 쓰는 물건을 악기처럼 사용한 공연이었는데요, 한국어를 모르는 외국인들도 함께 즐겁게 볼 수 있어서 참 좋았습니다.

앵커 네, 잘 들었습니다. 감사합니다.

14과 듣기

잘 듣고 이야기해 보세요. 45

여 여보세요. 부장님, 정말 오랜만이에요. 퇴직하고 시골에서 사시니 좋으시죠?

남 김 대리도 잘 지냈죠? 시골로 내려와서 농사짓고 사니까 여유가 있어서 좋아요.

여 저희 부부도 나중에 시골에 가서 살고 싶은데 어떤 준비를 해야 할지 모르겠어요.

남 먼저 살 장소를 찾아보고 어떤 일들을 시골에서 할 수 있을지 알아봐야 돼요.

여 농사짓는 법도 미리 알고 가야 하나요?

남 준비는 많이 하면 할수록 좋아요. 서울시에 지원센터가 있으니까 한번 전화해 보세요.

듣기 1 52

여 고구마 좀 쪄 왔는데 드셔 보세요. 제가 직접 키운 거예요.

남 이걸 직접 키웠다고요?

여 네, 얼마 전에 조카들하고 심었던 고구마인데 생각보다 잘 자랐어요.

남 아파트에 산다고 들었는데 어디에서 고구마 농사를 지었어요?

여 요즘 집 근처에서 하는 주말농장 프로그램에 참가하고 있어요.

남 주말농장요? 그런 곳이 있어요?

여 네, 은퇴 후에 시골에 가서 살 준비를 하는 사람들이나 저처럼 농사를 짓고 싶어 하는 도시 사람들이 농사도 배우고 직접 키워 보기도 하는 곳이에요.

남 농사를 지어 보니까 어때요?

여 배우면 배울수록 더 어려운 것 같아요. 하지만 도시에 살면서 자연을 느낄 수 있어서 참 좋아요. 그동안 쌓였던 스트레스도 풀리는 것 같고요.

남 그래요? 그런데 저처럼 도시에서만 살던 사람도 농사를 지을 수 있을까요?

여 물론이지요. 저하고 같이 주말농장을 하는 사람들도 대부분 농사 경험이 없어요. 처음에는 좀 힘들겠지만 직접 심은 채소가 크는 걸 보면서 보람을 느낄 수 있을 거예요. 이번 주말에도 주말농장에 가니까 시간 되면 놀러 오세요.

남 그럼 그럴까요? 구경해 보고 싶은데요.

듣기 2 53

리포터 여러분, 안녕하세요? 저는 지금 7~80년대 서울의 모습 전시회에 나와 있습니다. 어린이날을 맞이해서 아이들과 함께 온 가족들이 많이 보이는데요. 잠시 이야기를 나누어 보겠습니다. 오늘 전시회에 와 보니까 어때요?

아이 부모님이 어렸을 때 살았던 동네를 사진으로 보니까 기분이 이상해요. 보면 볼수록 신기하고요. 또 청계천의 옛날 모습이 지금하고 하도 많이 달라서 깜짝 놀랐어요. 청계천이 차가 다니던 도로였다는 게 상상이 안 돼요.

리포터 그렇군요. 부모님들이 어렸을 때 했던 놀이를 아이들에게 가르쳐 주는 곳도 있는데요. 한번 가 보겠습니다. 아버님, 열심히 팽이치기를 하고 계신데요. 오늘 전시회가 어떠셨어요?

아버지 우리가 어렸을 때 자주 하고 놀았던 놀이를 아이들하고 같이 해 볼 수 있어서 정말 좋았어요. 그동안 잊고 있었던 추억들이 생각나서 다시 어렸을 때로 돌아간 것 같아요. 하도 재미있어서 시간 가는 줄 몰랐어요.

리포터 네, 감사합니다. 이번 전시는 5월 한 달 동안 계속된다고 하니까 가족들과 특별한 추억을 만들고 싶으신 분들은 꼭 오셔서 관람하시기 바랍니다. 지금까지 리포터 김현정이었습니다.

15과 듣기

잘 듣고 이야기해 보세요. 56

여 샤오밍 학생, 어디 갔다 와요?

남 네, 아주머니. 운동하고 오는 길에 장 좀 봐 왔어요.

여 그래요? 방에 불도 켜 있고 텔레비전 소리도 들려서 집에 있는 줄 알았어요.

남 죄송합니다. 나가면서 불 끄는 걸 잊었네요.

여 이거 관리비 고지서예요. 보니까 전기 요금이 다른 방보다 많이 나왔네요. 좀 아껴 써야겠어요.

듣기 1 63

남 누구세요?

여 안녕하세요? 아래층에 사는 사람인데요.

남 네, 무슨 일이세요?

여 우리 집 화장실 천장에서 물이 새서 왔어요. 여기 화장실에 무슨 문제가 있는 것 같은데요.

남 우리 집 화장실은 아무 문제가 없는데요. 우리 집 문제가 아닐걸요.

여 혹시 하수구가 막힌 건 아닐까요?

남 그러고 보니 요즘 물이 잘 안 내려가긴 했는데…….

여 와서 보시면 아시겠지만 천장에서 물이 뚝뚝 떨어져요.

남 그 정도예요? 그러면 어떻게 하죠?

여 수리 기사를 불러서 무슨 문제가 있는지 확인해 주세요.

남 네, 그럼 바로 전화하겠습니다. 불편하게 해 드려서 죄송합니다.

여 아니에요. 그럴 수도 있죠. 그럼 부탁드립니다.

듣기 2 64

남 누구세요?

여 안녕하세요? 저 아래층 사는 학생인데요.

남 바바라 학생이 무슨 일이에요? 집에 무슨 문제라도 있어요?

여 저기……. 이번 달까지만 살고 이사해야 될 것 같아서요.

남 방을 빼겠다고요? 아직 계약 기간도 많이 남았는데……. 이렇게 갑자기 나가겠다고 하면 곤란하죠.

여 죄송해요. 사정이 생겨서 갑자기 귀국하게 됐어요.

남 그럼 어쩔 수 없죠. 그런데 대신 들어올 사람을 구해 놓고 나가지 않으면 안 돼요.

여 그럼 제가 어떻게 하면 될까요?

남 나도 부동산에 전화하겠지만 바바라 학생도 다른 부동산에 말해 놓으세요. 그리고 인터넷에 광고 글을 올려놓으면 빨리 사람을 구할 수 있을걸요.

여 네, 알겠습니다. 만약 제가 이사 가기 전까지 사람을 못 구하면 어떻게 되는 거죠?

남 계약 기간이 끝나기 전에 나가는 거니까 다른 사람이 들어오기 전까지 방세를 내야 돼요.

여 그래요? 그럼 빨리 서둘러야겠네요.

16과 듣기

잘 듣고 이야기해 보세요. 67

남 이번 주말에 뭐 해요?

여 오랜만에 가족하고 캠핑 가기로 했어요.

남 재미있겠네요. 요즘 날씨가 좋아서 캠핑하면 아주 좋을 거예요.
여 네. 그동안 일이 많아서 힘들었는데 캠핑 가서 스트레스 다 풀고 오려고요. 민수 씨는 주말에 뭐 해요?
남 저는 요즘 시간이 나면 낚시하러 가요. 조용하고 경치 좋은 곳에서 낚시를 하면 기분이 정말 좋아져요.
여 다음에 낚시하러 갈 때 따라가도 돼요? 전부터 낚시를 한번 배워 보고 싶었어요.
남 좋아요. 그럼 다음에 낚시 할 수 있는 곳으로 캠핑을 떠나면 어때요?
여 그거 좋은 생각인데요.

듣기 1

74

아들 여보세요. 엄마, 지금 어디 계세요? 집이세요?
어머니 응, 집인데.
아들 엄마, 저 좀 도와주세요. 시간이 없어서 그래요.
어머니 왜? 뭐 두고 갔니?
아들 엄마, 어떻게 아셨어요?
어머니 아이고, 내가 왜 몰라, 네가 원래 깜빡 잘 잊어버리기로 유명하잖니?
아들 네, 보고서를 깜빡 잊고 집에 두고 왔어요. 오늘까지 내야 하는데…….
어머니 그래? 어떡하니? 내가 갖다 줄까?
아들 아니요, 외장 하드 디스크를 안 가져 왔으니까 우선 하드 디스크 좀 찾아봐 주세요. 제 방 책상 위에 있을 거예요.
어머니 하드 디스크? 컴퓨터 말이니?
아들 그게 아니고요. 엄마, 책상 위 노트북 옆에 긴 네모 모양의 물건이 하나 있을 거예요. 색깔은 까만색이고 크기는 휴대폰만 한데 휴대폰보다는 좀 두꺼워요. 짧은 전선이 달려 있고요.
어머니 까맣고 휴대폰만 한 물건이라고 했지? 그래, 여기 있구나. 디스크라고 해서 둥근 모양인 줄 알았더니 사각형이네. 이걸 어떻게 할까?
아들 엄마, 거기에 있는 파일 하나만 이메일로 보내 주세요.
어머니 파일? 얘, 내가 파일은 한 번도 안 보내 봤는데……. 어떻게 하는 거니?
아들 아! 할 수 없네요. 그냥 두세요. 제가 갈게요.

듣기 2

75

선생님 오늘은 연을 만들어 보겠어요. 한국에서 연을 만들어 본 적이 있어요?
학생 아뇨, 하지만 한강공원에서 아이들이 연날리기 하는 걸 본 적이 있어요. 연이 마름모 모양이고 꼬리가 길던데요? 한국의 연은 다 그렇게 생겼나요?
선생님 그렇지 않아요. 세모, 네모, 마름모 등 여러 가지 모양이 있어요. 오늘은 이 연을 만들어 봐요.
학생 이건 네모 모양이네요.
선생님 그래요. 이제 만들어 볼까요? 먼저 종이 가운데 동그랗게 구멍을 내세요. 연에 구멍을 만들어 주면 연이 잘 날거든요.
학생 구멍은 얼마나 크게 만들어야 해요?
선생님 이 음악 CD만 하게 만들면 돼요. CD를 줄 테니까 종이 위에 놓고 동그라미를 그린 후에 자르세요.
학생 이렇게 하면 되나요?
선생님 네, 좋아요. 이제 뒤쪽에 대나무를 붙이고 실을 묶으면 돼요.
학생 어서 날려 보고 싶어요.
선생님 그럼 나가서 한번 날려 봐요. 누가 연날리기를 잘하는지 볼까요?
학생 제가 이길걸요. 제가 고향에서 연날리기 잘하기로 유명했거든요.

17과 듣기

잘 듣고 이야기해 보세요.

78

여 가수 시윤이랑 모델 미나가 사귄대.
남 아닐걸. 그거 전부터 있던 소문인데 아니라고 하던데…….
여 아냐, 사귄다고 했대. 두 사람이 같이 데이트하는 사진도 찍혔어. 이것 좀 봐.
남 뭐? 정말이야? 스캔들 날 때마다 아니라고 하더니……. 사귀는 거였어?
여 아마 사진 때문에 사귀는 거 인정한

것 같아.

남 사진까지 찍혔으면 더 이상 숨길 수 없었겠지.

여 근데 연예인들도 참 피곤할 것 같아. 자기 사생활이 없잖아.

남 그러게 말이야.

듣기 1

85

앵커 정말 여자는 남자보다 운전을 못하고 사고를 자주 낼까요? 지금 뉴스를 보고 계신 분들 중에도 여자는 운전이 서툴다고 생각하는 분들이 있을 텐데요. 모두 오해였던 것 같습니다. 지난해 일어난 교통사고를 보니 남성 운전자가 여성 운전자보다 다섯 배 이상 사고를 많이 냈습니다. 김지연 기자가 전해 드립니다.

기자 마트에서 힘들게 주차하고 있는 여성 운전자를 한 남성이 답답해하며 바라보고 있습니다. 기다리지 못하고 경적을 누르는 남성도 있습니다. 하지만 여성 운전자가 주차를 힘들어 한다고 해서 사고를 많이 내는 것은 아닙니다. 남자라고 해서 누구나 주차를 잘하는 것도 아닙니다. 실제로 여성 운전자는 조금 느리게 가도 안전하게 운전하는 것을 중요하게 생각한다고 합니다. 그래서 사고를 많이 내지 않습니다. 자신이 운전을 잘한다고 생각해서 속도를 높이거나 빨리 가기 위해 신호를 지키지 않는 남성 운전자들이 사고를 더 자주 낸다고 합니다. 교통사고의 원인은 남성과 여성의 차이 때문이 아니라 운전 습관 때문입니다. 안전하게 운전하는 것이 운전을 제일 잘하는 것입니다. 지금까지 김지연이었습니다.

듣기 2

86

남 박사님, 물을 많이 마시는 게 건강에 좋다고 하는데 그게 사실인가요? 전 물을 별로 안 마시는데 건강을 위해서 더 많이 마셔야 할까요?

여 물이 우리 몸에 좋은 것은 맞습니다. 우리 몸의 70%가 물로 되어 있고요. 그런데 물을 많이 마신다고 해서 누구나 다 건강해지는 것은 아닙니다. 우리가 평소에 먹는 음식에도 물이 들어 있기 때문에 하루에 8잔 이상 마시면 소화가 잘 안되거나 배탈이 날 수도 있습니다.

남 질문이 하나 더 있는데요. 제가 요즘 눈이 많이 나빠졌어요. 그런데 친구들이 제가 어두운 곳에서 책을 읽어서 나빠진 거래요. 정말 그런가요?

여 어두운 곳에서 책을 읽는다고 해서 언제나 눈이 나빠지는 건 아닙니다. 물론 눈 건강에 좋은 습관은 아니니까 고치시는 게 좋겠지요? 검사를 해 봐야 알겠지만 어두운 곳에서 책을 읽어서가 아니라 스마트폰이나 컴퓨터를 오랜 시간 사용해서 나빠졌을 겁니다. 병원에 가셔서 검사를 한번 받아 보시는 게 좋겠습니다.

남 그리고 저는 커피를 아주 좋아하는데 커피가 몸에 안 좋다고 들었어요. 정말이에요?

여 커피가 건강에 나쁘다니요. 설탕이나 크림이 들어가지 않은 커피를 하루에 2~3잔 정도 마시면 오히려 건강에 좋습니다. 암을 예방할 수 있고 다이어트에도 도움을 주니까 걱정하지 않으셔도 됩니다.

18과 듣기

잘 듣고 이야기해 보세요.

88

여 이 연극 표 사기가 하늘의 별따기라고 들었는데 어떻게 표를 샀어요?

남 선아 씨가 연극 좋아한다고 해서 예매 시작하자마자 얼른 샀죠.

여 고마워요. 무대가 가까워서 배우들의 얼굴도 잘 보이겠어요.

남 이 연극의 대본을 쓴 작가가 아주 유명한 소설가라고 하던데요.

여 네, 그래서 대사가 아주 멋있대요. 게다가 남자 주인공이 연기를 너무 잘한대요. 아! 이제 시작하나 봐요.

모범 답안 標準答案

10 과

듣고 말하기

1. 1) ① 2) ②

2. 1) ① 2) ② 3) ③

읽고 쓰기

1) ③

2) ①

11 과

듣고 말하기

1. 1) ② 2) ①

3)

2. 1) ② 2) ① 3) ③

읽고 쓰기

1) ①

2) ③

3) 독서하는 사람이 성공한다.

12 과

듣고 말하기

1. 1) ① 2) ③ 3) ③

2. 1) ② 2) ③ 3) ①

읽고 쓰기

1) ③

2) ③

3) ③, ②, ①

13 과

듣고 말하기

1. 1) ①, ③ 2) ③ 3) ③

2. 1) ③ 2) ③ 3) ③

읽고 쓰기

1) 동물을 사랑하는 사람들의 모임

2) ③

3) ②

14 과

듣고 말하기

1. 1) ② 2) ①, ③ 3) ②

2. 1) ② 2) ①, ③ 3) ②

읽고 쓰기

1) ②

2) ①

3) ②, ③, ①, ⑤, ④

4) ③

15 과

듣고 말하기

1. 1) ② 2) ①

2. 1) ② 2) ③ 3) ③

읽고 쓰기

1) ①

2) ②

16 과

듣고 말하기

1. 1) ③ 2) ② 3) ①

2. 1) ② 2) ② 3) ①

읽고 쓰기

1. ① 암벽 등반 하기

② 자전거 타기

③ 레일바이크 타기

2. ②

17 과

듣고 말하기

1. 1) ① 2) ③ 3) ①

2. 1) ③ 2) ③ 3) ②

읽고 쓰기

1) ②

2) ①

18 과

읽고 말하기

연습 1

1) 빗을 사다 달라고 했습니다. 반달 모양입니다.
2) 거울을 사 왔습니다. 세상 모든 것을 있는 그대로 보여주는 물건입니다.
3) 농부 아내가 사다 달라고 한 것은 반달 모양의 빗이었는데 농부가 사 온 물건은 둥근 달 모양의 거울이었습니다.
4) 아내 생일에 선물로 주려고 숨겨 두었습니다.
5) 농부 아내는 거울 속에 웬 젊은 여자가, 시어머니는 웬 늙은 여자가, 시아버지는 웬 늙은 영감이 있다고 생각했습니다.
6) 깨지고 말았습니다.

어휘 색인 單字索引

ㄱ

ㄴ

늘다	增加
능력	能力

ㄷ

다큐멘터리	紀錄片
다투다	爭吵
단계	階段
단체	團體
단추를 달다	縫扣子
(손을 허리에) 대다	（手）插（腰）
대기업	大企業
대리	代理
대본	劇本
대사	臺詞
대인 관계가 원만하다	待人處事圓融
(손님을) 대접하다	接待（客人）
더 이상	再也…
덕분에	多虧…、幸虧…
덤벨	啞鈴
데이트 코스	約會行程
도낏자루	斧柄
도대체	到底、究竟
돌리다	分送
(목을) 돌리다	（脖子）轉圈
돌잔치	周歲宴
동강	東江
동굴	洞窟
동그라미	圓形
동료	同事
동작	動作
동창회	同學會
동치미	水蘿蔔泡菜
둥글다	圓的
(가방을) 들다	拿／提（包包）
(발뒤꿈치를) 들다	抬起（腳後跟）／墊腳尖
들여다보다	仔細看
따로	另外
따분하다	煩悶無聊
딱딱하다	硬的
땀이 나다	流汗
때다	生火
뛰어나다	卓越突出
뛰어다니다	跑來跑去
(눈을) 뜨다	睜開眼睛

ㄹ

래프팅	泛舟
레일바이크	鐵道腳踏車

ㅁ

(선물을) 마련하다	準備（禮物）
마루	地板
마름모	菱形
마스크	口罩
마음씨가 착하다	心地善良
마음에 여유가 생기다	內心悠閒
마음이 설레다	內心興奮
마음이 편안해지다	心情舒坦
마침내	終於
막	剛
막다	阻擋
만리장성	萬里長城
말[생각]이 잘 통하다	談得來[想法相近]
말조심	說話小心、言辭謹慎
매끄럽다	滑的
(넥타이를) 매다	繫／打（領帶）
매력이 있다	有魅力
(배낭을) 메다	背（背包）
며느리	媳婦
면세점	免稅店
멸종	絕種
모래시계	沙漏
모자라다	不夠
모피	毛皮
목뼈	頸骨
목표	目標
몰라보다	看不出來
몸이 무겁다/가볍다	身體沈重／身體輕盈

몸이 좋아지다	身體變好
무대	舞臺
무슨 일이 있어도	不管怎樣、不管有什麼事
물고기(를) 잡다	抓魚
물이 새다	漏水
물이 안 내려가다	水下不去
미만	未滿
믿어지지 않다	難以置信
밀리다	拖欠

ㅂ

바닥	地面、地板
바둑을 두다	下圍棋
바로	就是
바로잡다	導正
바자회	義賣會
반달	偃月、半月
발전시키다	促進發展
밤말	夜晚說的話
방을 빼다	搬出、空出房間
밭	旱田
배우자	配偶
백제	百濟
번역	翻譯
벌떡 일어나다	突然起身
(다리를) 벌리다	開（腿）
베토벤	貝多芬
벼	稻子
변기가 막히다	馬桶堵塞
변하다	改變
보고서 작성을 잘하다	擅長撰寫報告
보관	保管
보증금	保證金
보호	保護
복권에 당첨되다	中彩券
봄철	春季
부드럽다	軟的
부분	部分
부서	部門、單位
부장	部長
부족하다	不足
부케	捧花
부하 직원	下屬員工
분명히	明明
불다	吹
불편하다	不方便
뷔페	西式自助餐
블루베리	藍莓
비수기	淡季
빗	梳子
빙어 낚시	釣冰魚
(팔을) 뻗다	伸展（手臂）
빼앗다	搶奪
뾰족하다	尖的

ㅅ

사귀다	交往
사라지다	消失
사랑에 빠지다	墜入愛河
사랑이 식다	愛情冷卻
사회를 보다	主持、擔任司儀
산악 오토바이	越野摩托車
살이 찌다/빠지다	變胖／變瘦
상대방	對方
상상이 되다	可以想像
상상이 안 되다	無法想像
상식	常識
상영하다	放映
상하다	壞掉
생기다	產生
서류	文件
서적	書籍
서툴다	生疏、不熟練
선보다	相親
설치하다	設置、安裝
성격[마음]이 잘 맞다	個性[心靈]契合
성별	性別

성수기	旺季
성실하다	誠實認真
세모	三角形
소개팅하다	一對一聯誼
소리를 지르다	大喊
소문을 내다	放出消息
소문을 퍼뜨리다	散播消息
소문이 나다	消息出來
소문이 퍼지다	消息傳開
소음이 심하다	噪音嚴重
손을 잡다	牽手
솔직히	其實
송년회	尾牙
송별회	歡送會
수돗물이 안 나오다	無自來水
수상 스키	滑水
수선하다	修繕、修補
수입	收入
숨기다	隱藏
숨을 쉬다	呼吸
숨이 차다	喘
스킨스쿠버	潛水
승진 기회가 많다	升遷機會多
시간 가는 줄 모르다	不知時間流逝
시급	時薪
시어머니	婆婆
신기하다	神奇
신라	新羅
신이 나다	開心
신인	新人
신입 사원	新進社員
신혼살림	新婚生活
신혼여행	蜜月旅行
신혼집	婚後住的新家
싣다	裝載
실력이 있다	有實力
실망하다	失望
실은	其實
실제로	實際上
썩다	腐爛
썰매	雪橇

ㅇ

아끼다	愛惜
아르바이트	打工
안심	安心
알뜰하다	精打細算
암	癌症
암벽 등반	攀岩
야경	夜景
야근	加班
어깨에 기대다	靠肩
어디가 어디인지	哪裡是哪裡
어쩐지	難怪
얼굴이 빨개지다	臉蛋泛紅
업무	業務
여유가 없다	急迫繁忙
여유가 있다	從容悠閒
연극	話劇
연기를 잘하다	演技很好
연령	年齡
연봉이 높다	年薪高
연상	年紀比自己大者
연애결혼	自由戀愛結婚
연애하다	戀愛
연을 날리다	放風箏
연인	戀人
연체료	滯納金
연하	年紀比自己小者
영감	老先生
영원하다	永遠
예방	預防
예술품	藝術品
예식장	結婚禮堂
오해를 풀다	化解誤會
오해하다	誤會
오히려	反而
용기를 내다	鼓起勇氣

우연히	偶然
울퉁불퉁하다	凹凸不平的
웬	哪來的…
위기	危機
윗몸 일으키기	仰臥起坐
유창하다	流暢
유통 기한	有效期限
음치	音痴
의식	儀式
이상한 냄새가 나다	產生異味
이성	異性
이해가 빠르다	理解能力快
익다	成熟
인공 암벽장	人工攀岩場
인기가 떨어지다	人氣下滑
인상이 좋다	印象很好
일부러	故意
일자리	工作
있는 그대로	如實地

ㅈ

자동이체	自動轉帳
자세가 좋다/나쁘다	姿勢正確／姿勢不良
자세히	仔細
자취	自己煮飯生活
잔디(를) 깎다	割草
잠자리	睡覺的地方
장구	長鼓
장기 자랑	才藝表演
장롱	衣櫃
장화	長筒靴
저축하다	儲蓄
전공을 살리다	發揮所學、善用專長
전기가 나가다	停電
전라도	全羅道
절약하다	節約
정원(을) 가꾸다	修整庭園
(몸을) 젖히다	（身體）後傾
제자리	原地
제작	製作
제출	提交
조건이 맞다	條件符合
종류별로	按種類分類
주말농장	週末農場
주사	打針
주왕산	周王山
줄넘기	跳繩
줄다	減少
중매결혼	媒妁婚姻
중소기업	中小企業
쥐	老鼠
쥐가 나다	抽筋
지식	知識
지원자	應徵者
지출	支出
지치다	筋疲力竭
직장 상사	職場上司
집들이	喬遷宴
집안일	家事
짝사랑	單戀
쫙 펴다	完全挺起（胸、背）

ㅊ

(시계를) 차다	佩戴（手錶）
(옷을) 차려입다	盛裝打扮
(상을) 차리다	擺設（飯桌）
채	鼓槌
채소(를) 심다	種植蔬菜
채식	素食
처음으로	初次
천	布
천 리	千里
천국	天堂
천생연분	天作之合
첫눈에 반하다	一見鍾情
청년	青年
청첩장	結婚請帖

청평	清平（地名，位於京畿道）
청혼하다	求婚
최선을 다하다	盡心盡力
추수하다	秋收
출신	出身
출장 보고	出差報告
출퇴근 시간이 자유롭다	上下班時間自由
충분하다	充分
취업 박람회	就業博覽會
치다	拍打、敲打
치타	獵豹

ㅋ

캐스팅되다	（選角）被選上
캠핑	露營
캠핑장	露營區
켜다	拉

ㅌ

타임머신	時光機
통역	口譯
툭하면	動輒、動不動就…
퉁퉁	浮腫地
튕기다	拉彈
틀림없다	沒錯
티끌 모아 태산	聚沙成塔

ㅍ

파스	酸痛貼布
팔짱을 끼다	手挽著手
팥	紅豆
팥죽	紅豆粥
팽이치기	打陀螺
(가슴을) 펴다	挺起（胸）
편의 시설이 잘 되어 있다	便利設施完善
평생	一輩子
평평하다	平坦的
평화롭다	祥和平靜
포스터	海報
포장하다	包裝
포함되다	包含
폭포	瀑布
풍습	風俗習慣

ㅎ

(귀고리를) 하다	戴（耳環）
하회 마을	河回村
한국사 개론	韓國史概論
한탄강	漢灘江
함께하다	一起做…
해결하다	解決
햇빛을 가리다	遮陽
허벅지	大腿
헤어지다	分手
홍보	宣傳
화가 풀리다	消氣
화해하다	和好
환경	環境
활기차다	充滿活力
황사	沙塵暴
홱 돌아보다	往後一瞧
회식	公司聚餐
후회가 되다	感到後悔
휴가가 길다	休假時間長
흥미롭다	有趣
힘이 나다	充滿力量
힘이 세다/약하다	力氣大／力氣小

A4 용지	A4用紙

執筆

崔銀圭
首爾大學國語國文學系博士
首爾大學語言教育院韓國語教育中心待遇副教授

鄭瑛美
韓國學中央研究院韓國學碩士
首爾大學語言教育院韓國語教育中心待遇專任講師

金廷炫
慶熙大學對外韓國語教育學系碩士
首爾大學語言教育院韓國語教育中心講師

金顯京
韓國外國語大學對外韓國語教育學系碩士
首爾大學語言教育院韓國語教育中心待遇專任講師

翻譯

Robert Carrubba
首爾大學韓國語教育學系博士生
韓國語教育者及翻譯

翻譯監修

李素英
梨花女子大學教育工學系博士生
首爾大學語言教育院韓國語教育中心待遇專任講師

日月文化集團
HELIOPOLIS
CULTURE GROUP
客服專線 02-2708-5509
客服傳真 02-2708-6157
客服信箱 service@heliopolis.com.tw

廣告回函
台灣北區郵政管理局登記證
北台字第 000370 號
免貼郵票

日月文化集團 讀者服務部 收

10658 台北市信義路三段151號8樓

對折黏貼後，即可直接郵寄

日月文化網址：**www.heliopolis.com.tw**

最新消息、活動，請參考 FB 粉絲團

大量訂購，另有折扣優惠，請洽客服中心（詳見本頁上方所示連絡方式）。

日月文化　EZ TALK　EZ Japan　EZ Korea

日月文化集團
HELIOPOLIS
CULTURE GROUP

感謝您購買 首爾大學韓國語 3B

為提供完整服務與快速資訊，請詳細填寫以下資料，傳真至02-2708-6157或免貼郵票寄回，我們將不定期提供您最新資訊及最新優惠。

1. 姓名：＿＿＿＿＿＿　性別：□男　□女
2. 生日：＿＿年＿＿月＿＿日　職業：
3. 電話：（請務必填寫一種聯絡方式）
（日）＿＿＿＿（夜）＿＿＿＿（手機）＿＿＿＿
4. 地址：□□□＿＿＿＿＿＿
5. 電子信箱：＿＿＿＿＿＿
6. 您從何處購買此書？□＿＿＿＿縣/市＿＿＿＿書店/量販超商
□＿＿＿＿網路書店　□書展　□郵購　□其他
7. 您何時購買此書？　年　月　日
8. 您購買此書的原因：（可複選）
□對書的主題有興趣　□作者　□出版社　□工作所需　□生活所需
□資訊豐富　□價格合理（若不合理，您覺得合理價格應為＿＿＿＿）
□封面/版面編排　□其他＿＿＿＿＿＿
9. 您從何處得知這本書的消息：　□書店　□網路／電子報　□量販超商　□報紙
□雜誌　□廣播　□電視　□他人推薦　□其他
10. 您對本書的評價：（1.非常滿意 2.滿意 3.普通 4.不滿意 5.非常不滿意）
書名＿＿　內容＿＿　封面設計＿＿　版面編排＿＿　文/譯筆＿＿
11. 您通常以何種方式購書？□書店　□網路　□傳真訂購　□郵政劃撥　□其他
12. 您最喜歡在何處買書？
□＿＿＿＿縣/市＿＿＿＿書店/量販超商 □網路書店
13. 您希望我們未來出版何種主題的書？＿＿＿＿＿＿
14. 您認為本書還須改進的地方？提供我們的建議？

＿＿＿＿＿＿＿＿＿＿＿＿

＿＿＿＿＿＿＿＿＿＿＿＿

＿＿＿＿＿＿＿＿＿＿＿＿

＿＿＿＿＿＿＿＿＿＿＿＿